比格尔号航海日记

[英]查尔斯·达尔文 著

张耀宇 译

徐洪河 审

外语教学与研究出版社
北京

图书在版编目 (CIP) 数据

比格尔号航海日记 ／（英）查尔斯·达尔文（Charles Darwin）著；
张耀宇译. —— 北京 ：外语教学与研究出版社，2022.4
ISBN 978-7-5213-3380-0

Ⅰ. ①比… Ⅱ. ①查… ②张… Ⅲ. ①游记－作品集－英国－近代
Ⅳ. ①I561.64

中国版本图书馆 CIP 数据核字 (2022) 第 042958 号

地图审图号：GS（2022）1425 号

出 版 人　王　芳
项目负责　章思英　刘晓楠
项目策划　何　铭
责任编辑　陈思原
责任校对　夏洁媛
封面设计　水长流文化
版式设计　平　原
插图绘制　宋建红
出版发行　外语教学与研究出版社
社　　址　北京市西三环北路 19 号（100089）
网　　址　http://www.fltrp.com
印　　刷　北京华联印刷有限公司
开　　本　710×1000　1/16
印　　张　18
版　　次　2022 年 4 月第 1 版 2022 年 4 月第 1 次印刷
书　　号　ISBN 978-7-5213-3380-0
定　　价　69.00 元

购书咨询：（010）88819926　电子邮箱：club@fltrp.com
外研书店：https://waiyants.tmall.com
凡印刷、装订质量问题，请联系我社印制部
联系电话：（010）61207896　电子邮箱：zhijian@fltrp.com
凡侵权、盗版书籍线索，请联系我社法律事务部
举报电话：（010）88817519　电子邮箱：banquan@fltrp.com
物料号：333800001

导读

　　如果没有前人对自然万物的探索，就没有今天高度发达的物质文明。人们对做出过划时代贡献的科学大师心怀敬仰，渴望通过阅读他们的作品寻求创新的灵感。怎奈时空相隔，以今人的视角观古人，很难读出原著的过人之处，这也许是当前科学名著公众阅读率不高的原因之一。本书正是能让大家易读和悦读的作品。我们在每章前增加了简明扼要的导语，以期有助于读者了解大师的思想在当时的背景和认知体系下是怎样脱颖而出的——以历史的眼光看待古人，才能读出创见，受到启迪。

　　科学名著公众阅读率不高的另一原因是，在信息大爆炸时代，行色匆匆的人们无暇在每一道风景前长久驻足，内容艰深，术语繁杂，动辄几十万、上百万字的鸿篇巨制委实令人生畏。因此，在编辑本书时，我们删繁就简，提炼精华，保留了原著中的核心观点和能与现代理论接轨之处，以便读者用较短时间就能充分领略和欣赏名著中的精华。

　　世界从未像现在这样缤纷多彩，时下人们普遍追求丰富多元的精神享受。为此，我们查阅大量资料，倾尽所能在书中插入了精美图片。文图相得益彰，能给读者带来非同寻常的视觉体验。

　　在策划和编辑本书的过程中，我们得到了中国科学院南京地质古生物研究所研究员徐洪河的充分肯定和悉心指导。他对科学研究的孜孜追求，对科学普及的身体力行，尤其是对经典阅读的大力倡导，令我们深受鼓舞与启发。我们诚挚期待本书能引领更多的读者阅读大师的原著，欣赏这些历久弥新的瑰宝并有所收获。

向大自然的伟大观察者致敬

关于达尔文，大家最熟悉的几个方面往往是《物种起源》、进化论或者比格尔号军舰上的博物学家。这些都没什么不对，但达尔文的成就远不止这些。达尔文一生中发表过近二十部科学著作，在诸多领域都有开创性的见地。他研究过现代哺乳动物、鸟类、海洋无脊椎动物，研究过攀缘植物、食虫植物以及兰花的传粉和受精，研究过人和动物的表情、家养动物的各种变异、生物的地理分布、人类的进化和性选择；分析对比过珊瑚礁的各种结构与分布规律，对各种地质现象、地质灾害和地质演变进程进行过观察、描述和重建；鉴别过哺乳动物的化石；甚至还涉足过政治经济学和人类学……如果用今人的标准看达尔文，似乎很多身份加在他的身上都合适：动物学家、植物学家以及地质学家等等。今天我们在对达尔文进行概括时往往会用一个很古老、很巧妙的词——博物学家。

博物学是一门非常古老的学科，其名称源自拉丁语 Historia Naturalis。Historia 的意思是"探究"，Naturalis 的意思是"自然"，合起来就是"对自然的探究"，有人译成"自然史"。博物学主要侧重观察和记录，即对自然界各种生物以及周边环境进行记录、分析和总结。如果对现代自然科学追根溯源，很多学科的鼻祖都可以追溯到博物学上去，比如植物学、动物学、自然地理学、地质学、古生物学等等。

达尔文不愧是学识渊博、思维敏捷、独具睿智的博物学家。即使在 176 年之后的今天，达尔文的著作仍然能让人受益匪浅。达尔文所取得的伟大成就离不开他对周围事物的认真观察。达尔文的观察与记录能力让人敬佩，在诸多方面超越了与他同时代的人，即使在当今时代，他也算得上是佼佼者。

　　19 世纪 30 年代，达尔文参加了皇家海军比格尔号为期 4 年多的环球勘探活动，本书中的内容就是达尔文在此期间所做的记录与总结。在这次机会难得的环球航行中，达尔文仔细观察、记录了各种自然和人文现象，涉及植物学、动物学、地质学、人类学和社会学等多个学科，他写下的很多评论与经历令今天的读者唏嘘感慨。达尔文见解独到，文笔细腻，作品读起来常常让人有身临其境的感受。本书的翻译文字亦非常流畅和优美，完全扫除了当代中文读者在阅读 176 年前的著作时可能遇到的重重阻碍。

　　中国有句古话：读万卷书，行万里路。在当今时代，环球旅行变得越来越便捷，地球上已经鲜有人类未涉足的区域了，然而，对大多数旅行者来说，匆匆看过往往也匆匆忘记。自然的奥秘与独到的魅力往往离不开细心的观察、发现、记录与总结，只有这样，才能让万里路变成开卷有益的万卷书。

笔者一直从事古生物学与地层学研究，在搞好基础科研工作的同时也在从事科普网站化石网的具体工作。达尔文对大自然的好奇与热爱令我非常敬佩，他的探索精神感动并激励我不断亲近自然，去观察地质历史时期丰富多彩的生命世界，希望这种感动也能传递给广大读者。

中国科学院南京地质古生物研究所研究员
徐洪河
2015 年 12 月于英国威尔士加的夫大学

本版说明

　　《比格尔号航海日记》以日记形式记录了 1831 至 1836 年间达尔文随英国皇家海军比格尔号航行期间在南美洲、加拉帕戈斯群岛以及其他地方所做的生物学和地质学考察。在参加这次环球航行之前，达尔文并没有接受过系统的自然科学方面的教育，但他自幼爱好采集动植物标本，业余时间阅读了大量相关文献，积累了自然科学各学科的广博知识。更重要的是，他已经能够独立观察、理解自然界中的某一现象，并能根据亲身的观察指出过去研究者的错误。同时，达尔文是优秀的运动员、骑手和猎人，性格又比较活泼，容易与他人建立友谊。这些特点决定了他是随船进行博物学考察的最佳人选。

　　虽然比格尔号航海的主要任务是编制详细的海洋地图和精确测定经线（子午线），但没有想到的是，真正使它的名字千古不朽的却是 19 世纪最卓越的生物学家——达尔文。达尔文自己经常强调，比格尔号上的旅行对于他形成生物进化的观点起了极其重要的作用。

　　在旅行期间，达尔文每天记录自己的观察、印象和思想，他说："很多标本的价值极大地依赖于采集到它们的地层或地点，所以一定要在发现每一个标本的当天加上标签。如果做不到这一点，那么若干年后，采集者就不能有把握地说，他的标签和对于标签的引证是正确的。"达尔文的良好习惯不仅成就了他的伟大发现，也成就了我们今天读到的这本书。

《比格尔号航海日记》原著共 21 章，总字数约 40 万。因为达尔文的主要活动范围在南美洲，书中很多描述有一定雷同，全译的话篇幅太长，普通读者阅读起来比较耗时，所以我们只精选了 10 章，保留了最精华的部分，比如描述地震和火山喷发的部分，描述马尔代夫等环礁成因的部分，描述火地岛原始人的部分以及对达尔文形成进化理论影响最大的部分等。在精选时我们主要考虑以下三个原则：

第一，保留与《物种起源》有关联的章节；

第二，符合当代读者的认知和兴趣；

第三，保证航线图基本完整。

为了进行水路测量，比格尔号有时在某个地点停留较长时间，有时经过一段时间后又回到同一地点，而达尔文偏好把同一地点的相关叙述集中在一起，所以在这部航海日记里面达尔文并不是严格按照年月日顺序来叙述的。为了便于读者阅读，我们在附录三中总结了比格尔号的航海大事记，这个附录也可为想阅读全译本的超级读者提供参考。

目录

① 阿根廷称马尔维纳斯群岛。

比格尔号航海日记

达尔文
（1809—1882）

第一章

从英国出发

1831 年 10 月底，英国皇家海军比格尔号停靠在普利茅斯港，准备进行一次环球航行。年仅 22 岁的达尔文被邀请作为舰长菲茨罗伊的陪同，并担任非正式的博物学者。在环球航行期间，达尔文收集了大量有关地质学和动物学方面的资料，这些资料成为达尔文日后发表《物种起源》等重要著作的基础。

菲茨罗伊舰长为达尔文提供了这次远航的机会。这是菲茨罗伊第二次随比格尔号出航，出发时他只有 26 岁。在皇家海军学院读书时，菲茨罗伊的数学和科学成绩优秀。23 岁时，他接替在火地岛自杀的金舰长成了比格尔号的舰长。在此次航行中，菲茨罗伊有两个使命：一是绘制南美洲海岸线的地图；二是利用精确的时钟测定经度（经度 360 度相当于时差 24 小时），即某一出发地的经度测量数值，应与环球航行一周后返回的同一地点的经度测量数值相同。当时阿根廷及其邻国刚刚脱离西班牙的控制，英国人需要绘制海图，以便建立新的贸易通道。

在登上比格尔号之前，达尔文对赖尔的《地质学原理》着了迷，这本书不仅提供了关于地球历史的鲜明看法，还提供了在现实世界中检验的方法。当达尔文在佛得角群岛主岛——圣地亚哥岛登岸的时候，他终于得到了检验的机会。他在岛上的火山岩上攀爬，发现了岩浆最初从水底涌出的线索——岩浆流动的时候烤焦了珊瑚和贝类……

菲茨罗伊
（1805—1865）

西非岛国——佛得角

在两次受阻于强烈的西南风之后，英国皇家海军十门炮双桅战舰比格尔号在舰长菲茨罗伊的指挥下，于 1831 年 12 月 27 日驶离德文波特。此次考察是为了完成金舰长在 1826 至 1830 年首航时对巴塔哥尼亚和火地岛的测量，以及对智利、秘鲁沿海、太平洋的一些岛屿进行测量，并在全球进行一系列计时测量。1832 年 1 月 6 日，比格尔号抵达特内里费岛，但因为害怕感染霍乱，当地人不允许我们上岸。第二天早晨，我们看到太阳从大加那利岛起伏不平的轮廓背后升起，瞬间照亮了特内里费峰，山峰的下半部被云雾笼罩。这是许多难忘的愉快日子中的第一个。1 月 16 日，比格尔号在佛得角群岛主岛圣地亚哥岛的普拉亚港下锚。

从海上远眺，普拉亚港周围荒无人烟。由于之前的火山喷发，加之热带毒辣的阳光，大部分地区寸草不生。这一带地形呈现阶梯状台地，其间零星散布着一些截顶锥形丘，一道

比格尔号舰

连绵起伏的高山矗立在地平线处。透过云雾望去，景象蔚为壮观。对于一个刚从海上来到这里第一次走进椰子林的人来说，心里怎能不大喜过望。在普通人看来，圣地亚哥岛十分贫瘠，但是对于常年生活在英国的人来说，植被稀少的荒芜景象更不寻常。在宽阔的熔岩平原上甚至难以找到一片绿叶，但竟然有一群山羊和几头牛在这里活动。圣地亚哥岛降雨很少，但是每年中有一段很短的时间会有强降雨，降雨后细小的植物迅速从每一道岩缝中钻出。不过它们很快会枯萎，天然形成的干草成了各种动物的食物。目前这里已经一整年没有下雨。在发现圣地亚哥岛的时候，普拉亚港周边地区还有一些树，过度砍伐导致这里与圣赫勒拿岛以及加那利群岛部分地区一样，几乎成为不毛之地。底部平坦的宽阔河谷通常在雨季期间会成为临时水道，这些河谷中生长着茂密的无叶灌木，一些动物在这里活动。一种笑翠鸟（*Dacelo iagoensis*）是最常见的动物，它会安静地埋伏在蓖麻枝上，伺机扑向蚂蚱和蜥蜴。这种翠鸟羽毛鲜艳，但是不及欧洲的翠鸟好看，在飞行方式、习性、栖息地（通常栖息于最干旱的河谷中）等方面，两者也有明显区别。

笑翠鸟

一天，我和两名军官骑马前往位于普拉亚港以东几英里处的大里贝拉村。在我们到达圣马丁河谷之前，所到之处一片荒凉；但在河谷中的一条小溪沿岸，植被却很茂盛。一小时后，我们来到大里贝拉村，眼前的城堡和大教堂遗址令人震惊。这座小镇在港口淤塞之前，曾经是岛上最大的城市，现在景色虽然苍凉但不失姣美。我们找了一名黑人神父作向导，又找到一名参加过比利牛斯岛独立战争的西班牙人做翻译。在他们的引导下，我们参观了一些建筑，其中主要是一座古教堂。佛得角群岛的多位总督和司令就葬在这里。几座墓碑上刻着 16 世纪的日期。

　　在这个与世隔绝的地方，只有欧洲风格的纹章才能使我们想起欧洲。这座古老的教堂位于一座四方形院落的一侧，院落中央种着一大丛香蕉树。另一侧是一所医院，住着十来个虚弱的病人。

　　我们回到旅店吃晚饭。一群皮肤黝黑的大人和孩子聚在一起围观我们。这群人兴致很高，我们所讲的每件事都会引起他们一阵大笑。在离开镇子之前，我们参观了一座大教堂。这座教堂似乎不如那座古教堂富裕，但有一架聊以自夸的小管风琴，只是音调非常不和谐。我们给了黑人神父几个先令，西班牙翻译拍拍他的头。很坦率地说，他俩的肤色没有太大区别。和他们告别后，我们骑马以最快的速度返回普拉亚港。

　　又一天，我们骑马来到位于岛中部的圣多明戈村。沿途有一处小平原，平原上长着几株矮小的金合欢树，树顶已经被常年盛行的信风吹弯，样子很奇怪，甚至与树干成直角。树枝都准确地指向东北偏北和西南偏南方向，显然，这些天然风向标指示出了信风的盛行风向。在这块不毛之地上很难留下脚印，我们因此迷了路，误打误撞来到丰特斯。到达丰特斯之前我们没发觉迷路，之后竟因为迷路而感到庆幸。丰特斯是一座美丽的村庄，有一条小溪潺潺流过；除了居民生活窘迫以外，其他方面还不错。我们看见几个全身赤裸的黑孩子正在搬运相当于体长一半的大捆木柴。

在丰特斯附近，我们遇见一大群珍珠鸡，数量有五六十只。它们非常警惕，不让人靠近。一见到我们，它们就像九月雨天里的鹧鸪一样仰着头跑走；如果上前追赶，它们会张开翅膀飞走。

与岛上其他地区的荒芜景象相比，圣多明戈的景色美得出人意料。这座村子位于河谷底部，四周环绕着高耸、崎岖的层状熔岩石壁。黑色山岩与沿清澈小溪两岸生长的翠绿色植被形成鲜明的对比。当时正值一个盛大的节日，村子里挤满了人。在返程时，我们遇到了大约20个身着盛装的黑姑娘；花头巾和大披肩把黝黑的皮肤和雪白的亚麻衣衫衬托得格外抢眼。当我们走近时，她们忽然转过身来，用披肩遮盖路面，开始展开歌喉高唱民歌，一边唱还一边用手拍打大腿打着拍子。我们扔给她们几枚硬币，姑娘们哄笑着接过去。当我们离开的时候，身后传来的歌声愈发响亮了。

一天早晨，景物格外清晰，远山的尖峰从藏青色的浓云顶部钻出来。在英国也遇到过远景轮廓分明的情况，根据以往的经验，我猜空气中的水分已经达到饱和。然而，测量结果截然相反——湿度计表明气温与露点 [1] 相差 29.6 华氏度。这个差数几乎比前几天早晨的观测结果高出一倍。这种罕见的低湿度还伴随着持续不断的闪电。在如此干燥的天气条件下能见度这么高难道不是一件怪事吗？

由于细小微尘在空中下沉，天空总是雾蒙蒙的，这种细微沙尘会对天文仪器造成一定的损伤。在普拉亚港下锚前的那天早晨，我收集了一小袋这种褐色微尘，看上去像海风吹过桅顶风向标纱布的过滤物。赖尔先生也帮我从佛得角群岛以北数百英里处的一艘船只上收集了 4 袋

---

[1] 空气湿度达到饱和时的温度。

落尘。埃伦伯格教授发现，这些落尘中含有大量具有硅质外壳的纤毛虫，还存在不少硅质植物组织。从我送给他的 5 小袋微尘中，他居然鉴定出不少于 67 种有机物。除两种海生物种外，其他纤毛虫均生活在淡水环境中。我至少见过 15 份描述大西洋远洋船只上沉降下来的微尘的报告。根据降下微尘时的风向，和在降下微尘的月份通常盛行来自撒哈拉沙漠的含沙热风，我们可以断定，这些微尘全部来自非洲。奇怪的是，虽然埃伦伯格教授认识许多种仅存在于非洲的纤毛虫物种，但在我送给他的微尘中却一例都没有发现。相反，他发现了两种目前已知仅生活在南美洲的物种。降下的微尘数量极其可观，不仅甲板上到处是落尘，还会迷眼，船只甚至会因为能见度差而搁浅。在距离非洲海岸数百甚至超过 1 000 英里、南北方向长 1 600 英里范围内的船只经常会遭遇微尘。在从一艘距离陆地 300 英里的船只上收集的微尘中，我很惊讶地发现，直径大于千分之一英寸的石头细粒与粒度更细的物质相互混杂。打这以后，我对更轻、更小的隐花植物^①孢子的远距离传播也就不感到奇怪了。

圣地亚哥岛的地质是其演变史中最有意思的部分。在普拉亚港入口处，可观察到海边悬崖上有一条完全水平的白色带子沿海岸绵延数英里，比海面高出大约 45 英尺。经检查发现，这一白色岩层是由镶嵌着许多贝壳的钙质物质组成，大部分甚至全部贝壳在附近海域均有分布。这一条带覆于古老的火山岩之上，并被玄武岩的岩浆流覆被，玄武岩一定是在白色贝壳层形成时流入海中的。处于高温下的熔岩覆于脆性物质表面，使其形成晶质石灰岩或致密的斑状岩石。追踪到这样的变化真是一件有趣的事！如果石灰被熔岩流下表面的渣状碎屑捕获，就会形成多组类似于文石的放射状纹理。在朝向内陆方向，熔岩层沿坡度平缓的平原逐渐升高，熔岩最初就在那里流动。我认为，自有历史记录以来，还没有人发现圣地亚哥岛有火山活动的痕迹。在红色火

---

① 无花、果及种子等繁殖器官的植物种，用孢子进行繁殖，主要包括藻类、真菌类、地衣、苔藓和蕨类植物。

山渣形成的小山顶部很少能发现火山口；不过在沿海能发现年代更晚近的熔岩流，形成了高度更低的悬崖线，但是延伸长度超过年代更早的悬崖线，从而可以根据悬崖高度大致估计熔岩流的年代。

在停留期间，我观察了一些海洋动物的习性。有一种体形较大的海兔属动物在此地很常见。这种生长在海里的"蛞蝓"长约5英寸，呈土黄色，有紫色条纹。在腹足两侧，各有一条宽宽的膜，有时起着排气的作用，使水流向位于背部的鳃或肺。它以生长在泥塘或浅水石缝中的海藻为食。我发现在它胃里有几粒小石子，像鸟类砂囊中的砂粒。海"蛞蝓"在受惊扰时会释放出紫红色的液体，能将1英尺范围内的水染色。除了这种自卫方法以外，它的全身还覆盖着一种能使其他动物产生痛感的刺鼻分泌物，与僧帽水母的分泌物类似。

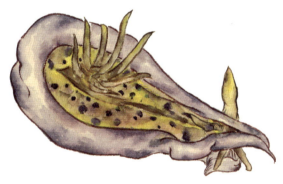

海"蛞蝓"

我兴致勃勃地观察过几次章鱼。虽然这种动物在退潮后形成的水塘里很常见，但是不容易捉到。靠着长长的触手和吸盘，它们能将身体挤入狭窄的石缝；固定好之后，若想把它们拉出来可就费劲了。有些时候它们尾巴朝前，像箭一样从水塘的一边冲向另一边，同时释放出栗棕色的墨汁将水染色。章鱼还有一种很不寻常的伪装能力——像蜥蜴一样变色。它们能根据四周环境的情况改变体色：在深水中，体色一般呈棕紫色；在陆地上或浅水中，深色外观就会变成黄绿色。再

章鱼

仔细一看，真实的颜色是法国灰，其中还点缀着无数亮黄色的小斑点：灰色的深浅会发生变化；亮黄色的斑点也时有时无。颜色变化看上去就像在风信子红与栗棕色之间交替变化的斑块持续不断地在身体上穿过。当受到微弱电刺激时，章鱼的全身几乎完全变黑；用针刮擦它们的表皮，也会产生类似的效果，只是程度稍弱。据说这种斑块是由含不同颜色液体的小泡交替膨胀和收缩所致。

那只章鱼在游动时和在海底静伏时都能变色。有趣的是：它用多种技巧阻碍我观察，就好像知道我在盯着它一样。停住一会儿后，它会像猫准备偷袭老鼠一样悄悄前进一两英寸，有时还会变色。它用这种方式一点儿一点儿向深水区移动，一旦到达深水就会快速跑开，同时喷出一团墨汁，遮住藏身的洞口。

在寻找海生动物时，我把头凑到高于石质海岸约 2 英尺的地方，下面有一股水流不止一次喷到我身上，同时听到沙沙的响声。起初我不知道声音从哪儿来，后来才发现是章鱼在捣鬼：虽然它在洞里躲着，但总免不了暴露行踪。毫无疑问，章鱼具有喷水的能力，看似它能通过调整身体下侧的管子进行准确瞄准。这种动物头太重，在陆地上爬不快。我逮了一只养在船舱里，黑暗中能看到它发出的微弱磷光。

第二节

走进南美

2月16日早晨，比格尔号在横穿大西洋的途中顶风停泊于圣保罗岛附近。这座由众多岩礁构成的岛位于北纬0度58分，西经29度15分。距离美洲海岸540英里，距离费尔南多·迪诺罗尼亚岛350英里。最高点海拔只有50英尺，周长不到四分之三英里。这一小片陆地从大洋深处陡峭地升起，其矿物构成比较复杂：一些区域呈燧石质，另一些区域呈长石质，含有蛇纹石细脉。值得注意的是：在太平洋、印度洋和大西洋中，几乎所有远离大陆的小岛均由珊瑚礁或火山喷发物质构成，只有塞舌尔群岛和这座岩礁岛例外。这些大洋岛屿的火山成因显然是从上述现象推出来的，绝大多数活火山或者位于海岸附近或者构成大洋中部岛屿，也由同一原因造成，不管其原因是来自化学作用，还是机械作用。

远远望去，圣保罗岛呈现一片亮白色。一方面因为大量海鸟粪便反光，另一方面与紧附于岩石表面的一层具有珍珠光泽的硬壳有关。在放大镜下仔细观察，发现这层覆盖物由很多极薄的分层组成，总厚度约为十分之一英寸。其中含有大量动物质成分，毫无疑问是雨水和浪花作用于鸟类粪便的结果。在阿森松岛和阿布罗柳斯群岛，我在几小堆鸟粪下方曾发现过一些钟乳石状的分叉岩体，形成方式似乎与这些岩石上的白色覆层相同。这种分叉岩体的整体外观与某种珊瑚藻（一种硬钙质海洋植物）如此相似，以至于在不久前粗检标本时，我竟没有发现两者的区别。分叉岩体的末端呈球形，具有珍珠状纹理，类似牙釉质，但硬度足以划伤玻璃。在阿森松岛的一部分沿岸，有大量贝壳质砂堆积，由于海水作用，潮汐岩上形成一层硬壳，与常见于潮湿岩壁上的隐花植物（地钱属植物）类似，参见下图。这种植物的叶状体闪着美丽的光泽：充分暴露在日光之下的部分呈乌黑色，而在岩石突出部阴影下的部分呈灰色。我给几位地质学家看这些硬壳标本，他们竟认为属于火山成因或者火成岩作用。它的硬度、半透明性以及光泽与榧螺类似，散发恶臭和在吹管下褪色等特性则与现生海贝非常相似。此外，谁都知道海贝被遮盖的部分比完全暴露在日光下的部分颜色浅，这与硬壳的情况相同。我们可以想象石灰能以磷酸盐或碳酸盐的形式进入活物身体中较硬的部分，例如骨骼和甲壳，于是在动物体中就会发现一些硬度高于牙釉质而表面光泽和活贝壳一样多彩的物质。同理，这种在死亡有机体中以无机方式形成的物质在外形上也会和某些低等植物相似。

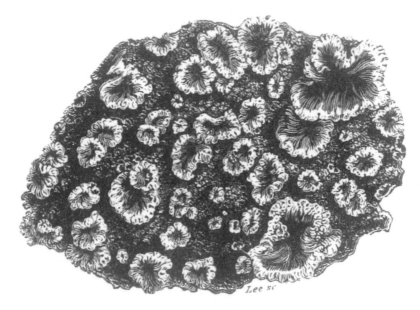

潮汐岩上的硬壳

在圣保罗岛上，我们仅发现了两种鸟——鲣鸟和黑燕鸥。前者是一种塘鹅，后者是一种燕鸥。这两种鸟都生性温顺、反应迟钝，对外来者毫无防备，甚至被我用地质锤打死好几只。鲣鸟将蛋产在裸露的岩石上，而燕鸥会用海藻修筑很简单的巢。在许多巢旁边，放着一条小飞鱼，我猜是雄鸟叼来给雌鸟享用的。有趣的是，一种生活在岩石缝隙中的巨蟹身手如此敏捷，趁我们把鸟吓走时，迅速盗走了鸟巢旁边的鱼。只有很少几个人登上过圣保罗岛，西蒙兹爵士就是其中之一，他亲眼看到过巨蟹将幼鸟拖出巢外，然后吃掉。岛上没有任何植物，连地衣也没有；不过存在几种昆虫和蜘蛛。我给这里所有的陆生动物列了一个清单：一种蝇，寄生于鲣鸟；一种吸血的虱子，想必是通过寄生在鸟类身上来到这里的；一种褐色小飞蛾，属于以羽毛为食的物种；一种甲虫和一种土鳖虫，生活在鸟粪下面；最后是各种蜘蛛，我猜它们以捕食寄生在水鸟身上的昆虫为生。我们经常听到这样的描述：在太平洋上，一旦出现珊瑚岛，捷足先登的一定是高大的棕榈树和其他热带植物，然后是鸟类，最后是人类。我的观察结果恐怕会破坏这个故事的诗意：以羽毛和粪便为食的寄生昆虫和蜘蛛才是大洋中新形成岛屿上的第一批居民。

鲣鸟

在热带海洋中，即使最小的礁石也能成为各种海藻和群居动物生活的地方，同时供养着大量鱼类。小船上的渔民为了保护钓到的渔获，免不了经常与鲨鱼搏斗。百慕大群岛附近有一处礁石位于很多英里之外的深海，我听说是因为附近有鱼才被发现的。

费尔南多·迪诺罗尼亚岛，2月20日——我们在这里仅仅停留了几个小时。在有限的时间里，我观察到这座岛屿为火山成因，且形成年代可能比较久远。最引人注目的是一座锥形小山，高约1 000英尺，上部非常陡峭，一侧凸出。岩性为响岩，分为多个不规则的岩柱。在观察其中一个孤立岩体时，乍一看会认为这是在半流体状态突然向上挤出形成的。然而，在圣赫勒拿岛，我发现一些具有类似形状和构成的石塔是由熔岩注入塑性地层所致，塑性地层成了这些巨型石塔的铸模。整个岛屿被树木覆盖，但由于气候干旱，树木并不茂盛。在半山腰，一些巨大的柱状岩体被类似月桂树的树木荫蔽，山间零零星星生长着一种开着粉花但一片叶子都没有的植物，美丽的景色令人陶醉。

巴西巴伊亚市（现称萨尔瓦多），2月29日——今天过得很高兴。但高兴这个词不足以表达一位博物学者第一次置身巴西森林时的心情。草的雅，寄生植物的奇，花的美，叶的翠，都让我惊叹不已，而此处最不同凡响的是茂盛的植被。森林深处既喧嚣又宁静：昆虫的叫声十分吵闹，甚至在距离岸边几百码的船上都能听到；但密林深处却被一片寂寥所统治。对一个热爱博物学的人来说，这样的一天所带来的喜悦让他不敢奢望再次经历。流连数小时后，我开始往回返。还没赶到登岸地点，天上就下起了热带暴雨。我躲在一棵树下避雨，这棵树非常茂密，英国的降雨通常无法穿透。但在这里，没过几分钟一股激流就沿着树干流了下来。正是因为降雨之猛烈，所以在茂密森林的底层也能草木茂盛。如果这场雨的强度和气候较冷的地方下的阵雨一样，那么大部分降雨还没等落地就已经被吸收或蒸发了。现在，我不打算描述海湾的美景，因为在返航途中还会经过巴西，那时再谈也不迟。

在长度超过 2 000 英里的巴西沿岸以及沿岸以内的广大内陆地区，只要出现坚固的岩石，必定属于花岗岩岩层。大多数地质学家认为，这一大片区域的岩石在高温高压下形成了结晶，由此引出很多奇想。结晶是在大洋深处发生的吗？花岗岩上部是否曾有岩层覆盖，后来被侵蚀？我们是否应该相信，无论哪种力量，只要作用一定时间，都能剥露出数千平方里格的花岗岩？

一条小河在离巴伊亚城不远的地方汇入大海。在这里，我观察到与洪堡[①]论述的一个问题有关的现象。在奥里诺科河、尼罗河以及刚果河等大河的急流段，所有正长质岩石都被一层黑色物质包裹，好似被石墨打磨过。这层物质很薄；根据伯齐利厄斯的分析，其组成是锰铁氧化物。在奥里诺科河，变黑的岩石均位于定期被洪水冲刷且水流湍急的河段；或者像印第安人所说的，"水白的地方石头就黑。"在巴伊亚附近，覆层呈褐色而不是黑色，似乎仅由含铁物质组成。那些褐色石头在太阳光下闪闪发光，单看标本则不会产生这样的效果。闪闪发光的石头仅存在于潮汐波浪能到达的范围：这条小河流速很慢，只能靠入海口处的海浪提供相当于大河急流段的冲刷力。同理，潮汐的起落可能对应于周期性洪泛，因此在表面上不同但实质上类似的环境下产生了相同的作用。但还是无法了解到这些与岩石相结合的金属氧化物覆层的成因，我认为没有什么原因能解释覆层的厚度为何如此一致。

一只刺鲀（*Diodon antennatus*）在岸边游泳时被我捉到。观察刺鲀的习性是一件有趣的事：这种鱼表皮松弛，以能将身体鼓成近似球形而

---

① 1769—1859，全名为亚历山大·冯·洪堡，德国著名博物学家，在地质学和生物学方面涉猎很广，曾在 1799 至 1804 年间前往南美洲旅行探险。

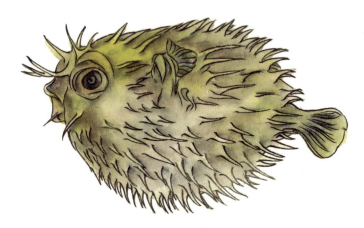

鼓成近似球形的刺鲀

著称。把它从水里捞上来放一会儿，然后重新浸入水中，它就会从口中或鳃孔吸入大量的水和空气。这一过程通过两种方式实现：吸入空气，然后压入体腔（从外部能观察到刺鲀利用肌肉收缩阻止空气回流的动作）；同时张着嘴，水缓缓流入口中。后一种吸入方式必须依赖吮吸。由于腹部表皮比背部表皮更松弛，膨胀时，腹部的膨胀幅度远远超过背部的膨胀幅度，因而刺鲀背部朝下浮于水上。居维叶认为，刺鲀在这种状态下难以游动。然而，它不仅能沿直线向前游，还能向两侧转身。转身只能通过胸鳍完成；尾鳍使不上劲，所以没有用。身体由于充气浮于水上，鳃孔露出水面，但从嘴里吸入的水流不断地从鳃孔流出来。

在保持膨胀状态一小段时间之后，刺鲀通常会使出很大的劲将空气和水通过鳃孔和嘴排出。它能控制排出的水量，因此吸入水的原因或许是为了调节自身的比重。这种刺鲀有多种自卫手段：它能凶猛地咬，还能将水从嘴里喷出一段距离，同时扇动双腭发出很特别的声音。身体膨胀时，表皮上的小突起会立起来呈尖刺状。最有趣的是：在被抓住时，刺鲀的腹部表皮分泌出一种鲜红色的纤维状物质，能将象牙和纸张染红，效果非常持久，至今仍未见丝毫褪色。我完全不知道这种分泌物的成分和用途。英国福里斯的阿伦博士告诉我，他经常在鲨鱼胃里发现身体胀得老大的活刺鲀，有几次刺鲀竟从鲨鱼体内逃了出来，它不仅能咬穿鲨鱼的胃壁，甚至能咬穿鲨鱼的身体，把鲨鱼杀死。谁能想到这种又小又软的鱼能杀死凶残的大鲨鱼呢？

3 月 18 日——比格尔号驶离巴伊亚。几天后，在距离阿布罗柳斯群岛不远处，海上的红褐色漂浮物引起了我的注意。用低倍望远镜观察，整个水面似乎都被末端呈锯齿状的干草覆盖。这是微小的圆柱形丝藻，20 ～ 60 个集成一簇。伯克利先生告诉我，这种丝藻与在红海大部地区发现的束毛藻（*Trichodesmium erythraeum*）属于同一物种，这也是红海得名的由来。丝藻的数量非常多，我们的船穿过了数条由丝藻形成的条带，其中一条宽度约为 10 码，从泥浆色的海水区判断，长度至少有 2.5 英里。在几乎每一次远洋航海中，都会留下类似的记载。这种丝藻在澳大利亚近海非常常见，在卢因角外海，我发现了另一种尺寸较小的丝藻物种。**库克船长**[①] 在他第三次航海的日志中提到，船员将这种现象称为"海锯末"。

在印度洋的基灵环礁附近，我见到许多尺寸达几平方英寸的丝藻小块，由很细的圆柱状长丝组成，肉眼很难看清，它们的两端呈圆锥形，与大块海藻混在一起。图示为两个连在一起的丝藻，这些丝藻的长度在 0.04 英寸至 0.06 英寸之间，最长达到 0.08 英寸；直径为 0.006 ～ 0.008 英寸。在圆柱状长丝的一端，通常可见由颗粒状物质形成的一层绿色隔膜，中部最厚。我认为，这里是无色柔软液囊的底部，液囊由浆状物组成，覆于外壳内部，但没有延伸到圆锥形尖端。在其中一些标本中，隔膜被正球形的微小褐色颗粒所代替。我观察到了褐色颗粒形成的有趣过程：内层的浆状物突然组合成细丝，其中一些细丝以一个点为中心排成放射状；然后经过一秒钟的

---

① 1728—1779，英国探险家、航海家、海军上校，三次前往太平洋探险，发现了很多欧洲人未知的新地，因他测绘而改变的世界地图较历史上任何人都多。

快速不规则运动完成收缩过程，集合成一个微小的正球体，占据了隔膜所在的位置，现在那一端是完全凹陷的。任何意外伤害都会加速颗粒球的形成。补充一点，在有隔膜的一端，一对圆柱状长丝经常挨在一起，圆锥对圆锥，如下图所示。

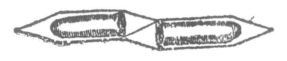

丝藻细胞

　　我再补充几个关于有机体导致海水变色的例子。在智利沿海城市康塞普西翁以北若干里格的海域，比格尔号在一天之中穿越了好几条浑浊海水形成的条带，浊度堪比洪水泛滥时的河水；在瓦尔帕莱索以南1度、距离陆地50英里的海域再次遇到这种情形，而且范围更大。海水在玻璃杯中呈淡红色。在显微镜下观察，发现水中有许多微生物在快速运动，还经常发生爆裂。这些微生物呈卵形，身体中部有一圈不停振动的弯曲纤毛。看清这些微生物很难，因为运动一停止，它们的身体就会爆裂，即使在穿过视野的一瞬间也是如此。有时两端同时爆裂，有时仅有一端发生爆裂，同时射出一些褐色的颗粒。这些微生物在爆裂前的瞬间会膨胀至比正常尺寸大一半；然后在快速运动停止约15秒后发生爆裂，有几次在爆裂前还出现绕身体纵轴旋转的短暂瞬间。把它们隔绝在一滴水中，只需大约两分钟，它们就会全部死去。这些微生物借助振动纤毛向前运动，运动时尖部朝前，启动速度非常快。它们小得肉眼几乎不可见，体表面积仅为千分之一平方英寸。它们数量众多：不管我挤出的水滴多么小，都能看到很多很多。在一天之中，我们经过了两片被染色的水域，其中一片面积达若干平方英里。这种微生物数量实在太多了！远远望去，海水的颜色与流经红色黏土区的河流一样。然而，在船舷的阴影下，海水的颜色就和巧克力一样深了。红蓝两色海水的交界线非常清晰。这些天来风平浪静，海里的生物数量多得不同寻常。

在火地岛附近距离海岸不远的地方，我看到海面上有几条由外形类似大对虾的甲壳纲动物形成的红色条带，这种甲壳纲动物被海豹猎人称为"鲸的饵料"。我不知道鲸是否以它们为食，但在沿海一些区域，燕鸥、鸬鹚和大群粗笨的海豹确实主要以浮游的蟹等甲壳纲动物为食。水手们总把海水变色归因于鱼卵，不过我只见到过一次由鱼卵造成的变色。在距离加拉帕戈斯群岛几里格的海域，我们的船驶过三条黄泥色的条带。这些条带长达若干英里，但宽度只有几码，一条弯曲的边界将它们与周围海水清楚地隔开。海水的颜色由微小的胶状球体所致，球体直径约为五分之一英寸，其中含有无数微小的球形卵。可将球形卵分为两类，一类呈浅红色，形状也与另一类不同。我猜不出这是哪两种动物的卵。科尔内特船长告诉我，这种现象在加拉帕戈斯群岛附近非常常见，条带的方向就是海流的方向；但在前面那个例子中，条带是由风形成的。另一个值得注意之处是，有时能看到海面上漂着一层五彩的油膜。在巴西沿海，我曾见到过大片海域被油膜覆盖的情况。水手们认为，这是从不远处漂来的腐烂鲸尸碎片。在这里，我指的不是经常散布于海水表面的微小胶状颗粒，因为这种颗粒的数量不足以使海水变色。

关于海水中的条带有两点疑问：其一，为什么众多生物会一直聚在一起，形成边界清晰的条带？那种外形类似大对虾的蟹倒是可以像士兵一样步调一致地前进，但卵、丝藻和纤毛虫只能随机运动。其二，为什么条带会呈长条形？这种情形与在急流中看到的情形如此一致——水流将聚集于漩涡处的泡沫拉成长条形，以至于使我联想到，条带是由气流或海流的类似作用造成的。根据这一猜测，我们必须假定：不同有机体各自在适宜的环境下形成，随后被风或海流带走。不过我承认，如此众多的动物和丝藻恐怕不会产生于同一个地方，那么这些胚体到底来自哪里呢？——要知道风和海浪已经把它们的亲代散布在无边的大海里了。然而，其他假说都无法解释这些条带的成因。再补充一点，斯科斯比曾提道：在北冰洋的特定海域，经常能见到含有大量浮游动物的绿色海水。

第二章

乌拉圭马尔多纳多省

  乌拉圭位于南美洲东南部、乌拉圭河与拉普拉塔河的东岸，北邻巴西，西界阿根廷，东南濒大西洋。因位于乌拉圭河的东岸，故全称为乌拉圭东岸共和国。境内大部分地区地势平坦，农牧业发达。首都蒙得维的亚位于拉普拉塔河下游，是乌拉圭最大的海港，也是乌拉圭的海上门户。马尔多纳多省是乌拉圭的 19 个省之一，首府马尔多纳多距离蒙得维的亚仅 100 多千米。

  乌拉圭原为印第安人居住地，16 世纪被欧洲人发现，1680 年后一直是西班牙和葡萄牙殖民者争夺的对象。1777 年沦为西班牙殖民地，1825 年 8 月 25 日宣布独立。

  达尔文在马尔多纳多停留了 10 个星期，在这段时间采集了大量哺乳动物、鸟类和爬行动物的标本。他提到，土库土科鼠（一种梳鼠）由于终年生活在地下，视力退化，变成了瞎子，拉马克一定会高兴。虽然拉马克也认为现有物种是其他物种进化而来的，但依据是"用进废退"和"获得性遗传"。也就是说，生物在适应环境的过程中，经常使用的器官会发达，不使用的器官会退化，而这种通过生物后天努力所获得的变化可以遗传给它的后代。达尔文不同意拉马克的观点，认为进化的依据是"自然选择"而不是"用进废退"。"用进废退"无法解释生物界许多生物的适应性，例如，竹节虫怎么努力"使用"自己的身体，才能使身体与竹节相似呢？

第一节

南美草原上的牛仔——加乌乔人

　　1832 年 7 月 5 日——上午，比格尔号驶离美丽的里约热内卢港。在前往拉普拉塔河的航程中，除了有一天看到数以百计的成群海豚以外，别无其他特别之处。整个海面被海豚冲出一道道破口，呈现出极为罕见的胜景——数百只海豚接连不断地跃出海面，露出整个身体，水面被撞开。当时船速为每小时 9 海里。这些动物能灵活自如地从船头前面穿来穿去，然后向前方急速游走。比格尔号刚驶入拉普拉塔河河口时，天气骤变。在一个漆黑的晚上，很多只海豹和企鹅围住我们的船，它们发出奇怪的声音，以至于值星官误认为听到了岸上的牛叫。第二天夜里，我们亲眼见到了天然烟火的壮丽景象：桅顶和帆桁两端闪耀着圣埃尔默之光 [1]；风向标的形状依稀可辨，就像有一层磷光覆在上面。大海光彩异常，航船火红的尾流泄露了企鹅的行踪，夜空骤然被最耀眼的闪电照亮。

　　驶入河口时，刚好可以趁机观察海水和河水缓慢混合的过程。混浊的河水由于比重较小，浮于海水上方。在船的尾迹中，我看到一条蓝色的水流打着小漩涡汇入周围的水流。

海豚跃出水面

---
[1] 古代海员观察到的一种由尖端放电产生的发光现象，经常发生于雷雨中。

7月26日——我们在蒙得维的亚下锚。比格尔号未来两年的任务就是对拉普拉塔地区以南的美洲东南沿海一带进行测量。为了避免无谓的重复，我对这部分航程的描述将不一定按照到访的顺序，而是按照一个一个的地区进行叙述。

马尔多纳多是一座幽静、荒僻的小镇，地处拉普拉塔河北岸，离河口不太远。像很多当地城镇一样，马尔多纳多由一些彼此垂直的街道组成，城镇中央有一个大广场，从广场的规模推断这里人口不多。马尔多纳多的对外贸易极不发达，出口产品仅限于一些兽皮和活畜。当地居民大多以耕作土地为生，还有一些做小买卖的和制作生活必需品的手艺人，比如铁匠和木匠，方圆50英里内的生意都由他们包揽。马尔多纳多和拉普拉塔河被一条宽约1英里的沙冈隔开；城镇的另外三面与一片起伏不大的开阔地接壤，绿草在开阔地上分布得很均匀，无数牛、羊和马在这里吃草。即使在靠近城镇的区域，耕地也很少。零星可见一些由仙人掌和龙舌兰围成的树篱，里面种着小麦或玉米。这片地区的特征与拉普拉塔河北岸的其他地区非常相似。唯一不同的是，花岗岩质小山略显陡峭。这里的景色非常单调乏味：很少能看见房子和围起来的院子，甚或树木。不过坐了那么久船，能下来在无边无际的草原上漫步，感觉真的不错。此外，如果视野仅局限在一小片区域，许多景物会很美。我看到颜色亮丽的小鸟和被牛群啃过的鲜绿色的草地，草地上星星点点长着一些矮小的花，有一种外观很像雏菊，让我感到好像见到了老朋友。整片地区都覆盖着茂密的马鞭草属植物（*Verbena melindres*），即使从远处看也呈现格外绚丽的绯红色，花卉学家会如何评价呢？

我在马尔多纳多逗留了10个星期，在这期间收集了不少近乎完美的哺乳动物、鸟类和爬行动物的标本。在对这些动物进行仔细观察之前，我要介绍我到马尔多纳多以北70英里以外的波兰科河的一次短途旅行。这里的一切都很廉价，每天只花两块钱（折合8先令）就能雇到两个人连同十来匹乘用马。我的两个同伴随身携带手枪和马刀，我原以为如此防备没有必要，但很快听到一则令人震惊的消息：一天前，有人发现一名来自蒙得维的亚的旅人死在路上，喉咙被割断。凶案现场附近有一个十字架，之前一起凶案也有类似的标志物。

第一晚，我们在一处偏僻的小农舍投宿。我很快发现，当地人对我带着的几件东西，特别是那个袖珍指南针，很感兴趣。家家户户都想看我的指南针，还让我演示怎样用指南针和地图判断不同地点的方向。一个没来过此地的外乡人，竟然知道自己想去的地方怎么走（在这种空旷地区，方向与路是一回事），这让他们十分佩服。一位卧病在床的年轻妇女为了看指南针，还派人把我请到她家。他们对我的指南针很好奇，但我对拥有数千头牲畜和巨大农庄的地主竟如此无知更惊奇。也许只能用外国人很少造访这个偏僻的地区来解释。当地人问我，地球或太阳是否在运动？北方气候更热还是更冷？西班牙在哪里？以及其他很多诸如此类的问题。大多数居民以为英国、伦敦和北美洲是同一个地方的不同称呼；知识面稍宽一些的当地人认定，伦敦和北美洲是相距不远的两块地方，而英国是伦敦的一个大城市！我随身带着一些可以通过用牙齿咬破玻璃泡来点火的火柴，当地人对一个人能用牙齿点火也感到很好奇，经常一家一家地跑过来围观，甚至有人想出一块钱一根的高价来买火柴。就连早晨洗脸也让米纳斯村村民议论纷纷：一个资深的手艺人私下反复问我：为什么有这么奇怪的习惯？为什么在船上留着胡子（这是他从我的向导那里听说的），现在却没了？他用猜疑的眼神上下打量我：或许因为他听说过伊斯兰教的净身礼，怀疑我是异教徒；或许他以为所有异教徒都是穆斯林。村里流行一种风俗，就是外来者要向第一个遇到的近便人家请求投宿。对指南针以及我的其他把戏的好奇，使我受到了格外热情的招待，姑且用这些雕虫小技，再加上向导所介绍的关于我敲碎岩石、鉴别毒蛇和无毒蛇、采集昆虫标本等的长故事，作为对他们的回报吧。我讲述这段经历就好像自己在跟中非土人打交道，拉普拉塔河东岸地区的居民大概不愿意我把他们比作黑人，但这的确是我当时的真切感受。

第二天，我们骑马来到米纳斯村。除多山外，这一带与周围地区没有什么两样。毫无疑问，潘帕斯草原人会认为，这就是真正的高山。此地人烟稀少，一整天里我们只遇到了一个人。米纳斯村位于一片小平原上，四周环绕着低矮的石头山，面积甚至比马尔多纳多还小。内部布局是常见的对称形式，村庄中心是一座粉刷成白色的教堂，外观很漂亮。外围的房子零散地分布在草原上，这些房子都不带花园或庭院。这一带的房子大多如此，从外观上看，所有房子都不够舒适。天黑之后，我们在一间客栈兼酒馆投宿，晚上有很多加乌乔人来这里喝酒、抽雪茄。加乌乔人的外貌很引人注目：他们都长得高大英俊，只是一脸傲慢、浪荡的表情。加乌乔人经常留着小胡子，长长的黑色卷发垂在后背上。他们身穿色彩艳丽的衣服，靴子上的踢马刺发出叮叮当当的声音，佩刀像短剑一样别在腰间，也经常当短剑用，他们与从"加乌乔"这个名字联想到的普通乡下人完全不同。加乌乔人礼貌得有些过分，每次喝酒之前都要先请你尝；但是，当他们温文尔雅地向你鞠躬时，你会觉得只要时机一到，他们就会割断你的喉咙。

第三天，为了对几处大理岩岩层进行考察，我们选择了一条蜿蜒曲折的路线。在美丽的草原上，我们看到很多鸵鸟（*Struthio rhea*）。有些鸵鸟群的个体数量达到二三十之多。在晴朗天空的映衬下，立于高处的鸵鸟显得格外典雅、高贵。在其他地方，我从未见过如此温顺的鸵鸟——很容易策马与它保持较近的距离，不过随后它们会张开翅膀，像张满帆的小船一样乘风前进，很快就把马甩在后面。

晚上，我们来到唐·胡安·丰特斯的家。他是一位富有的地主，但是和我同行的两个人都不认识他。靠近陌生人家时，一般要遵守一些小礼仪：骑马慢慢到大门处，问候"万福玛丽亚"；在有人出来请你下马之前，按照风俗不能主动下马。主人正式的回答是"圣洁无罪"。进屋之后，客人应先与主人寒暄几分钟，然后请求在这里借宿，通常情况下会得到主人的许可。随后主人全家请客人一起吃饭，给客人安排房间。客人会用自己马鞍上的马衣把床铺好。奇怪的是，相似的环境造就的风俗也惊人的相似：非洲好望角人同样好客，礼节也几乎相同。但是，西班牙人与荷裔南非人性格之间的区别在于，前者不会问及客人的隐私，而实诚的荷兰人会追问客人来自哪里，要到哪里去，从事什么营生，甚至有多少兄弟姐妹或小孩。

美洲鸵

刚到唐·胡安·丰特斯家不久，就看到有人把一大群牛赶到房前，挑出其中三头宰掉。这些半野生的牛很灵活，它们对套索的杀伤力非常了解，杀牛人骑马追了很远才赶上。唐·胡安·丰特斯家拥有如此众多的牲畜、人丁和马匹，但住的房子却很寒碜。地面是硬泥地，窗户没有玻璃，客厅里还算像样的东西就是几把极其简陋的椅子和凳子，还有一对桌子。即使有我们几个客人到访，晚餐也不过是两大堆牛肉：一堆烤牛肉、一堆煮牛肉。除几片南瓜外，没有其他蔬菜，甚至连面包也没有。至于饮料，只有一大陶罐水供所有人饮用。但是唐·胡安·丰特斯家拥有好几平方英里土地，几乎每一英亩土地都能种植谷物。只要稍微费点儿心，种植常见蔬菜也不在话下。晚上的时光都消磨在抽烟上，偶尔有人在吉他的伴奏下即兴歌唱。未婚女子都坐在房间的一角，和男人们分开吃晚饭。

有很多文章提到过套索或流星锤，尽管有点儿啰唆，我还是要在这里介绍一下。套索是一种由生牛皮编成的非常强韧的细绳：一端系在马腹带上，马腹带又与马鞍上的复杂装备相连，具有这种装备的马鞍在潘帕斯草原很常见；另一端有一个小铁环或小铜环，即套圈。在使用套索时，加乌乔人左手握着一小圈绳子，右手转动套圈，套圈做得很大，直径通常可达 8 英尺。他在头顶快速转动套圈，凭借手腕的灵活运动使套圈保持张开，然后顺势抛出去，让套圈落在他想投到的任意位置上。套索闲置不用的时候，会被卷成一个小绳圈系在马鞍后面。流星锤有两种：简单的那种主要用于捕捉鸵鸟，由两块皮革包裹的圆石头组成，一根长约 8 英尺的皮编绳将两块石头连在一起；第

流星锤

二种与前者的唯一区别是，有三个被皮绳连到同一个中心点上的石球。加乌乔人手持三个石球中最小的一个，在头顶快速旋转另外两个石球，然后瞄准一个目标，像发射链弹^①一样把石球抛出去。一旦石球击中目标，就会缠在上面，几个石球绞在一起，牢牢地把目标缚住。流星锤的大小和重量相差很大，取决于用途。即使是一块还没有苹果大的石头，有时用力抛出去之后也能打断马腿。我见到的流星锤是用木头制成的，大小如萝卜，用于捕捉动物而不会伤到动物。流星锤也可能用铁制成，能抛到很远。使用套索或者流星锤的最大难点在于，要能在全速奔驰的马上操作，还要能突然转弯并在头顶上稳稳地转动套圈或石球以便瞄准目标——要是能站在地面上操作，那所有人都能很快学会。一天，我在骑马闲逛的时候，自娱自乐地在头顶上旋转流星锤。不知怎的，流星锤突然撞到灌木上，旋转运动被破坏，流星锤掉到地上，像魔法一样缠住了马的一条后腿；另一个球猛地从我手里脱出，马被牢牢缠住了。所幸的是，这是一匹久经训练的马，知道发生了什么，否则可能会乱踢乱蹬直到倒在地上。加乌乔人大笑起来，他们喊道，只见过各种动物被捕，没见过一个人自己捕自己。

随后两天，我走到了迫切想要考察的最远地点。身边的景色一直没变，走到最后，翠绿的草原甚至比尘土飞扬的道路更让人心烦。满眼看到的都是大拟鹑（*Nothura major*）。这些鸟并不成群活动，也不像英国种那样见人就躲。美洲种看上去很愚蠢：如果你骑马围着它们兜圈子，更准确地说是沿着螺线前进，越兜圈越小，到最后竟能打到它们的头，随便打多少只都没问题。更常用的方法是用一拉就紧的活套，或称小套索，来捕捉大拟鹑，小套索由鸵鸟的羽毛杆制成，固定在长棍的一端。骑着温顺老马的男孩用这种方法每天可捕到三四十只。在北美极地地区，印第安人沿着螺线步行通过缩小包围圈来捕捉白靴兔，中午是用这种方法捕猎的最佳时间——因为这时太阳最高，猎人的身影不会太长。

---

① 古时海战用的一种炮弹，包括两个铁弹，由短链连接。

大拟鹋

返回马尔多纳多时，我们选择了一条没有走过的路。潘德阿苏卡尔是沿拉普拉塔河航行过的人都知道的著名地标，我在这附近一个非常好客的老西班牙人家里休息了一天。第二天一早，我们去攀登阿尼马斯山。在初升太阳的照耀下，景色如诗如画。朝西望去，广袤的平原延伸至蒙得维的亚附近的山峰；朝东望去，则是如乳状突起一般的马尔多纳多丘陵。爬到山顶，我发现山上有几个看上去年代很久远的小石堆，我的同伴告诉我，这是古代印第安人所为。这里的石堆与常见于威尔士山区的石堆形状相似，只是尺寸稍小。在附近地区的最高点留下标志物似乎是人类的共同爱好。现在，不管是开化的印第安人还是未开化的印第安人都已经无迹可寻；除了这些在阿尼马斯山山顶留下的小石堆以外，我不知道原住民是否留下过其他永久性纪念物。

整体上讲，拉普拉塔河东岸地区的显著特点是树木稀少。有些石山上的部分区域覆盖着灌木，在大河两岸，特别是米纳斯以北的河岸，不难见到柳树。据说塔皮斯河附近有一片棕榈林，我曾在南纬35度潘德阿苏卡尔附近看到过一株硕大的棕榈树。这些棕榈树和西班牙人栽种的树是这片少林地区难得一见的亮丽风景。在引进物种中，值得一提的是杨树、橄榄树、桃树以及其他果树。桃树繁殖得很成功，成了布宜诺斯艾利斯市主要的柴火供应源。过于平坦的地区似乎不适合树木生长，比如潘帕斯草原，这也许与风力或排水性质有关。但是，马尔多纳多周围地区树木稀少显然不是由于上述原因：石山可以挡风；土壤类型多种多样；几乎每座山谷底部都能看到潺潺溪水；而且土壤的黏土质特性似乎适宜保持水分。有十分确凿的证据证明，是否存在林地取决于年度降水量；不过这片地区冬季雨量充沛，夏季虽然干旱但不严重。我们发现澳大利亚的气候比这里更干燥，但几乎整个澳大利亚地区都被高大的树木所覆盖。因此，我们必须寻找其他一些尚不知晓的原因。

如果观察范围仅限于南美，我们一定会认为，只有在非常潮湿的气候下，树木才能茂密生长，因为林地分布的界限与湿风带的界限非常吻合。南美大陆南部盛行挟带着来自太平洋湿气的西风，沿着破碎的西海岸，从南纬38度至火地岛最南端之间的区域都生长着茂密得难以穿越的森林。在科迪勒拉山系东侧纬度相同的区域，蓝天和晴朗的天气向我们证明，大气在越过高山时失去了所挟带的水分，于是干旱的巴塔哥尼亚平原只生长着很稀疏的植被。南美大陆北部盛行东南信风，其东侧生长着蔚为壮观的森林，而沿着西海岸从南纬4度至南纬32度的区域基本是沙漠。在南纬4度以北的西海岸，信风变得不规律，经常发生强降雨。因此，位于太平洋沿岸的秘鲁完全是沙漠，而布兰科角附近却具有像瓜亚基尔和巴拿马一样的茂盛植被。可以说，在南美大陆南部和北部，森林和沙漠以科迪勒拉山系为界分别占据相反的位置，它们的分布显然取决于盛行风向。在南美大陆中部，有一片宽阔的中间地带，范围包括中智利和拉普拉塔联合省，这里既不是沙漠，也不是森林，因为挟带雨水的风不一定能越过高山。树木仅在含水风形成湿润气候的地区茂盛生长的法则即使在南美洲也不是哪里都适用，福克兰群岛就是一个明显的例外。福克兰群岛与火地岛纬度相同，两者相距仅二三百英里，气候差不多，地质构造也几乎相同。然而，福克兰群岛地理位置特殊，虽然也具有泥炭质土壤类型，但几乎没有勉强能被称作灌木的植物；而在火地岛，你很难发现哪怕是一英亩没有被茂密森林覆盖的土地。强风和海流的方向都有利于将植物种子从火地岛送到福克兰群岛，火地岛的独木舟和树干也经常被冲到西福克兰岛沿岸。因此，这两个地区所共有的植物物种一定很多，但是即使把火地岛的树人为移植到福克兰群岛也无法使其成活。

第二节

非比寻常的各类动物

在马尔多纳多停留期间，我采集了几种四足动物、80 种鸟以及多种爬行动物的标本，其中包括 9 种蛇。当地仅现存一种土著哺乳动物，而且比较常见，即各种大小的南美草原鹿（*Cervus campestris*）。这种鹿数量众多，经常集结成小群，遍布在拉普拉塔河沿岸地区和北巴塔哥尼亚。如果有人紧贴地面朝鹿群缓缓爬行，这些鹿常常会出于好奇过来探察。我曾用这种方法在同一地点杀死同一群鹿中的 3 只。这种鹿性情温顺、好奇心强，但如果骑马接近，它们会非常警惕。在这个地区，所有人都骑马，只有骑在马上并装备着流星锤的人才会被鹿当作敌人。在北巴塔哥尼亚的一个新兴城镇——布兰卡港，我意外地发现，鹿对枪声一点儿也不害怕：一天，我朝离自己不到 80 码的一只鹿开了 10 枪；但

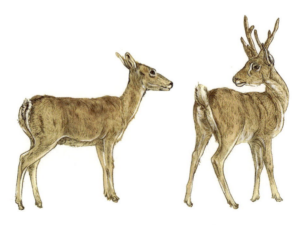

南美草原鹿（左雌右雄）

它对流星锤的恐惧程度远甚于步枪。所有火药用尽，我不得不站起来（作为能射中飞鸟的冒险家，我感到很惭愧），高声喊叫，直到把鹿吓跑。

南美草原鹿的奇异之处在于，雄鹿能散发出一种令人作呕的刺鼻臭味。这种臭味难以用言语形容：我在剥皮制作标本（这些标本现在陈列于动物博物馆）时，好几次差点儿吐出来。我把剥下来的鹿皮用丝绸手帕包好带回家，为了继续使用手帕，我把它洗了又洗，但直到一年零七个月之后再打开的时候，还能闻到那股臭味。这种气味的持久性令人惊叹，想必气味的本质是一种极细微的挥发性物质。通常在鹿群下风方向半英里处，就能闻见空气里弥漫着这种恶臭。我确信雄鹿所发出的臭味在鹿角完全长成或嫩角脱去茸毛之后的那段时间最为强烈。这时的鹿肉一定很难吃，不过加乌乔人一口咬定，把鹿肉埋在新鲜土里一段时间就可以除掉臭味。我曾在书中读到，苏格兰北部岛屿的居民也采用同样的方法处理食鱼鸟恶臭的尸体。

在这里，啮齿目动物品种很多，仅鼠类就发现了不下 8 个物种。世界上最大的啮齿动物——水豚（*Hydrochaerus capybara*）在这里也很常见。我在蒙得维的亚射杀的一只重达 98 磅：从鼻尖至树桩形尾巴的长度是 3 英尺 2 英寸，身围 3 英尺 8 英寸。这些大型啮齿动物时常出现在拉普拉塔河河口的岛屿上，那里的海水盐分很高，但生活在淡水湖泊与河流沿岸的水豚数量更多。在马尔多纳多附近，水豚通常三四只群居。白天，它们躺卧在水生植物中，或者在草原上觅食。远远望去，它们的行走姿态和体色与猪类似，不过当它们蹲坐在后腿上，用一只眼睛专注地观察某个目标时，那样子却像它们的同属亲戚——豚鼠和家兔。由于腭部深陷，头部从前面看和侧面看，样子都很

水豚

可笑。马尔多纳多的水豚非常温顺：我曾小心谨慎地走近 4 只老水豚，和它们之间的距离不足 3 码。也许因为美洲虎已经绝迹多年，加之加乌乔人认为水豚不值得猎杀，才让它们的性情变得如此温顺。当我逐渐走近的时候，它们不时发出奇怪的声音，这声音听起来像一种断断续续的低沉喉鸣，不是真正的叫声，而是突然排出空气发出的声音——我所知道的唯一类似的声音是一只大狗初次吠叫时发出的声嘶。在一臂之遥处，我与这 4 只老水豚对视了几分钟之后，它们就急匆匆地扎进水里去了，同时发出吠叫声。潜了一小段距离以后，它们又浮上水面，不过仅露出头的上部。据说，雌水豚在水里游的时候，背上会驮着幼崽。不费吹灰之力就能杀死很多水豚，不过这种动物的毛皮价值不高，肉味也非常一般。水豚在巴拉那河的岛屿上数量极多，是美洲虎的常见猎物。

土库土科鼠（*Ctenomys Brasiliensis*）是一种有趣的小动物，简单地说，这是一种具有鼹鼠习性的啮齿动物。在马尔多纳多的某些区域数量极多，但是难以捕到，我猜它们永远不会钻到地面上来。和鼹鼠一样，土库土科鼠也会在洞口堆起小土堆，只是尺寸稍小。这一带很多地方被土库土科鼠完全掏空，当马从上面走过时，土会陷到马蹄丛毛的上方。从某种意义上说，土库土科鼠喜欢群居：帮我采集标本的当地人一下子捉到 6 只，他说能同时捉到很多只的情况并不少见。土库土科鼠习惯昼伏夜出，主要食物是植物根茎，这也是它们广泛挖掘浅层洞穴的原因。它们在地下活动时会发出一种很特别的声音，第一次听到的人会觉得莫名其妙：因为很难辨别声音的方向，也猜不出是什么生物发出来的。这是一种短促但不刺耳的鼻音，在很短的时间内连续重复大约 4 次。土库土科鼠就是以它发出的声音而得名的。在它们经常出没的地方，全天都能听到这种声音，有时直接从脚底下传出来。如果养在室内，你会发现，土库土科鼠行动迟缓、笨拙，似乎与后腿向外扭动有关。由于股骨关节处没有韧带，土库土科鼠不会跳，哪怕很低的高度也跳不上去。逃跑时，它们显得很笨拙；在发怒或受惊吓时，它们会发出"土库土科"的叫声。我曾养过几只土库土科鼠，有些在第一天就已经被驯服，不咬人也不想逃跑；另一些野性稍强。

　　帮我捉土库土科鼠的人一口咬定，大多数土库土科鼠是瞎子。我保存在酒精里的标本就是这种情况，莱德先生认为这是由于瞬膜发炎所致。在这只动物活着的时候，我把手指伸到距离它的头半英寸的地方，它毫无反应，不过它在屋里走来走去的样子倒是与其他土库土科鼠差不多。因为土库土科鼠完全在地下生活，所以瞎眼现象虽然很普遍，但不妨碍大局。奇怪的是，所有土库土科鼠都保留了这个经常受损伤的器官。拉马克知道这件事一定会高兴，他曾猜测（这个观点可能比他提出的多数观点更正确），生活在地下的啮齿动物鼢鼠和居住在有水源的黑暗洞穴的爬行动物洞螈都是逐步丧失视力的，这两种动物的眼睛都被一层腱膜和皮肤覆盖，处于几乎退化的状态。普通鼹鼠的眼睛特别小但发育完全，离开洞穴时，这种动物可能需要好视力，但实际情况是，它的视力很糟糕，许多解剖学家甚至怀疑鼹鼠的眼睛是否与真正的视神经相连。土库土科鼠眼睛虽大，但大多数是睁眼瞎，我推测它们永远不会爬到地面上来，所以看不见东西不会给它们带来任何不便。拉马克一定会说，土库土科鼠正在向鼢鼠和洞螈的状态过渡。

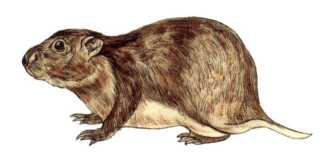

土库土科鼠

035

在马尔多纳多周围草木茂盛的起伏平原上，很多种鸟的数量都不在少数。有几个物种在构造和习性方面与英国的椋鸟很像，其中有一种黑色牛鸟（*Molothrus niger*）习性很特别。经常看到几只这种鸟结伴站在牛背或马背上；站在树篱上时，它们会一边晒太阳一边梳理自己的羽毛，有时还会放声歌唱，更确切地说是嘶嘶地叫。这种叫声很特别，类似气泡迅速从水下小孔冒出来时发出的尖利声音。根据阿扎拉的说法，这种鸟会像杜鹃一样把蛋产在其他鸟的巢里。多次听当地人提到，此地确实有一种鸟能干出这样的事。帮我采集标本的助手是一个很细心的人，他在本地红领带鹀（*Zonotrichia matutina*）的巢里发现了一枚比其他蛋尺寸大、颜色和形状也有所不同的蛋。在北美洲，牛鸟属的另一个种（*Molothrus pecoris*）也具有类似杜鹃的习性，其各个方面都与拉普拉塔牛鸟非常相似，甚至包括一些很细节的特性，比如都喜欢停在牛背上；唯一的区别是体形稍小、羽毛和蛋的颜色略有不同。虽然南北美洲的代表物种通常具有相似的构造和习性，但是对两者进行比较总能引起大家的兴趣。

斯温森先生曾经明确指出，除北美牛鸟（还需要加上南美牛鸟）外，只有杜鹃能称得上是真正的寄生鸟类，即这种鸟"完全依赖其他动物孵化其幼鸟、哺育其幼鸟长大，宿主动物死亡将导致其幼鸟死于雏鸟期"。值得注意的是：杜鹃和牛鸟属的几个种（但不是所有种），都具有以寄生方式繁殖后代的特性，但这两个属的所有其他习性几乎都不一样：牛鸟像英国椋鸟一样以群居为主，生活在开阔平原上，从来不伪装自己；相反，杜鹃是一种很怕见人的鸟，经常躲在灌木丛深处，以果实和毛虫为食。在构造方面，这两个属也相去甚远。有很多假说试图解释为什么杜鹃要把自己的蛋产在其他鸟的巢里，甚至包括骨相学假说。我认为，只有普雷沃斯特先生的观察结果可以解开这个难题。他发现，根据大多数观察者的说法，一只雌杜鹃至少产 4 ~ 6 枚蛋，每产 1 ~ 2 枚蛋就需要跟雄鸟交配一次。如果雌杜鹃不得不自己孵蛋，就必须等产完所有蛋之后再孵，这样第一批产下的蛋可能会因搁置时间太长而腐败；或者每产下一两枚蛋之后就孵，第一批孵出来之后再产第二批，可杜鹃在这个地区的停留时间比其他候鸟短，它显然没有足够的时间孵后面产下的蛋。因此，根据杜鹃多次交配，并在两次交配之间产蛋的现象，就能理解杜鹃为什么要在其他鸟的巢中产蛋，并将幼鸟留给养父母照顾。我很推崇这个解释，从南美鸵鸟的习性也可以推出类似的结论（后面我们还会详细介绍），即雌鸵鸟是相互寄生的（不知道可不可以这么说），每只雌鸵鸟都要在其他雌鸵鸟的巢里下几枚蛋，而雄鸵鸟会担负起所有孵蛋的工作，就像杜鹃的陌生养父母一样。

再来介绍一下另外两种鸟，这两种鸟很常见，都具有异乎寻常的习性。南美霸鹟（*Saurophagus sulphuratus*）是霸鹟大美洲族群的典型物种，其构造与真伯劳非常接近，但习性却与很多种鸟大差不离。我经常观察南美霸鹟，它在旷野上捕猎的时候，会像鹰一样在一个地点上空盘旋，然后飞往下一个地点。当它在空中悬停的时候，即使近距

南美霸鹟

离观察也很容易误以为是猛禽目的某个物种，不过它在俯冲力量和速度上远不及鹰。有时南美霸鹟到水边捕猎，这时它会像翠鸟一样静立不动，伺机捕食游到身边的小鱼。南美霸鹟被剪掉羽翼养在笼子里或院子里的情况并不少见。用不了多久它们就能变温顺，精灵古怪的样子引人发笑。从别人的描述可知，南美霸鹟的表现很像普通喜鹊。同身体相比，南美霸鹟的头和喙太重，因此飞行不平稳。晚上，南美霸鹟经常站在路边的灌木上，不停地发出悦耳的尖叫，有点儿像人在讲话：西班牙人说，听到的话像"Bien te veo"（我清楚地看见你），因此得名"平特维"。

当地人称为"卡兰德里亚"的鸟（*Mimus orpheus*）是一种嘲鸫，其叫声比当地其他鸟都优美。在我观察过的所有鸟中，这种鸟是南美唯一一种一站下来就鸣唱的鸟。歌声能与蒲苇莺相媲美，但是更响亮，婉转的歌声中混杂着刺耳的音符和尖锐的叫声。只有春季才能听到这种鸟鸣唱。其他时候，它的叫声很尖，远谈不上和谐。在马尔多纳多附近，这种看似温顺的鸟胆量并不小，它们经常成群结队地飞入农舍，啄食挂在木杆上或墙上的肉。如果其他小

卡兰德里亚

鸟也来参加盛宴，"卡兰德里亚"会马上把它们赶走。在巴塔哥尼亚大片无人居住的平原上，有一种类似"卡兰德里亚"的鸟经常出没于长满多刺灌木的河谷，这种鸟野性较强，叫声与"卡兰德里亚"略有不同。当我第一次看到这种鸟时，根据习性上的细微差异，我感觉它们与"卡兰德里亚"不属于同一物种。后来我得到了一只鸟的标本，经过粗略比较，又觉得两者非常相似，于是改变了看法。但古尔德先生一口咬定，它们属于两个不同的物种，这个结论与两者在习性上存在微小差异相符，不过古尔德先生并不知道这一点。

南美食腐鹰的数量之多、性情之温顺、习性之恶心，会使任何一个只熟悉北欧鸟类的人感到惊诧不已。南美食腐鹰包括四个物种：卡拉卡拉鹰、红头美洲鹫、黑美洲鹫和南美神鹰。根据身体构造，可将卡拉卡拉鹰归入鹰属，但我们很快就发现它不配归入这么高的类别。从卡拉卡拉鹰的习性来看，它充其量与英国的食腐乌鸦、喜鹊和渡鸦相当。后三种鸟在世界其他地区分布很广，但在南美洲无迹可寻。让我们先从巴西卡拉卡拉鹰（*Polyborus Brasiliensis*）谈起吧，这是一种常见鸟，分布地域十分广泛：在拉普拉塔联合省树木稀少的大草原上数量众多

巴西卡拉卡拉鹰

（当地人把它称作卡朗察鹰），甚至在巴塔哥尼亚贫瘠的平原上也很常见。在内格罗河与科罗拉多河之间的沙漠地区，沿途经常能看到等着啄食累死或渴死动物的卡拉卡拉鹰。虽然这种鸟在干旱的开阔地带和同样干旱的太平洋沿岸很常见，但在巴塔哥尼亚西部和火地岛的湿润茂密森林中也有分布。卡朗察鹰和齐孟哥鹰（*Polyborus Chimango*）经常一起出现在各大牧场和屠宰场。倒毙在平原上的动物是黑美洲鹫的大餐，随后由卡拉卡拉鹰的这两个物种负责把骨头剔净。虽然两种鸟常在一起觅食，但是相互之间并不友好。当卡朗察鹰安静地立在树枝上或者地面上的时候，齐孟哥鹰会绕着半圆形的圈子在它身边长时间地飞来飞去，伺机俯冲下去扑击这个体形稍大的亲戚。只要没有被撞到头，卡朗察鹰就不会在意。卡朗察鹰经常集结成群，但它们不是群居动物，在荒漠里可以看到它们独来独往，或者成对在一起。

据说卡朗察鹰非常狡猾，会偷大量的蛋。它们有时也和齐孟哥鹰一起啄食受伤骡马背上的疮痂。黑德船长曾用他特有的笔法绘声绘色地描写了这样的画面：一头不幸的家畜垂下双耳，弓起背部；同时，在一码远处盘旋的鸟正注视着家畜身上令人作呕的疮痂。这些冒牌鹰很少捕杀任何活鸟或活兽，所有在巴塔哥尼亚荒凉平原上躺下来睡过觉的人，都很清楚这种鸟贪得无厌的食腐习性。因为一觉醒来，他会发现，在四周的每个小土堆上，都有一只这种鸟圆睁着一只凶恶的眼睛耐心地注视着他：每一个到此一游的人都承认，此类画面是这里独有的景色。如果有一队人带着狗和马在此打猎，白天里一定会有几只鸟如影随形地跟着他们。吃饱之后，卡朗察鹰裸露的嗉囊胀得鼓鼓的；这时才发现，它的确是一种懒惰、温顺、胆小的鸟。卡朗察鹰飞得很笨、很慢，像英国的秃鼻乌鸦。它很少高飞，但我曾两次看到卡朗察鹰在高空中自在地滑翔。它会奔跑（不是跳跃），但不如它的某些同属近亲跑得快。有时卡朗察鹰很吵闹，但不经常，它的叫声很响、很刺耳而且很特别，有点儿像西班牙语的喉音 g 加上双音 r r。在大叫时，它的头越抬越高，直到最后，大张着嘴的头部几乎要触到背部下方。虽然有人怀疑，但这件事情千真万确——有几次我看到它的头向后仰到了完全相反的方向。阿扎拉的观察结果得到了广泛的认可，不过我还要补充以下几点：卡朗察鹰以蠕虫、贝类、蛞蝓、蚱蜢和蛙类为食；它用扯断脐带的方法杀死羊羔，还追逐黑美洲鹫，直至对方把刚刚吞下的腐肉吐出来。最后要说明的是：阿扎拉说过，一些卡朗察鹰五六只聚在一起，联合起来追逐大鸟，甚至是像鹭那么大的鸟。所有这些观察结果都表明，卡朗察鹰是一种反复无常、诡计多端的鸟。

齐孟哥鹰比卡朗察鹰小很多，前者是一种杂食鸟，连面包都吃。我确信，齐孟哥鹰是导致奇洛埃岛马铃薯产量大幅下降的祸首，因为它啄食刚刚种下去的马铃薯块茎。在所有食腐动物中，最后离开兽类尸骨的鸟通常是齐孟哥鹰，它经常待在死牛或死马的肋骨架里，好像是一只笼子里的鸟。另一个物种是新西兰鹰，在福克兰群岛极为常见，这种鸟的很多习性与卡朗察鹰相似。新西兰鹰以动物尸体和海生生物为食，在拉米雷斯群岛，它们的全部食物就只能来自大海了。新西兰鹰性格温顺、无所畏惧，敢去人的住所周围寻找食物残渣。如果一只动物被猎人杀死，很快就会有许多新西兰鹰围拢过来，站在四周耐心等待。饱餐后，它们裸露的嗉囊胀得老大，那样子令人生厌。它们喜欢进攻受伤的鸟：一只受伤的鸬鹚走上岸来，立刻被几只新西兰鹰抓住，在它们的扑击之下这只鸟提前结束了生命。可惜比格尔号仅在夏季停留于福克兰群岛，冬季在福克兰群岛逗留的冒险号上的军官提到了许多关于这种鸟巧取豪夺的奇特例子。它们敢于袭击一条睡在人身边的狗，还敢在猎人眼皮底下夺走受伤的鹅。据说，几只新西兰鹰会结伴（在这方面与卡朗察鹰类似）守在兔子洞口，等兔子一出来，就集体扑上去。它们经常飞到停靠在港湾的船上，稍不留神，索具上的皮革就有可能被新西兰鹰弄坏，或者船尾上的猎物被叼走。这种调皮捣蛋的鸟会从地上叼走几乎所有东西：一顶抹油的大黑帽和捕牛用流星锤上的两个球被它们叼到几乎一英里以外。专注于测量的尤斯伯恩先生损失比较严重，他放在红色摩洛哥皮革盒子里的凯特牌小指南针被偷走，后来再也没有找到。此外，新西兰鹰爱激动、好争斗，盛怒之下会用嘴撕扯地上的草。新西兰鹰不算真正意义上的群居鸟类。它们飞起来的时候很笨重，根本飞不高；在地面上奔跑的速度却和野鸡一样快。它们很吵闹，能发出几种刺耳的尖叫，其中一种叫声类似英国的秃鼻乌鸦，因此海豹猎人常把它们称作秃鼻乌鸦。有趣的是，鸣叫时，它们的头前后摆动，那样子很像卡朗察鹰。它们把巢筑在海边的石崖上，但是仅在附近的小岛上筑巢，不考虑两个主岛；这种性情温顺却行事鲁莽的鸟竟在筑巢上如此谨慎，让人感到很不寻常。海豹猎人说，新西兰鹰的肉烧熟后颜色发白，味道很好；但敢吃的人一定很勇敢。

现在我们来谈谈红头美洲鹫（*Cathartes aura*）和黑美洲鹫。从合恩角至北美洲，凡是比较湿润的地方都能发现红头美洲鹫的踪迹。与卡朗察鹰和齐孟哥鹰不同，红头美洲鹫能飞到福克兰群岛。红头美洲鹫是一种独居鸟，最多成对生活。它在高空翱翔，姿态非常优美，从远处就可以把它辨认出来。众所周知，红头美洲鹫是一种真正的食腐动物。在巴塔哥尼亚西海岸密林遍布的小岛和破碎的地块上，它们完全靠海水的馈赠为生，尤其是被海水抛到沙滩上的海豹尸体。在海豹聚居的岩礁附近，总能看到红头美洲鹫的身影。黑美洲鹫（*Cathartes atratus*）的分布范围与前者不同——它不会在南纬 41 度以南出现。阿扎拉提到，当地流传一种说法，在 16 世纪西班牙人和葡萄牙人征服中南美洲的时期，蒙得维的亚附近没有这种鸟，它们是随着从更北的地方迁徙过来的居民来到这里的。今天，为数众多的黑美洲鹫生活在蒙得维的亚以南 300 英里处的科罗拉多河谷中，这大概是它们在阿扎拉时代之后进一步迁徙的结果。黑美洲鹫喜欢在气候潮湿的地方生活，更准确地说，是喜欢靠近淡水栖息。因此在巴西和拉普拉塔地区

红头美洲鹫

042

数量众多；而在巴塔哥尼亚北部的沙漠和干旱平原上，除了一些靠近河流的地方，很难找到它们的踪影。黑美洲鹫频繁出没于潘帕斯草原的各个角落直至科迪勒拉山系脚下，但是我从没见过或听说过哪怕一只这种鸟出现在智利。在秘鲁，黑美洲鹫因为具有清理死尸的功能而受到当地人的保护。应当把这种美洲鹫看作群居动物，因为它们以集体生活为乐，而且聚在一起绝不仅仅是为了一同捕食。在晴朗的日子里，经常看到一群黑美洲鹫展开双翅，姿态优美地在高空中一圈一圈地盘旋。这样做似乎只是为了体验飞行的乐趣，也可能与求偶有关。

除南美神鹰外，我已经介绍了南美的所有食腐鸟类，对南美神鹰的介绍将在我们到访比拉普拉塔平原更适宜它们栖息的地区时进行。

黑美洲鹫

第三节

闪电制造的"玻璃管"

距离马尔多纳多几英里，有一条宽阔的沙丘地带，将波特雷罗湖与拉普拉塔河的河岸隔开。在这里，我发现了一组硅质"玻璃管"，这是闪电穿入松散的沙土形成的。这些"玻璃管"与《地质学报》所描述的在英国坎伯兰地区德里格发现的管状物别无二致。马尔多纳多地区的沙丘没有植被保护，位置经常移动。这使得一些"玻璃管"露出地表，周围有许多碎块，说明之前它们曾被埋在更深的地方。四根"玻璃管"垂直插入沙层：我用手把其中一根挖出 2 英尺，旁边有几段碎块显然属于同一根"玻璃管"，全部加起来长度可达 5 英尺 3 英寸。"玻璃管"的直径从上到下几乎没变，由此可以推断"玻璃管"最初一定位于更深的地方。在德里格发现的管状物尺寸更大，其中一根被埋在地下的深度超过了 30 英尺。

"玻璃管"的内表面已经完全玻璃化、富有光泽而且光滑。在显微镜下观察小碎块，从微小空气泡（或蒸汽泡）的数量来看，很像是吹管前方的一段熔融玻璃。沙土全部或大部分呈硅质；但是某些地方发黑，发黑的部分表面光滑且具有金属光泽。管壁厚度介于三十分之一至二十分之一英寸之间，偶尔能达到十分之一英寸。管壁外侧附着着沙粒，略带玻璃光泽，我没发现任何结晶化特征。与《地质学报》所描述的情形类似，"玻璃管"通常受到挤压，有深深的纵向沟，酷似枯萎的植物茎，或者像榆树或栓皮栎的树皮。"玻璃管"的周长约为 2 英寸，不过有些呈圆柱状的碎块表面没有沟，周长可达 4 英寸。皱褶或沟是由于管状物在高温下处于塑性状态时，被周围松散的沙子推挤造成的。从未受过挤压的碎块判断，闪电的内径（如果可以这么说）应为 1.25 英寸左右。在巴黎，阿谢特先生和伯当先生曾用强电流通过细玻璃粉的方法成功制造出与闪电产物相似的"玻璃管"。在玻璃粉中添加盐类将提高其可熔性，形成的"玻璃管"在各个维度上的尺寸都更大。两位先生曾用长石粉和石英粉进行过类似的试验，但未能取得成功。用捣碎的玻璃制成的管状物长度接近 1 英寸，即 0.982 英寸，内径 0.019 英寸。如果你知道试验使用了巴黎最强的电池，其电力只能将易熔材料玻璃熔成如此细小的管状物，就会对闪电的力量大为震惊：闪电在几处地点击入沙子形成管状物，其中之一长度至少为 30 英尺，在未受到挤压时内径可达 1.5 英寸；而且击中的对象是石英这么难熔的材料。

我在前面提到，"玻璃管"插入沙土的方向与地面几乎垂直。不过有一根管子弯曲很明显，严重偏离直线达 33 度。这根管子有两个小分叉，相距约 1 英尺：一个朝下，另一个朝上。向上的分叉很不同一般，因为这需要电流改变方向，与折回去的主电流路径形成 26 度锐角。除了 4 根垂直插入沙土的"玻璃管"之外，我在四周挖掘的时候还发现了几组碎块，碎块的原始位置无疑就在附近。所有碎块都是在一片平坦的流沙区域发现的，这片区域长 60 码、宽 20 码，位于几座高高的沙丘之间，距离一串高度四五百英尺的丘陵大约半英里。在我看来，这里的情形与德里格的情形和德国的里宾特洛甫先生所描述的情形一样，都有一个非常引人注目的地方——在如此有限的范围内发现如此多的管状物。在德里格，15 码见方的范围内有 3 根管状物，在德国也有这么高的分布密度。前面曾提道：有一片长 60 码、宽 20 码的区域肯定存在 4 根或者 4 根以上的管状物。显然，这些管状物不可能由连续击中地面的几个闪电所形成，我们只能认为，在闪电到达地面之前分成了几个分叉。

拉普拉塔河附近大概属于频繁发生闪电的特殊区域。1793 年，布宜诺斯艾利斯遭遇了一场大雷雨，是有史以来最具破坏性的大雷雨之一：市内有 37 处遭到雷击，19 人死亡。根据几本旅行札记上的记载，我猜测大河的河口附近是大雷雨频发的地段，这或许与大量淡水和海水相混合干扰了电平衡有关。在南美这一地区，尽管我们只是一过客，但也听说过一艘船、两座教堂和一所房子遭到雷击。我参观了遭到雷击后不久的教堂和房子（房主是英国驻蒙得维的亚总领事胡德先生）。雷击留下了明显的痕迹：靠近电铃线两侧接近 1 英尺的壁纸都被烧黑；金属被烧熔——房间约 15 英尺高，熔化的金属滴落在椅子和家具上，形成一串小洞；部分墙壁像是被炸药炸过，飞溅的碎块力量之大足以在房间另一面的墙壁上击出凹坑；镜子的外框被烧黑，镀金一定挥发掉了，因为放在壁炉架上的香瓶被附上了发光的金属颗粒，附着的牢固程度好似上了一层釉。

第三章

阿根廷南部港口——布兰卡港

阿根廷为拉丁美洲（美国以南其他美洲国家的统称）仅次于巴西的第二大国，16 世纪前居住着土著印第安人，1535 年沦为西班牙殖民地，1816 年 7 月 9 日宣布独立。

布兰卡港是阿根廷东南部城市和港口，距布宜诺斯艾利斯港 900 千米，始建于 1828 年，原为海防堡垒，19 世纪末随潘帕斯地区农牧业的发展而兴起。

1832 年 9 月 7 日，达尔文第一次登上布兰卡港；一年后，比格尔号再次来到布兰卡港进行港口测量工作，达尔文决定再次上岸考察，之后再与船队会合。这一次，达尔文在蓬塔阿尔塔平原上发现了大量独特的巨型陆生动物及贝壳的残骸和化石。将远古巨兽的残骸与现代四足动物进行对比，达尔文发现当地树懒科动物与发现的化石在进化上有着连续的关系，而且当地没有任何灾变的痕迹，因此他认为赖尔的地质变化渐进论，即地球应该有百万年以上的历史，是正确的，而且他也完全同意赖尔关于"哺乳动物的存在时间比有壳目短"的论断。

第一节

远古巨兽遗骨

1833 年 8 月 24 日，比格尔号抵达布兰卡港，一星期后要驶往拉普拉塔河。得到菲茨罗伊舰长的允许后，我留了下来，打算随后沿陆路前往布宜诺斯艾利斯。我将在布兰卡港为上次和这次比格尔号考察此港时得到的观察结果做一些补充。

距离海岸几英里远的平原属于大潘帕斯组，该地层由红色黏土岩和高钙质泥灰岩组成。离海岸更近的平原由来自上部平原的碎屑以及陆地缓慢隆升过程中被海水冲到岸上的泥质、沙砾和沙子组成，陆地隆升的证据来自高地上的近世贝壳层和散布于地表的浮石圆砾石。在蓬塔阿尔塔，我们看到了其中一处形成年代较晚的小平原剖面，最让人称奇的是，其中嵌有许多具有独特特征的巨型陆生动物的遗骨。欧文教授在《比格尔号远航动物志》中曾详细描述过这些遗骨，现在陈列在皇家外科医学院。下面我将对它们的特征进行简要描述。

第一种，大地懒的三块头颅残片和其他遗骨，从名字就可以看出这种动物的尺寸之大。第二种，巨爪地懒，是另一种大型动物，与前者有亲缘关系。第三种，伏地懒，也是一种相关的动物，我取得了几乎完整的骨骼。伏地懒和犀牛一般大小，欧文先生认为，其头部构造非常接近土豚，但是在其他一些方面接近犰狳。第四种，达尔文磨齿兽，属于亲缘关系很近的属，但尺寸略小。第五种，另一类巨型不具齿四足动物。第六种,一种巨型动物,具有分区明显的骨质外壳,与犰狳的背甲很相像。第七种,一种已灭绝的马。第八种,一枚厚皮类动物的牙齿,很可能属于长颈驼,这是一种有骆驼一样长脖子的巨兽。最后一种,箭齿兽,可能是已发现的四足动物中最奇怪的一种:尺寸与大象或大地懒相仿,但是欧文先生说,其牙齿构造无可争议地表明它与啮齿目动物有亲缘关系,啮齿目目前包括绝大多数体形最小的四足动物;许多细节特征与厚皮类动物相似;从眼、耳和鼻孔的位置判断,箭齿兽可能与儒艮和海牛一样都属于水生动物,它们之间也的确有亲缘关系。现代的几个彼此分得很清楚的目所具有的特点,竟在箭齿兽身体上的不同部位调和到一起,这可真是一件有趣的事情!

大地懒遗骨

伏地懒遗骨

磨齿兽遗骨

箭齿兽遗骨

这9种巨型四足动物的遗骸和很多散落的残骨,是从海滩上一块200码见方的区域发掘出来的。如此多不同种类的动物在同一地点被发现,的确是一个奇迹;这也证明种类众多的古代动物曾在这里生活过。在距离蓬塔阿尔塔约 30 英里的一处红土悬岩上，我找到了几块比较大的兽骨碎片。其中一些是啮齿目动物的牙齿，大小和形状与前面介绍过的水豚很相近，因而它可能也属于水生动物。还发现了某种栉鼠类动物的头骨残片：这种动物与土库土科鼠外观近似，但属于不同的物种。埋藏残骨的红土与潘帕斯草原的土质相似，按照埃伦伯格教授的说法，其中含有 8 种淡水和 1 种咸水纤毛虫类微生物；因此，很可能属于河口沉积物。

在蓬塔阿尔塔发现的动物残骨埋藏在层状沙砾和红泥中，也许是被海水冲到浅滩上的。其中含有 23 种贝类，13 种为近世物种，另外 4 种与近世物种具有密切的亲缘关系。伏地懒的遗骨，甚至包括膝盖骨，还保持着生存时的相对位置，犰狳类巨型动物的骨质甲壳和一条腿骨也保存得非常完好，我们敢肯定，在和贝壳一起被埋在沙砾中时，这些动物一定刚死去没多久并且还连着韧带。因此，我们获得了有力的证据，能证明上述几种古代巨兽与现代四足动物的差异要大于后者与欧洲第三纪年代最古老四足动物的差异，而且在古代巨兽生存的年代，大海中已经出现了绝大多数现有物种；这也印证了赖尔先生反复强调的著名论断——从总体上看，哺乳动物的存在时间比有壳目更短。

大地懒科动物包括大地懒、巨爪地懒、伏地懒和磨齿兽，这些动物的巨大骨架确实非同一般，其生活习性对于博物学家来说完全是个谜，直到欧文教授独出心裁地解决了这个问题。构造简单的牙齿表明，大地懒科动物以植物为食，很可能吃树叶和细枝；它们笨重的身体和弯曲的大爪子似乎不太便于运动，于是一些著名的博物学家得出结论，它们像近亲树懒一样背部朝下在树上攀爬，靠吃树叶为生。认为远古时代树木的树枝有足够的强度能承受和大象一般大的动物，这类想法即使算不上荒谬，也够得上大胆。欧文教授认为，它们不是在树上爬，而是把树枝曳下来，或者把小树连根拔起，吃上面的叶子。后一种观点听起来更可信些。大地懒科动物的身体下部非常肥大而笨重，这在没有看到它们的骨骼之前是很难想象的，根据欧文教授的观点，这部分对它们来说非但不是累赘，反而有明显的用处，于是它们外表上的笨拙就不再是问题了。巨大的尾巴和一对肥硕的后脚像三脚架一样稳固地支撑在地面上，这样就可以自由使出那一对极强有力的前肢和巨爪的全部力量。确实，一棵树必须牢牢地在地上扎根，才能承受住这种力量！磨齿兽还长着像长颈鹿一样可以伸展的长舌，长颈鹿正是靠着大自然的这种美妙赐予和长颈的帮助才得以吃到树上的叶子。顺便提一下，布鲁斯曾提起，一旦阿比西尼亚（现称埃塞俄比亚）的大象用长鼻子抵不到树枝，它们就会用象牙在树干的上下周围刻出深深的沟痕，一直到树干足够脆弱能够折断。

大地懒复原图

051

含有化石遗骸的岩层位于水位最高点以上仅 15 至 20 英尺。由此可见，自从这些巨型四足动物在周围平原上生活以来，陆地隆升幅度不大（前提是中间没有沉降时期，目前我们尚无相关证据证明这一点）；当时这片区域的外部特征肯定与现在基本相同。有人会问：当时植被的情况如何？会像现在这样一片荒凉吗？起初，我倾向于认为过去的植被大概与现存植被类似，因为有很多一同被埋藏的贝类与现今在海湾中生活的贝类相同。但是这个推测是错误的，因为其中一些贝类也生存于植被繁茂的巴西沿岸一带。一般来讲，海洋生物的特征不能用于判断陆地生物的特征。尽管如此，我不认为仅根据大量巨型四足动物曾经生活在布兰卡港周围平原这一事实，就能推测出这些地区曾经生长着茂密的植被，因为在这片不毛之地以南不太远的内格罗河流域，有一片稀稀拉拉的多刺乔木能供养数量足够多的巨型四足动物。

大型动物需要茂盛植被已成为学术文章中的流行观点，但是我敢肯定这种观点完全错误，而且与地质学家们对远古世界中某些重要问题的理解相左。这种偏见的源头可能来自印度和印度洋岛屿，在每个人的印象中，成群的大象、壮观的森林和密不透风的丛林是融为一体的。但是，如果我们读过有关穿越非洲南部的游记，就会发现几乎每一页都会暗示这片地域的沙漠特征和在这里生活的众多大型动物。很多反映非洲内陆风情的版画也清楚地证明了这一点。在比格尔号到达开普敦之后，我曾在这片地区进行过为期数天的考察，当时所看到的实际情况使我愈发深刻地体会了以前阅读过的知识。

就在最近，安德鲁·史密斯博士带领探险队成功越过了南回归线，他对我说，整个南部非洲确定无疑是一片贫瘠之地。在南部和东南部沿海地区，有几处茂盛的森林，除此之外，旅行者一连多天走过的都是开阔平原，平原上仅稀疏覆盖着极少量的植被。很难准确表达相对肥沃程度；但是可以有把握地讲，在一年中的任何季节里，英国的植被覆盖量都会超过，甚至 10 倍于南部非洲内陆区域相同面积上的植被覆盖量。以下描述也许能让读者对植被稀疏情况有更直观的认识：在南部非洲，除沿海地区以外，牛车可以朝任何方向行进，只不过在偶然遇到灌木丛的时候要耽搁大约半小时去砍倒它们。现在让我们梳理一下生存于这片广袤平原上的动物，它们的数量极其惊人，而且体形庞大，有大象、3 种犀牛（根据史密斯博士的说法，还有另外两个物种）、河马、长颈鹿、体形与成年公牛一样大的野牛、体形稍小的大角斑羚、2 种斑马、斑驴、2 种角马和体形甚至比后面几种动物还大的羚羊。有人猜测虽然这里物种数量众多，但每个物种对应的个体寥寥无几。得益于史密斯博士的热心相助，我了解到实际情况并非如此。他向我介绍了在南纬 24 度乘牛车旅行一天所见证的情况。他看到 100 至 150 头犀牛，可归为 3 个物种；同一天还看到几群长颈鹿，总数接近 100 只；虽然没看到大象，但在这个地区曾有人发现过大象的踪迹。从前一晚宿营地行进一个多小时后，他的探险队在同一处地点杀死了 8 头河马，看到的河马数量还不止这么多。在同一条河里，鳄鱼的数量也不在少数。当然，目睹如此多大型动物挤在一起的情形很不寻常，但显然能证明这些动物在南部非洲数量可观。史密斯博士这样描述那一天所途经的地区，"植被稀疏，灌木高约 4 英尺，含羞草属树木极为少见。"牛车基本沿直线前进，很少会遇到障碍。

除上述大型动物外，每一个对好望角自然历史稍有了解的人都知道，那里羚羊群的数量绝不亚于候鸟群。狮、豹、鬣狗和各种猛禽的数量非常可观，足见这里有许多体形较小的四足动物。一天晚上，在史密斯博士的宿营地周围竟同时出现了 7 头狮子。这位精明强干的博物学家告诉我，南部非洲每天发生的弱肉强食事件真的很恐怖！不得不承认，在食物如此匮乏的地方竟能生存如此众多的动物着实令人震惊。毫无疑问，体形较大的四足动物会在宽广的区域内漫游觅食；林下灌木是这些动物主要的食物来源，虽然食物数量有限，但营养成分的含量比较高。史密斯博士还提醒我，这里的植被生长速度很快——前一拨刚被吃光，在原来的地方立马就能长出新的植物。何况，供养大型四足动物所需的食物数量显然被过分夸大了：要知道体形不算小的骆驼大多生活于沙漠中。

大型四足动物出没的地方植被一定茂密这个观点很有诱惑力，因为相反的情况令人无法想象。伯切尔先生告诉我，当他第一次走进巴西的时候，南美植物界的壮丽景象给他留下了深刻的印象，这种景象与南部非洲植物界的贫瘠状况形成了鲜明的对照，但在巴西，大型四足动物极其少见。他在旅行日记里写道，要是把这两个地区相同数目的最大型食草动物的体重（如果有足够的数据）进行比较，结果会让人大吃一惊。如果我们把南部非洲的大象、河马、长颈鹿、野牛、大角斑羚、犀牛的3个或5个物种列为一方，把南美洲的两种貘、原驼、3种鹿、骆马、野猪、水豚（再往后排，我们就只能从猴子中选出一种来和南部非洲的物种相对照了）列为另一方，然后把这两组动物一一比较，得到的结果让人难以接受：两者在尺寸上极不成比例。根据以上事实，我们不得不得出一个与先前假设完全相反的结论：哺乳动物体形大小与栖居地植物数量多少之间不存在明显的关联。

就大型四足动物的数量而言，地球上确实没有哪片地方能与南部非洲相比。从各种文献记载中了解到，南部非洲确定无疑是一片不毛之地。在地球上欧洲这片地方，要想找到与好望角现生哺乳动物有相似特征的物种，就必须退回到第三纪。因为我们在某几处地点找到了漫长岁月里堆积起来的大型动物的遗骨，所以倾向于认为，第三纪时大型动物的数量多得惊人；

南美原驼

054

但不能夸口说，欧洲在这个时期的大型四足动物比南部非洲当前的大型四足动物还要多。如果我们要推测这个时期的植被情况，则至少可以认为，那时也具有和现在相似的条件。茂密的植被不一定绝对必要，在非洲好望角看到的荒凉景象就能证实这一点。

我们知道，在北美洲的高纬地带，地面以下几英尺深的区域是永久冻结的，在比这里纬度高得多的地区，也会有覆盖着高大树木的林带。同样，在西伯利亚，桦树、冷杉、白杨和落叶松林生长在纬度高达64度的地方；那里平均气温低于冰点，泥土被完全冻结，因而埋藏在其中的动物尸体可以完好地保存下来。根据以上事实，我们必须承认，仅就植被的繁茂程度而言，晚第三纪的大型四足动物可以生活在欧亚大陆北部的大部分地区，也正是在这些地点发掘出了它们的遗骸。我不在这里谈供养大型四足动物所必需的植物种类，因为已有证据证明，当地非生物条件发生过变化，况且这些动物已经灭绝，所以我们可以推测，当地植物种类也发生过变化。

请允许我补充几点与保存在西伯利亚冻土层里的动物有关的论点。有些人坚信，繁茂的热带植物是维持大型动物生存的必要条件，但热带植物不可能出现在永久冻土带，于是有几种理论以此为理由，提出气候突变说或者大灾变说，这样才能解释埋在冻土带里的大型动物。我绝不是假定，从埋在冻土层里的这些动物所生存的年代起到现在，气候就一直没有改变过。我只想说明，如果单单考虑食物供应量，古代犀牛甚至在现在的气候条件之下，也可以漫游于西伯利亚中部的干草原上（那时西伯利亚北部大概还在海平面以下），正像现生犀牛和大象在南部非洲的干旱台地上游逛一样。

第二节

达尔文鸵鸟

在北巴塔哥尼亚荒无人烟的平原上栖息着几种比较有趣的鸟，现在我来谈谈它们的习性，先从最大的鸟——南美鸵鸟谈起。每个人都熟悉这种鸵鸟的一般习性，它们是草食性动物，以植物的根和草等为食。可是在布兰卡港，我经常看到三四只鸵鸟在退潮时走到快被晒干的宽阔泥岸上，据加乌乔人说，它们是为了找小鱼吃。鸵鸟生性胆怯、警惕性高并且性情孤僻，尽管跑得飞快，但很容易被印第安人或加乌乔人用流星锤捉住。当几个骑马的人围成半圆形时，鸵鸟就会慌得不知往哪个方向逃跑才好。它们总喜欢逆着风向跑，而且一启动就张开翅膀，好像一只张满帆的船。在一个大晴天，我看到几只鸵鸟钻进芦苇丛，蹲伏着躲在里面，一直到我走得非常近时才跑开。没有几个人知道鸵鸟会游水。金先生告诉我，在巴塔哥尼亚的圣布拉斯湾和瓦尔德斯港，他看到鸵鸟在两座小岛之间游来游去好几次。不管是被赶到岸边，还是在没有受到惊吓的情况下主动跳水，它们都能游大约 200 码。在游泳的时候，它们只有一小部分身体露出水面，颈部微微向前倾，往前推进的速度很慢。我两次看到几只鸵鸟游到了圣克鲁斯河对岸；这条河宽度约为 400 码，而且水流湍急。斯特尔特船长在澳大利亚沿马兰比吉河顺流而下的时候，也曾看见两只正在游水的鸸鹋。

即使在远处，当地居民也能分辨出鸵鸟的雌雄。雄鸟体形较大，羽毛颜色较深，头部也较大。鸵鸟（我认为是雄鸟）发出一种独特而低沉的嘶嘶声；初次听见这种叫声时，我正站在几座沙丘之间，因为分辨不出声音究竟从哪个方向传过来，也不知道离自己有多远，以至于认为是野兽在嗥叫。9，10两月，当我们在布兰卡港逗留的时候，遍地都可以找到鸵鸟蛋。这些蛋或杂乱或单个散落在地面上，这样的蛋永远孵不出小鸵鸟，西班牙人称之为"瓦乔斯"。有时鸵鸟也把蛋收集在一起，放在浅浅的坑里，那就是它们的巢了。我看到过4个鸵鸟巢，其中3个巢各有22枚蛋，第4个巢有27枚蛋。有一天，我出去骑马打猎，共找到64枚鸵鸟蛋，其中44枚蛋是在两个巢里找到的，而其余20枚则是散落在地面上的"瓦乔斯"。加乌乔人都说，只有雄鸟孵蛋，而且不久后它们会和幼鸟结成伴；我们没有理由怀疑这种说法。雄鸟在孵蛋时，全身紧贴在地面上，有一次我骑的马差点儿踩上一只。据说，在孵蛋期间，有时它们会变得很凶，甚至不顾一切，曾经出现过鸵鸟

正在游水的鸸鹋

攻击骑马人、企图用脚踢人并从人身上踩过去的事件。给我通风报信的人指着一位老人告诉我，这位老人曾被一只鸵鸟追过，当时把他吓得够呛。在伯切尔所著的南部非洲游记里，我读到过下面一则故事："曾经杀死一只雄鸵鸟，发现它的羽毛是污浊的，据霍屯督族人说，这是一只孵蛋的鸵鸟。"我知道动物园里的雄鸸鹋会伏在巢中孵蛋，恐怕这是鸵鸟科动物共有的习性。

加乌乔人一致认为，几只雌鸟会把蛋下在一个巢里。有人非常肯定地对我说，曾看到四五只雌鸟在中午时一只接一只地走进同一个巢里。补充一句，在非洲，居民们都相信，两只或者更多只雌鸟会在一个巢里下蛋。虽然这种习性乍一看让人感到很奇怪，但我认为，原因不一定会很复杂。在每个鸵鸟巢里，有 20 ～ 40 枚鸵鸟蛋，甚至可达 50 枚；根据阿扎拉的描述，有时能达到 70 ～ 80 枚。虽然某个地区鸵鸟蛋的数量会远远超出亲鸟的数量，并且雌鸟的卵巢状况也允许这么高的生育率，但产蛋过程必定会花费很长时间。阿扎拉说，一只家养雌鸟会下17 枚蛋，每隔 3 天下 1 枚。如果雌鸟必须自己孵蛋，那么在产完最后一枚蛋之前，第一枚蛋恐怕已经腐败变质了；如果每只雌鸟分期分批地把蛋下到不同的巢里，并且像上文所说的那样，几只雌鸟排着队在同一个巢里下蛋，那么一个巢里的蛋就会有几乎相同的龄期。我以为，如果平均而言，每个巢里的蛋数小于等于每只雌鸟在繁殖季产下的蛋数，那么鸵鸟的巢数就应该等于雌鸟的只数，于是每只雄鸟都将分到一份孵蛋工作——因为有一段时间，雌鸟要忙着产蛋，不能亲自去做孵蛋工作。前文曾提到，地上散落着很多"瓦乔斯"，或者说被鸵鸟废弃的蛋，以至于在一天时间里就能找到 20 枚这样的蛋。被弃掉的鸵鸟蛋数量如此之多实在令人瞠目。是不是因为几只雌鸟合作不融洽或者很难找到担任孵蛋工作的雄鸟而只好把蛋废弃掉呢？显然，弃蛋行为至少与两只雌鸟有关，否则鸵鸟蛋就会散落在整个平原上，由于相距太远，很难被雄鸟收集到一个巢里去。有几位作者认为，散落的蛋是为充作幼鸵鸟的食物而被产下的。这种情形不可能发生在美洲，因为在那里，腐败变质的"瓦乔斯"经常被发现，而且没有被咬破的痕迹。

在北巴塔哥尼亚的内格罗河进行考察时，我多次听到加乌乔人谈起一种非常稀有的鸟，他们把它称作小种鸵鸟。加乌乔人说，这种鸟的体形比当地盛产的普通鸵鸟小，但外表非常相似。他们说，这种鸟的羽毛颜色深暗、有斑点，双脚较短，羽毛覆盖的位置要比普通鸵鸟低。用流星锤捕获这种鸵鸟比另一种更容易。两种鸵鸟都见过的少数几个当地人非常肯定地说，在很远的距离就能区分出是哪种鸟。小种鸵鸟的蛋更加常见，令人惊奇的是，它只比美洲鸵鸟的蛋稍微小一点儿，不过形状略有不同，并且色泽微微发青。小种鸵鸟在内格罗河两岸的平原上极少出现，但在纬度大约 1.5 度以南的地方，它们的数量却相当可观。当我们停泊在巴塔哥尼亚的希望港（南纬 48 度）时，马滕斯先生射中了一

小种鸵鸟（达尔文鸵鸟）

只鸵鸟。我跑过去检查了一番，当时过于粗枝大叶，把关于小种鸵鸟的事忘得一干二净，还以为它是一只尚未成年的普通鸵鸟。当我想起小种鸵鸟的时候，这只鸟已被煮熟吃掉了。幸好头、颈、腿、翅膀、大部分长羽毛和很大一块皮肤保存了下来；后来被拼接成一个非常逼真的标本，陈列于动物学会的博物馆里。古尔德先生用我的名字称呼这个新种以示对我的敬意。

在麦哲伦海峡，我们遇到了一个混血的巴塔哥尼亚印第安人。他出生在北方，但和当地部落一起生活过好几年。我问他是否听说过小种鸵鸟。他回答说："当然听说过，在南方地区只有这个品种。"他告诉我，小种鸵鸟巢里的蛋数明显比另一种鸵鸟巢里的蛋数少，平均而言，每个巢里不超过 15 枚。他还十分肯定地说，在同一个巢里下蛋的绝不止一只雌鸟。在圣克鲁斯河，我们见过几只这种鸟。它们警惕性很高：在距离远至我们还看不清它们的地方，它们就能看见我们。当我们骑着马沿圣克鲁斯河向上游驰行时，几乎看不到这种鸟，但当我们改变方向，向下游静悄悄地急驰回去时，就看见很多只，时常成对或者四五只聚集在一起。这种鸟在开始全速奔跑之前，并不会像北方品种那样张开双翼。根据观察结果，可以得出如下结论：普通南美鸵鸟栖息在拉普拉塔河一带，直到南纬 41 度内格罗河稍南的区域为止；而达尔文鸵鸟（*Struthio Darwinii*）则分布于巴塔哥尼亚南部。内格罗河流域成了这两种鸟的天然界限。道尔比尼先生在内格罗河一带旅行的时候，费了很大气力想捉住一只达尔文鸵鸟，可是运气不好没能成功。多布里茨霍费尔很早就知道在这里有两种不同的鸵鸟，他说："要知道，在大陆的不同区域生活着两种体形和习性略有不同的鸵鸟；栖居在布宜诺斯艾利斯附近平原和图库曼的鸵鸟体形较大，羽毛呈黑色、白色和灰色；麦哲伦海峡附近则栖居着一种体形更小、更漂亮的鸵鸟，它们的白羽毛尖端呈黑色，而黑羽毛尖端则是白色的。"

在这里，经常能看到一种小型鸟类，叫小籽鹬（*Tinochorus rumicivorus*）。小籽鹬的习性和外貌很奇特，兼有鹌鹑和鹬的特征，而鹌鹑和鹬是两种截然不同的鸟。在南美洲南部的所有地方，无论是荒瘠的平原，还是开阔的干燥牧场，都可以看到小籽鹬的踪迹。它们经常成对或结成小群出没于最荒凉的地方，其他动物几乎无法在这样的荒地生存。当有人走近时，小籽鹬会趴在地上一动不动，很难把它们同大地背景区分开。在觅食的时候，小籽鹬两腿叉开，走得很慢。它们出没于小路和沙地上，而且经常在一些特定地点逗留许多天。它们像鹏鸠一样，喜欢结队飞翔。适于消化植物性食物的肌肉质砂囊、弯曲的喙、肉质的鼻孔、短腿和足部形态等特征都表明，小籽鹬和鹌鹑有密切的亲缘关系。可是，这种鸟一旦飞起来，整体形态就会骤然改变：尖尖的长翅膀与鹑鸡类截然不同，其不规则的飞行方式和起飞时发出的哀鸣都让人联想到鹬类。比格尔号上的猎手们都把它称作短嘴鹬。从这种鸟的骨骼来看，把它归入鹬属，或者涉禽类似乎更合适。

小籽鹬和南美洲的另外几种鸟关系密切。与小籽鹬同科不同属的两个种几乎在所有习性上都与雷鸟类似。其中一个种栖息于火地岛的林带界线以北；另一个种则分布在中智利的科迪勒拉山脉紧靠在雪线以下的地方。还有一种亲缘关系很近的鸟是栖息于南极的白鞘嘴鸥（*Chionis alba*），它以退潮后露出水面的岩礁上的海藻和贝类为食。虽然趾间没有蹼，但由于一种说不清的习性，水手们经常会在大海深处遇见这种鸟。这一小科的鸟由于同其他科的鸟有千丝万缕的关系，虽然目前会给分类学家造成一些麻烦，但最终必将对揭示从古至今一直在起作用的伟大计划大有帮助，生物就是依据这一伟大计划被创造出来的。

灶鸟属只有几个种，都属于小型鸟类，它们栖息于开阔的干燥地带，喜欢待在地面上。它们的身体结构与生长在欧洲的类似种并不一致。大多数鸟类学家把南美灶鸟归入旋木雀科，但是它们的所有习性都与

南美灶鸟

旋木雀完全不同。南美灶鸟中最有名的一个种是拉普拉塔灶鸟，西班牙人称之为"卡沙拉"（意为造屋鸟）。这种鸟以喜欢把巢筑在最暴露的地方而得名，如立柱顶端、裸露的岩石表面或者仙人掌科植物上。鸟巢由泥和短麦秆组成，壁厚，外形酷似炉灶或者凹陷的蜂巢。出口很大，呈拱形；巢内正对着出口的地方有一道隔墙，几乎与巢顶同高，因而形成一条过道，也可以说是通往真正巢穴的前室。

另一种体形更小的灶鸟（*Furnarius cunicularius*），也有和拉普拉塔灶鸟一样的淡红色羽毛，它能反复发出一种奇特的尖叫声，在起跑的时候姿势也很奇怪。因为它与拉普拉塔灶鸟有亲缘关系，所以西班牙人干脆把它称为"小卡沙拉"（或者小造屋鸟），不过它在筑巢上有完全不同的方法。"小卡沙拉"把巢筑在开口狭窄的圆柱形洞穴底部，据说这种鸟的巢能在地下水平延伸将近6英尺。有几个当地人告诉我，他们小的时候曾多次尝试把这种鸟的巢挖开，但很难成功挖到圆柱形洞穴的底端。这种鸟通常将路旁或者河边的低矮硬沙土斜坡作为筑巢地点。在布兰卡港，当地居民喜欢用固结的泥修筑房屋四周的墙。在我住过的院落里，有一堵墙竟被挖了20个圆孔。向主人询问原因，主人愤愤不平地抱怨"小卡沙拉"。后来有几只这样的鸟在钻墙的时候还被我撞见。有趣的是，"小卡沙拉"完全没有能力度量厚度，虽然它们可以飞到低墙上，但仍徒劳地打穿低墙，还以为那里是筑巢的好地方。我毫不怀疑，"小卡沙拉"在看到墙对面的阳光时会对这个不可思议的事情大吃一惊。

前面我曾提到此地几乎所有常见的哺乳动物。这里还有3种犰狳科动物，即小犰狳（*Dasypus minutus*）、软毛犰狳（*Dasypus villosus*）和"阿帕尔"。第一种向南分布的范围要比后两种多10度；还有一种犰狳——七带犰狳只在布兰卡港以北的区域出现。这4种犰狳习性很相似；除软毛犰狳是夜行动物外，其余3种都是白天在开阔平原上觅食；它们以甲虫、毛虫、植物根甚至小蛇为生。"阿帕尔"通常被称作南方三带犰狳，它有一个有趣的特征：身上只有三条带能活动，而

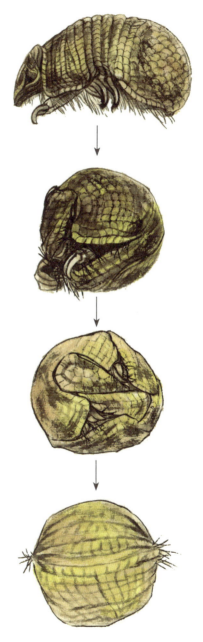

三带犰狳将自己滚成一个圆球

063

鳞甲的其余部分则几乎不能伸缩。和英国的一种甲虫一样，"阿帕尔"能将自己滚成一个圆球。这样就可以安然躲过猎狗的攻击，因为猎狗不能把圆球整个吞下去，如果试着从侧面下嘴，圆球就会滑跑。就防御功能而言，"阿帕尔"身上又滑又硬的鳞甲比刺猬的尖刺更有效。小犰狳喜欢非常干燥的土壤，海边的沙丘是它最爱待的地方，在那里几个月不喝水都行。为了不让外敌发现，小犰狳经常把身子紧贴在地面上。如果骑马在布兰卡港附近逛上一天，想遇到几只小犰狳通常不成问题。要想捉住一只，就必须在一瞧见的时候立刻下马，因为这种动物掘土的速度非常快，以至于在一个人下马之前，它的后半个身子就消失在地下了。杀死如此温顺的小动物简直就是罪过，一个加乌乔人说：他在小犰狳背上磨刀的时候，它们仍然很安静。

这里的爬行动物种类繁多：有一种蛇（三角头蛇）从毒牙上毒液管道的宽窄可以看出，如果被咬，一定致命。在分类上，居维叶与其他一些博物学家意见不同，居维叶把这种蛇列为响尾蛇科的一个亚属，处于响尾蛇科和蝰蛇科之间。我观察到的一个事实证实了居维叶的意见。对我而言，这个奇妙的事实很有启发性，因为它说明，和身体构造相关性不强的性状也有缓慢变异的倾向。这种蛇的尾端比身体其他部分略粗，当它爬行的时候，身体最后 1 英寸总在不停地振动。蛇尾从干草和灌木中扫过，会发出刷刷的声音，在 6 英尺范围内，就能清楚地听到。在这种蛇受到刺激或惊吓时，尾部也会颤动，而且频率非常高。只要身体还处于受刺激状态，尾部的习惯性振动就不会停止。因此，三角头蛇同时具有蝰蛇的身体构造和响尾蛇的习性——爬行的时候会发声，不过它的发声器官没有响尾蛇复杂。三角头蛇长得面目狰狞，瞳孔是一道纵向的狭缝，嵌在斑驳的赤铜色虹膜中，上下颚基部宽大，鼻子下端呈三角形。恐怕除了几种吸血蝙蝠以外，在我见过的动物之中再没有谁比三角头蛇更丑了。依我看，这种令人厌恶的印象源于三角头蛇面部器官的相对位置和人的面部器官相近，因此让人感到胆战心惊。

在无尾两栖类爬行动物中，我发现有一种体色很奇怪的小蟾蜍（*Phryniscus nigricans*）。如果我们能想象出如下场景，就会对它的外貌有一个清晰的认识：先把它浸在最黑的墨水里，待身体干燥后，再让它爬过一块刚漆上最鲜亮朱漆的宽木板，于是它的脚底和腹部就会染上朱红色。如果这个物种还没有正式的名字，我看应该把它叫作恶魔蟾蜍，因为它就是那种很适合在夏娃耳边煽风点火的蟾蜍。其他蟾蜍都习惯于夜行并且生活在阴暗潮湿的僻静地带，而恶魔蟾蜍却常常在大白天现身于干燥的沙丘和找不到一滴水的干旱平原。它需要的水分一定来自吸附在皮肤上的露水，据说这种爬行动物的皮肤具有很强的吸水能力。在马尔多纳多逗留时，我曾发现一只蟾蜍和布兰卡港的蟾蜍一样干，我好心把它送到水池里，本以为帮了它一个大忙，没想到这只小动物根本不会游水，如果没有人救助，肯定很快就会淹死。这个地方蜥蜴的品种很多，但只有一个物种（*Proctotretus multimaculatus*）习性不同一般。这种蜥蜴生活在海岸附近的裸露沙地里。淡褐色的鳞甲上散布着白色、黄红色和灰蓝色的斑点，让人眼花缭乱，很难把它和周围的地面区分开。在受惊的时候，它会假装死去——伸直四肢、缩紧身体、闭上双眼，企图以此骗过敌人的眼睛。如果被敌人骚扰，它会以非常快的速度把自己埋到疏松的沙土中。这种蜥蜴身体扁平，腿还不长，根本跑不快。

关于南美这片区域的动物如何冬眠，我想补充几个要点。1832年9月7日，当比格尔号第一次来到布兰卡港时，我们都以为在如此干旱的沙土地带不可能存在生物。可是，在挖土的时候，我们竟发现地下藏着几种昆虫、大蜘蛛和蜥蜴，它们都处于半睡半醒的状态。9月15日，一些动物开始现身，到9月18日（春分前3天），春天的迹象就已经很明显了。平原上百花盛开，有粉红色的酢浆草、野豌豆、月见草和老鹳草，鸟儿也开始产蛋了。大量鳃角甲虫和异跗节类昆虫在四周缓缓地爬行，后者身上的雕纹很引人注目。沙地上的常住居民——蜥蜴几乎随处可见。在头一个 11 天里，大地还处于昏睡状态。我们在船上每两小时测量一次气温，当时的平均气温是 51 华氏度。即使在正午，气温也很少能达到 55 华氏度。在第二个 11 天里，所有生命开始渐渐苏醒。这一时段的平均气温是 58 华氏度，正午时刻的气温则在 60 ～ 70 华氏度之间。虽然平均气温仅增加了 7 度，但所能达到的最高温度已经足以唤醒生命的机能了。我们刚刚离开蒙得维的亚来到这里；在蒙得维的亚，我们逗留了 23 天，从 7 月 26 日到 8 月 19 日。根据 276 次观测所得的结果，蒙得维的亚的平均气温是 58.4 华氏度，最热的一天平均气温是 65.5 华氏度，最冷的一天平均气温是 46 华氏度。观察到的最低温度是 41.5 华氏度，正午时刻偶尔能飙升至 69 或 70 华氏度。在如此高的温度之下，几乎所有甲虫、蜘蛛的几个属、蜗牛、陆生贝类、蟾蜍和蜥蜴仍然在石头下面昏睡。布兰卡港的纬度只比蒙得维的亚高 4 度，也就是说气候稍微偏冷一点儿，结果在同样的气温下，甚至在最高气温更低的情况下，就已经可以唤醒各种冬眠动物了。这很好地证实了如下论点：唤醒冬眠动物的刺激因素与当地的气候条件相关，而非与某个固定的温度相关。据说，在热带，动物的冬眠，或者更确切地说是夏眠，并不由气温决定，而由干旱时间的长短决定。在里约热内卢附近，我曾惊讶地发现：在雨水注满小洼地之后过不了几天，就会有许多发育成熟的贝类和甲虫出现在洼地里，它们一定刚刚从冬眠状态中苏醒过来。洪堡提到过一个奇异的茅屋倒塌事件，这座茅屋不幸建在了埋藏冬眠幼鳄的硬土上。他补充说："发现昏睡中的巨蟒对印第安人来说是经常的事，他们所谓的巨蟒其实就是水蛇。要唤醒水蛇，就必须刺激它或者朝它身上泼水。"

再来谈谈最后一种动物——植物形动物（姑且把它称作巴塔哥尼亚海笔）。这是一种海笔类动物，它的肉质主干又细又直，主干上交替生长着由水螅体组成的羽枝。主干环绕在一个可伸缩的石质中轴周围，高度从 8 英寸到 2 英尺不等。主干的一端被截平，另一端则是肉

海笔

质的蠕虫状附器。支撑主干的石质中轴就在这一端伸入到一个充满颗粒状物质的导管中。在退潮时，或许能看见数以百计的海笔类动物，好像收割后庄稼留下的茬，被截平的一端朝上，比泥沙表面高几英寸。当被触摸或者拉拔的时候，它们会突然缩进土里，几乎或者彻底消失在视线之外。这说明极富弹性的石质中轴在底端一定是弯曲的，不过在自然状态下只是略微弯曲。我猜测，海笔凭着弹力还能从土里再次钻出来。虽然每个水螅体和同胞紧密相连，但同样有单独的口、躯体和触须。在一个较大的海笔中，水螅体的数量一定能达到数千，但它们的行动能够保持高度一致。它们还共用一根与循环系统相连的中轴，而卵子是在每个个体单独的器官中产生的。有人可能会问：什么叫个体？揭开老海员讲的神秘故事的真相是一件有趣的事，海笔的习性就是其中之一。兰开斯特船长在描述 1601 年的航海旅行时提到，他曾在东印度群岛中松布雷罗岛的海滩沙地上，"找到一根小树枝，长在地上的样子很像小树苗。当用手去拔的时候，小树苗就会缩到地面以下，除非抓得非常紧。把小树苗拔起来后会发现它的根部是一条巨大的蠕虫。随着小树苗的不断成长，蠕虫会逐渐缩小。一旦蠕虫完全转化成小树，根部即伸入土中，小树也会愈长愈大。这种转化是我在旅行中见到的最奇怪的景观之一。如果在小树苗还未长成的时候把它拔起来，剥去树叶和树皮，那么晒干之后就会变成硬石头，与白珊瑚很像。这说明蠕虫转化成了另一种完全不同的东西。我们采了很多这样的小树苗带回国。"

第三节

大屠杀

这段时间，我逗留在布兰卡港等待比格尔号返航。由于不断传来罗萨斯的部队与野蛮印第安人 [1] 作战的各种消息，当地人的情绪一直处于紧张之中。一天，听说去往布宜诺斯艾利斯的前锋小分队之一全部被印第安人杀害。第二天，听说 300 个兵士在指挥官米兰达的带领下从科罗拉多开拔到这里。兵士大部分是印第安人（被称作"归顺的人"），属于酋长贝南蒂奥的部落成员。他们在布兰卡港留宿一晚，露营的场景非常野蛮，简直难以想象人间还有这样的景象。有些兵士喝得酩酊大醉，另一些兵士则豪饮被宰杀的牛还冒着热气的鲜血，宰掉的这头牛就是他们的晚餐。此后，喝醉的兵士又把酒呕吐出来，衣服上满是污泥和血块。

第二天早晨，这些兵士开拔到残杀现场，奉命沿着敌人留下的踪迹一路追下去，即使追到智利也在所不惜。后来，我们听说野蛮印第安人逃到了潘帕斯草原。不知什么原因，他们的踪迹在半路上就不见了。只要看一眼敌人的踪迹，就能了解全部情况。假定这些兵士在追踪一千匹马：从缓行的蹄印马上就能知道骑马的人有多少；从蹄印的深浅能知道马匹是否驮着重物；从蹄印的散乱程度能知道敌人是否已经疲惫

---

① 达尔文并无贬义，只是从一个观察家的角度说明，当时印第安人的文明程度不及英国，其实"野蛮"在这里是"原始"的意思。

骑马的印第安人

不堪；从烧煮食物的情况能知道敌人是否匆忙；综合总的情况能知道敌人走了多久。这些兵士认为，蹄印是 10 ～ 14 天前留下的，可以追上敌人。我们还听说，米兰达率领军队从本塔纳山脉西端一直走到乔勒切尔岛，这座岛位于内格罗河以北 70 里格的地方。两地相距两三百英里，还要穿越一个无人区。世界上有没有其他队伍能如此神出鬼没呢？他们以太阳为罗盘，以母马肉为食，以马鞍为床；只要有一丁点儿水喝，这些人就能穿越世界之极。

　　几天后，我又看到另一队土匪式的兵士从这里出发远征萨利纳斯的某个印第安人部落，这个地点是一个被俘酋长透露的。远征部队由一位非常精明强干的西班牙人带领，他把最近遇到的事情一一讲给我听。因为几个被俘的印第安人供出了这个居住在科罗拉多以北的部落，所以派出 200 人的远征队伍。远征部队首先发现了一队正在旅行的印第安人——马蹄扬起的烟尘泄露了他们的行踪。这一带都是荒凉的山地，离有人居住的地方很远，科迪勒拉山就在附近。大约 110 名印第安人，不管男的、女的或者小孩都被俘虏或者杀死，因为兵士的马刀不放过任何一个人。印第安人吓得半死，未做集体抵抗就四散奔逃了，甚至连自己的妻子和孩子也顾不上。可是，一旦被追上，他们就会像野兽一样战斗到生命的最后一刻。有一个垂死的印第安人用牙齿咬住对手的拇指，直到一只眼被挖掉才松开嘴。另一个受伤的印第安人躺在地上装死，手里握着一把刀，时刻准备着进行最后一搏。这个西班牙人告诉我，他在追杀印第安人时，对方大喊着向他求饶，却偷偷地从腰间解下流星锤，想要在自己头上甩起来，给追踪者以沉重的一击。"好在我用马刀把他砍倒在地，然后跳下马，用短刀割断了他的喉咙。"这个场景令人血冷，但更骇人听闻的是，所有看上去超过 20 岁的妇女都被残忍地杀害，这是千真万确的事实。当我惊呼这样做太不人道的时候，西班牙人淡淡地回答："那能怎么办？要是她们再生出这种野蛮人来怎么办！"

在布兰卡港，每个人都会赞同这是一场正义的战争，因为通过这场战争可以达到消灭野蛮人的目的。在当今时代，谁能相信这样的暴行会发生在一个盛行天主教的文明国度里？印第安人的孩子不会被杀害，不过会被卖掉或者送人，主人会把他们培养成仆人或者更确切地说是奴隶。我想这样的处理方式就不会被人诟病了。

在这次交战中，有四个印第安人一起逃命。其中一人被杀，另外三人被活擒。原来他们是在科迪勒拉山附近集结起来的一大队印第安人的通信员，或者说使者。派出这四个使者的部落即将举行誓师大会：母马肉已经准备好，开场舞也已经安排妥当，只等第二天一早使者返回科迪勒拉。这四个人相貌不俗，身高都在 6 英尺以上，年纪不超过 30 岁。当然，三个幸存下来的印第安人掌握着非常重要的情报。在探听口供的时候，把他们排成一行。前两个在被盘问的时候都回答"不知道"，于是接连被枪杀。第三个人同样说"不知道"，还补了一句："开枪吧，我是男子汉，不怕死！"他们至死也没有透露半句出卖族人的话！前面提到的那个酋长则完全不同：为了保全自己的性命，他不惜泄露作战计划和印第安人在安第斯山脉集合的地点。据说已有六七百名印第安人集结在那里，到了夏天，人数还将增加一倍。这些使者是被派往布兰卡港附近的萨利纳斯的，正是前面提到的酋长出卖了他们。看来，相互勾结的印第安人分布范围很广，从科迪勒拉山脉一直到大西洋沿岸。

罗萨斯将军的计划是要杀死所有逃亡的印第安人，先把他们赶到一个地方，等夏天一到，再和智利人一起把他们全歼。这项作战计划连续实施了三年，我想选择夏季大举进攻是因为那时在平原上很难找到水源，所以印第安人只能向一个特定的方向迁徙——内格罗河南部。这片广阔的地区人迹罕至，对印第安人来说很安全，不过，罗萨斯将军已经和德卫尔彻人订下条约，要求后者消灭所有逃到内格罗河南岸的印第安人——每杀死一个逃亡者，德卫尔彻人都会得到一笔丰厚的回报；但如果他们违背条约，被歼灭的就是他们自己。作战计划主要针对科迪勒拉山脉附近的印第安人，因为有很多东部的部落在和罗萨斯的军队一起作战。不过，这位将军与切斯特菲尔德爵士的看法一致，认为自己的朋友将来某一天也可能变成自己的敌人，因此总让这些人冲到最前面，这样就可以无形中削减他们的人数。离开南美洲之后，我们听说剿灭战争遭到了彻底的失败。

在这次交战的俘虏中，有两个非常漂亮的西班牙女孩，她们从小被印第安人带走，现在只会说印第安土话。从她们的谈话判断，她们一定来自萨尔塔，那里离此处的直线距离有将近 1 000 英里。这足以说明印第安人漫游的区域之广。不过我以为，50 年后在内格罗河以北将不再有野蛮印第安人。文明人屠杀每一个印第安人，而印第安人也反过来报复文明人，如此血腥的战争不能长久持续下去。可是，印第安人怎么能把自己的土地白白让给西班牙侵略者呢？席尔德尔说：1535年，当布宜诺斯艾利斯城刚建成的时候，那里曾经是一个拥有两三千居民的村镇。即使到了法尔科内尔时代（1750 年），印第安人还在卢克桑、阿雷科和阿雷西费一带发动攻势，但现在他们已经被赶到了萨拉多河以南。一个个印第安部落被消灭，逃亡的印第安人变得更加野蛮：他们无法住在大村落里，也无法以捕鱼为生，再加上被人追杀，只能漂泊于空旷的平原，没有家，也没有固定的谋生方式。

我还听说了另一场战事，发生在马队的必经之处——乔勒切尔，时间比前面提到的那场早几周。有一段时间，乔勒切尔曾经是西班牙军队的指挥部。军队第一次开拔到这里时，遇到了一个印第安人部落，二三十名印第安人被杀，酋长却出人意料地逃掉了。印第安人首领通常备有一到两匹良种马，以便在紧急情况下使用。逃命的时候，酋长带上自己年幼的儿子，跳上了其中一匹备用马，这是一匹年岁较大的白马，既无马鞍，也无缰绳。为了避免被枪击中，这个印第安人酋长采用了一种非常特别的骑马姿势：用一只手搂住马脖子，一条腿搭在马背上。就这样，他悬在马的一侧，好像在轻拍马头和马对话似的。追赶的人拼尽全力穷追不舍；指挥官三易其马，结果还是没有追上。这个印第安人带着儿子逃掉了，他们得到了自由。这是一幅多么绝妙的画面：一个浑身赤裸、皮肤黝黑的老人带着自己的孩子，像雨果诗中的马捷帕酋长一样骑在一匹白马上，把一大群追赶者远远地甩在后面。

一天，有一个兵士在用燧石打火，我一眼认出这块燧石其实是箭头的残余。兵士告诉我，箭头是在乔勒切尔岛附近发现的，他们经常在那里捡到类似的东西。箭头长达 2 ~ 3 英寸，比现在火地岛印第安人使用的箭头长一倍；箭头由不透明的肉桂色燧石打制而成，不过尖头和倒钩已经被人为破坏。众所周知，潘帕斯草原上的印第安人已不再使用弓箭，我认为乌拉圭河东岸有个小部落可能是个例外。不过这个部落和潘帕斯草原上的印第安人相距甚远，倒是与森林里不骑马的部落比邻而居。这些箭头大概是印第安人的古董，在马引入南美洲以前才有，有了马之后，印第安人的生活习惯发生了翻天覆地的变化。

第四章

巴塔哥尼亚和福克兰群岛

　　巴塔哥尼亚地区一般指南美洲安第斯山脉以东，科罗拉多河以南（或以南纬40度为界）的地区；主要位于阿根廷境内，小部分属于智利，面积约787 000平方千米，由广阔的草原和沙漠组成。菲茨罗伊舰长带领21人考察队对南巴塔哥尼亚的圣克鲁斯河进行了为期3周的考察，考察队在艰苦条件下沿河向上游走了400千米。菲茨罗伊根据勘查结果绘制了圣克鲁斯河的水文地图，他的名字被记载到地图研究史中。

　　福克兰群岛为阿根廷和英国的争议领土，位于南大西洋中。群岛上多低矮植物和禽类，独特的岩石地貌让人惊叹，但最神奇的当属植物形海洋动物，它们独特的生活和繁殖方式让达尔文流连忘返。

第一节

圣克鲁斯河上的纤夫

　　1834 年 4 月 13 日——比格尔号在圣克鲁斯河河口下锚，这条河位于圣胡利安港以南约 60 英里。在上次航行到这里的时候，舰长斯托克斯曾沿河上溯 30 英里，后因缺少食物不得不返回。除那一次的发现以外，我们对这条大河的情况几乎一无所知。现在，舰长菲茨罗伊决定，在时间允许的情况下，尽可能沿这条河向上游行驶。4 月 18 日，三只捕鲸船载着三周的食粮同时出发；船员共有 25 名，实力足以抵抗一大群印第安人。潮水高涨，天气晴好，一路上风平浪静，我们很快就喝上了新鲜的水，入夜时已快要超出潮浪的影响范围了。

圣克鲁斯河

直到行程的终点，我们也没发现这条河的大小和外观有太明显的变化。河宽一直是 300 ~ 400 码，河心深度大约为 17 英尺。水流湍急大概是圣克鲁斯河最显著的特点：在全部河道内，流速都能达到每小时 4 ~ 6 海里。河水呈浅蓝色，泛着淡淡的乳白色光泽，不像根据第一眼印象所预料的那样透明。河水在卵石河床上流动，这些卵石与构成河滩和周围平原的卵石差不多。河道蜿蜒曲折，穿过一座笔直向西延伸的峡谷。峡谷的宽度在 5 英里和 10 英里之间变化，两旁是阶梯状的阶地，这些阶地一层比一层高，高差通常可达 500 英尺，在峡谷两侧对称分布。

4 月 19 日——逆着如此湍急的水流而上，用桨划船或张帆前进根本不可能：只能把三只船首尾相连系在一起，每只船上留两名水手，其余的人都上岸拉船。舰长菲茨罗伊所做的总体安排使大家工作起来很得手，并且人人都有事做，让我来介绍一下他的方法。将我们这一队人分成两班，每班轮流拉纤各 1.5 小时。每只船上的军官和水手吃同样的饭，睡在同一个帐篷里，因此各船彼此完全独立。日落之后，马上找一块长有灌木的平地作为宿营地。每名水手轮流做饭。一旦船被拖到岸边，做饭的人就生起火来，另外两个人搭帐篷，船长从船舱里取出物品，其他人把物品搬进帐篷并采集柴火。按照这样的安排，只消半小时工夫，过夜的一切准备工作就圆满完成了。夜间通常由两名水手和一名军官站岗，他们的职责是看守船只、维持火堆不灭和防止印第安人偷袭。每人每夜值 1 小时班。

今天，我们只把船拖行了很短一段路程，因为有很多灌木丛生的小岛挡路，而且小岛之间的河水又很浅。

4 月 20 日——越过这些小岛后，我们便开始热火朝天地工作。虽然拉得很辛苦，但平均起来，每天的行程按直线距离来算，仅能达到 10 英里，两天加起来大概有 15 ~ 20 英里。从昨晚露宿的地点再往上游走，就都是"前人未到过的地方"了，因为斯托克斯舰长就是从这里折回的。我们看到远处有浓烟升起，还看到一匹马的遗骨，知道附近一定住着印第安人。第二天（21 日）早晨，我们发觉地面上留有一群马的脚印和长矛从地上拖过去的痕迹。我们猜想，夜里印第安人恐怕到我们这里侦察过。走了不久，我们就发现了大人、孩子和马匹刚刚留下的脚印，显然这队印第安人已经渡到河那边去了。

4 月 22 日——这一带的景色大同小异，让人提不起兴趣。巴塔哥尼亚的一个最显著的特点是，整个地区的动物和植物非常相似。在干卵石构成的平坦平原上，生长着同样一些发育不良的低矮植物，河谷里则生长着同样的多刺灌木。四处可见同样的鸟和同样的昆虫。甚至在圣克鲁斯河和那些流入它的清水溪的两岸，也很少能看见令人眼前一亮的绿色。"贫瘠"像符咒一样笼罩着这片土地，流过卵石河床的水流也逃脱不了同样的符咒。水禽的数量非常少，因为在这条贫瘠的河流里，根本没有什么东西能维持生活。

虽然从某些方面来看，巴塔哥尼亚是一片贫瘠之地，但此地可能比世界上任何其他地方都盛产小型啮齿动物。这里有几种长着薄皮大耳和细毛的老鼠。这些小动物成群活动于河谷的密丛中，除了吮吸露珠以外，一连数月都喝不上一口水。它们好像是同类相残的动物，因为我的捕鼠夹刚捉住一只老鼠，就有其他老鼠跑过来把它吃掉了。有一种长得很精致的小狐狸，在这一带数量甚多，它们大概完全以捕捉啮齿类动物为生。原驼也是当地特有的动物，通常以 50 只或 100 只群集在一起，我们曾经看到过一个至少包括 500 只个体的原驼群。美洲狮、南美神鹰和食物链上的其他食腐鹰，都以原驼为食。在圣克鲁斯河两岸，美洲狮的足迹几乎随处可见。我们发现几具原驼的遗骸颈骨已经移位、骨头已断，足以说明它们临死之前的样子。

巴塔哥尼亚豚鼠

4月24日——像古时候的航海家一样，每到一处陌生的地方，我们都要去考察和探索哪怕是最细微的变化征兆。一段浮于水上的树干，或者一块原生岩的漂砾，都会使我们高兴地欢呼，仿佛看到了科迪勒拉山系两旁的森林。一层浓云的顶部停在同一个位置几乎不动，这是最好的征兆，被大家公认为即将到达科迪勒拉山系的象征。乍一看，这些云块好像就是山脉本身，实际上它们只是笼罩在冰雪覆盖的山顶上的大团水气。

4月26日——今天，我们发现附近平原的地质构造出现了显著的变化。旅行一开始，我就仔细研究圣克鲁斯河里的碎石，在刚过去的两天里，我发现它们当中有少数小卵石是由气泡极多的玄武岩产生的。这类卵石的数量和大小逐渐增加，但从未发现有人头那么大的卵石。今天上午，同样岩石的卵石骤然增多，而且质地更为致密；在半小时的行程中，我们看到距离 5 ~ 6 英里的地方，有一个巨大玄武岩台地的尖角。到达台地的基部时，我们看到河水在崩倒的乱石块间汩汩地流淌。在接下来的 28 英里河道中，到处堆积着这样的玄武岩碎块。越过这个界限，仍能看到很多从周围漂砾岩层崩裂下来的大块原生岩碎块。所有大碎块从发生地点冲到下游去的距离都没有超过 3 ~ 4 英里。考虑到圣克鲁斯河水流湍急，其间又无流速较缓的河段减杀水力，按理说可以把石块冲得更远，然而从这个例子可知，即使石块不是太大，河流的运送能力也很有限。

玄武岩是唯一能发育于海底的熔岩，但喷发的规模一定很大。这种岩层在我们初次遇到的地点厚度为 120 英尺；沿着河道往上游走，地面在不知不觉中渐渐升高，岩层也愈来愈厚，在距离起点 40 英里的地方，厚度竟达 320 英尺。我无从知道它在紧靠科迪勒拉山系处的厚度，只知道那里的台地高度能达到海拔 3 000 英尺左右，因此，我们必须把这条长长的山系看作是玄武岩层的发源地，也只有这样的发源地才能使熔岩流从微斜的海床流到 100 英里之远的地方。只要看一眼河谷两侧的玄武岩峭壁，就可以明显地感受到该地层曾经是一个整体。那么，什么力量能把这样一块平均厚度接近 300 英尺、宽度从不足 2 英里到 4 英里不等的坚硬岩块，沿着这个地区的整个长度进行移动呢？虽然圣克鲁斯河连运送微不足道的小石块都很吃力，但在悠长的岁月里，它靠着逐渐冲刷的作用，或许可以产生出一种难以估量的效果。然而，在目前这个例子中，则完全不必考虑河水的微弱作用，因为我们有充分的理由相信，这个河谷以前曾经被海湾所盘踞。在本书里，我不打算详细阐明得出此结论的论据。总之，根据河谷两侧阶梯状阶地的形状和性质，根据安第斯山脉附近河谷底部扩展成的巨大河口状平原，而且在平原上还有沙丘，以及根据在河床上发现的几种海生贝类，都可以得出这个结论。如果不限制篇幅，我可以证明从前南美洲在这里曾被一条海峡分割开。像麦哲伦海峡一样，这条海峡沟通了大西洋和太平洋。可是有人会问，如此坚固的玄武岩层是怎么被移走的？地质学家过去认为，是某种大灾变的激烈作用导致了这一结果；不过在本例中，这样的解释完全不能令人信服，因为在圣克鲁斯河的河谷两侧，沿着绵长的巴塔哥尼亚海岸线，都伸展着同样的阶梯状平原，并且在这些平原表面都埋有现生海生贝类。无论多大的洪水作用，也不可能把大陆塑造成现在这个样子，不管在河谷内还是在开阔的海岸上；并且在阶梯状平原（或者说阶地）形成的时候，这个河谷本身已经被凿出来了。虽然我们知道，潮汐在麦哲伦海峡狭窄部分的推进速度可达每小时8海里，但不得不承认，如果没有巨浪相助，仅靠潮汐侵蚀如此广大的地区和如此厚实的玄武岩层，恐怕要经过一个又一个世纪，所需的时间之漫长，简直让人头晕眼花。尽管如此，我们必须承认，这个被古代海峡的水所侵蚀的地层，渐渐破碎成大的岩块；而那些散布在海滩上的大岩块，先变成较小的石块，后来成为卵石，最后化作极细的泥土，被潮汐的作用带到东西两侧的大洋。

随着平原地质构造的变化，地貌的特征也发生了变化。当我漫步于仅够一人通过的狭窄岩石小径时，恍然间好像回到了圣地亚哥岛的荒凉山谷。在玄武岩的峭壁之间，生长着几种我以前从未见过的植物，还有一些植物，被我一眼认出是从火地岛飘过来的。这里的岩石有很多孔，可以储积少量雨水，因而在火成岩和沉积岩两种岩层的交接处，几股小喷泉奔涌而出（这种喷泉在巴塔哥尼亚境内很少见）；泉流四周环绕着葱翠的小草，从远处就能辨认出来。

4月27日——今天经过的这段河床很是狭窄，水流也变得更加湍急，这里的水流速度是每小时6海里。由于水流湍急，并且由于河里有很多巨大的尖角石块，拖起船来真是既危险又艰苦。

今天，我射中了一只南美神鹰。测量它的身体得到：两翼张开时翼端之间的宽度为8.5英尺，喙尖到尾端的长度为4英尺。据说这种鹰的分布范围很广，出现的地域从麦哲伦海峡开始，沿着科迪勒拉山系一直到北纬8度处的南美西海岸。内格罗河河口附近的险峻峭壁是它们在巴塔哥尼亚海滨的北方界线；安第斯山才是它们的大本营，从大本营外出漫游，可以飞大约 400 英里。再往南，在希望港的海角峭壁之间，这种鹰的身影也很常见；只有少数落单的南美神鹰才会偶尔光顾海边。这些南美神鹰时常出没于圣克鲁斯河河口附近的悬崖地带，沿河上溯约 80 英里，在由玄武岩峭壁构成的河谷两岸也有南美神鹰出现。以上事实似乎表明，南美神鹰

南美神鹰

离不开直立的峭壁。智利境内的南美神鹰在一年中大部分时间里游荡于靠近太平洋沿岸的低地，夜间几只南美神鹰同宿在一棵树上；可是一到初夏，它们就会隐居于科迪勒拉山系最深处，在那里安静地孵育后代。

在智利，当地居民告诉我，这种鹰从不筑巢，到 11 月和 12 月，它们会把两枚大白蛋产在裸露的岩石架上。据说，幼鹰出生后整整一年里都不会飞行，即使学会了飞行，它们仍会在很长一段时间里和父母待在一起：夜间一起栖宿，白天一起猎食。成鸟总是成对生活在一起，但在大陆深处的圣克鲁斯河玄武岩峭壁之间，我曾经见过二三十只南美神鹰群居的现象。当我们突然走近一处峭壁的陡坡时，眼前呈现出一幅宏伟的画面：二三十只这种大鸟从自己的栖息处拍翅而飞，威严地在空中盘旋数圈，然后向远处飞去。岩石上积聚的鹰粪数量十分可观，说明它们来此地栖息和繁殖已经很久了。在饱食了平原上的动物腐尸之后，南美神鹰会飞到自己喜欢待的地方——岩石的突出处休息，以消化肚子里的食物。从这些事实可知，像黑美洲鹫一样，从某种意义上来说，南美神鹰也是群居动物。在这片地域，它们专门吃原驼尸体上的腐肉，原驼有可能是自然死亡，但更多的情况是被美洲狮杀死。根据我在巴塔哥尼亚地区所见到的

事实，通常情况下，南美神鹰的日常活动范围绝不会离它们经常光顾的夜宿地点太远。

南美神鹰时常以最优美的姿势在某个地方的高空盘旋。有的时候，我确信它们只是以此为乐，但在另一些情况下，智利农民会说，它们正在监视一只将死的走兽，或者在等待美洲狮吞噬猎物。如果从天而降的一群南美神鹰突然齐刷刷地向上飞起，智利人就知道，一定是看守猎物尸体的美洲狮跳起来赶走了这群飞贼。除了猎食兽尸以外，南美神鹰还经常袭击小山羊和羊羔；每当南美神鹰飞掠过羊群的时候，训练有素的牧羊犬就会跑过来，向天狂吠。智利人曾杀死和捉住过很多只。他们使用两种方法：一种是把兽尸放在一块平地上，四周用木杆做成围篱，只留一个进口。当南美神鹰饱餐的时候，他们就骑马急驰到这个进口，把它们围在里面。只要这种鸟跑不起来，它们就没有足够的动量让自己从地面上升起。另一种是先在五六只南美神鹰经常同宿的树上做好标记，晚上爬到树上，用绳索套住它们。我亲眼见过，南美神鹰在夜间睡得很沉，用绳子套住它们并不困难。在瓦尔帕莱索，我看到一只活的南美神鹰售价6便士（半先令），但通常的价钱是每只8～10先令。我看到有人带来一只被绳索缚住的南美神鹰，南美神鹰伤得很重，可是那根缚住鹰嘴的绳子一被割断，它就迫不及待地开始撕扯一块尸肉，全然不在意周围还围着一群人。就在这个地方的一个花园里，饲养着二三十只活南美神鹰。虽然每星期只喂食一次，但南美神鹰看上去很健康。智利农民坚称，五六周未进食的南美神鹰不但不会饿死，还能保持相当的体力。我不能证实这种说法是否正确，这是一个非常残酷的试验，不过很可能已经有人做过了。

大家都知道，一旦这一带有动物被杀死，南美神鹰就会像其他食腐鹰一样，立刻获知这个情报，并以一种很难说清楚的方式齐聚到尸体那里。请注意，在大多数情况下，尸体还没有开始腐烂，就已经被南美神鹰发现，很快被啃得只剩下骨架。奥杜邦先生曾经做过一些试验，证明食腐鹰的嗅觉能力很差，我在上面提到的花园里也做过类似的试验：把几只南美神鹰各用一根绳子缚住，在墙脚下排成一长列，然后用白纸包住一块肉，我拿着这个纸包，在距离南美神鹰约 3 码远的地方走来走去，结果这些南美神鹰一个个都视若不见。我把纸包扔到地上，距离一只年老的雄鸟还不到 1 码，它对着这个纸包凝视了一会儿，就不再感兴趣了。我用一根棍把纸包向雄鸟身边推，直到碰到鸟嘴；白纸迅速被雄鸟疯狂地啄碎，同时，这一长列的所有鸟都拍打着翅膀上来争抢。如果狗遇到同样情况，是绝不可能这么迟钝的。赞同和反对食腐鹰具有敏锐嗅觉的证据各占一半。欧文教授曾证明，红头美洲鹫的嗅觉神经特别发达。某晚，当欧文先生的这篇论文在动物学会宣读时，一位绅士指出，他在西印度群岛两次看到食腐鹰飞落到一座屋顶上，那时这座屋子里正有一具尸体，因为没有掩埋已经发臭了：这说明，食腐鹰并不是通过视觉获得情报的。另一方面，除了奥杜邦的试验和我自己所做的试验以外，巴克曼先生在美国尝试过很多种不同的方法，结果表明无论是红头美洲鹫（正是欧文教授解剖过的那个物种）还是黑美洲鹫都不可能凭借嗅觉寻觅食物。他用薄帆布裹住几块特别臭的腐肉，然后在帆布包上撒几片鲜肉。吃光撒在上面的鲜肉后，食腐鹰便静立不动，虽然它们的嘴离腐肉不到八分之一英寸，可还是没有发现。只要在帆布上划开一个小裂缝，腐肉就会立刻被食腐鹰发现。巴克曼先生换了一块新帆布，再次在帆布包上撒了一些肉，这一次食腐鹰吃光了上层的肉，还是没有发现踩在脚下的腐肉。包括巴克曼在内，一共有 6 位绅士签字证明以上情况属实。

当我躺在空旷平原上休息的时候，仰望天空，总能看到几只食腐鹰在高空中翱翔。我以为，在一马平川的旷野，不论是行走的人，还是骑马的人，都无法看清与地平线的夹角超过 15 度的那片天空中到底有什么东西。如果事实确实如此，并且食腐鹰的飞行高度在 3 000 至 4 000 英尺之间，那么在它飞进一个人视野所及的区域之前，它和观察者眼睛之间的直线距离应该在 2 英里以上。从这样的高度向下俯瞰会不会不太容易呢？当猎人在荒僻的河谷里打死一只野兽时，目光锐利的鸟在高空中能马上看到吗？食腐鹰降落的姿态会不会就是在向附近地区的所有同类宣告，猎物即将到手了？

　　不管你在哪里看到盘旋于头顶上的一群南美神鹰，都会对它们优美的飞行姿态赞叹不已。在我的印象中，除了从地面起飞的时刻，这种鸟从不扇动翅膀。在利马附近，我曾死死盯着几只南美神鹰不放，在将近半小时的时间里没眨过一下眼睛：它们在空中划出长长的弧线，一圈又一圈地飞着，时而上升时而下降，但从不扇动哪怕是一下翅膀。当它们掠过我的头顶时，我目不转睛地从侧向观察每只翅膀上各自分开的巨大尾羽的轮廓。这些分开的羽毛只要稍有颤动就会模糊不清，可是在蓝天的映衬下竟能把它们看得一清二楚。南美神鹰的头部和颈部频频晃动，显然它是在用力，伸展的双翼似乎成了颈部、身体和尾部的运动支点。如果南美神鹰想下降，它就会把翅膀收起来；当它换一个倾角重新展开双翼时，快速下降产生的动量就能使鸟身像纸风筝一样平稳地上升。一只鸟想高飞，动作就必须相当快捷，这样身体斜面在空气中的运动才能抗衡自身的重量。保持身体在空中某个水平面内运动所需的力不会很大（空气的阻力很小），有一点儿就足够了。看来，我们必须这样想，南美神鹰颈部和身体的运动已经足够提供飞行的动量了。无论如何，看到一只如此大的鸟连续数小时在山川和河流上空翱翔而没有明显的动作，难道这样的景象不神奇、不壮观吗？

　　4 月 29 日——站在高地上，我们看到科迪勒拉山系白雪皑皑的峰顶在灰暗的云彩中时隐时现，不禁欢呼起来。在接下来的几天里，我们前进的速度不得不放缓，因为河道蜿蜒曲折，其中还散布着各种古老板岩和花岗岩的巨大碎块。在这里，河谷两侧的平原高出河面约1 100英尺，其岩石特性也有很大的不同。斑岩的圆卵石与玄武岩、原生岩的大量巨型尖角碎块混杂在一起。第一次看到这种漂砾是在距最近的高山67英里的地方；一块我量过的漂砾大小为5码见方，突出于砾石地面之上5英尺。它的边缘如此尖锐、体积如此庞大，一开始我还以为它是天然位置上的岩石，甚至取出罗盘测定它的解理方向。这里的平原远不如近海平原那么平坦，但也看不出激变的痕迹。鉴于此，我认为，除漂浮冰山理论之外，再没有其他理论可以解释这些巨大的岩块是怎么被运送到与母岩相距许多英里的地方的。

近两天来，我们发现了一些马蹄的印迹和几件印第安人佩戴的小物件，例如斗篷的破片和一束鸵鸟毛，不过看起来这些印迹存留在地面上的时间已经很久了。虽然从此处到印第安人最近渡河的地点相隔很多英里，但这一带几乎没有人烟。起初，我感到不可理解：这里遍地是原驼，怎么会人迹罕至？原来，这一带平原为岩石质，未钉蹄铁的马跑不了多远，不适合用于追捕原驼。尽管如此，在这个非常幽深的地方，我发现有两处小石堆不像是天然形成的，它们被置于熔岩峭壁最高处的突出部分，外形类似希望港附近的石堆，只是没有那么大。

5月4日——菲茨罗伊舰长决定拖船的工作到此结束。这一带河道曲折、水流湍急，前方景色也激不起大家继续前进的兴趣。满眼是同样的植被和同样沉闷的景致。现在我们所在的位置距大西洋140英里，距太平洋最近的海湾约60英里。上游地区的这部分河谷扩展成一个宽阔的盆地，盆地南北两侧与玄武岩台地相邻，前方是冰雪覆盖的科迪勒拉山系。遗憾的是，我们无缘登上峰顶，只能在远处遥望巍巍雄峰，想象山间的奇珍异兽和旖旎风光。时间不允许我们继续沿河上行，此外，这几天的口粮供应已经减少到原来的一半。对普通人来说还能凑合吃饱，但对于劳碌一天的我们来说，这点儿食物远远不够。"吃得少易消化"说起来好听，做起来就不那么舒服了。

5月5日——没等日出，我们就已经坐上小船顺流而下了。下行速度非常惊人，每小时可达10海里。下行一天就相当于上行五天半所走的距离。5月8日，经过21天的远征，我们终于安全地回归比格尔号。除我之外，其他人都很沮丧。对我而言，拖船上行使我有幸见证巴塔哥尼亚第三纪地层中最有趣的一段。

第二节

猎牛之旅

1833 年 3 月 1 日和 1834 年 3 月 16 日,比格尔号两次停泊在东福克兰岛的伯克利湾。福克兰群岛的纬度与麦哲伦海峡进口处的纬度大致相同,其面积为 120×60 地理英里 ①,比爱尔兰岛面积的一半略大。福克兰群岛在被法国、西班牙和英国争着轮流占有之后,就变得少有人烟了。此后,布宜诺斯艾利斯政府把福克兰群岛出售给个人,但仍旧仿效西班牙人过去的做法,将它用作罪犯的流放地。英国曾宣布对这些岛屿拥有主权并强行占领。因此,留守在岛上看守国旗的英国人被人暗杀。后来英国又派来一位官员,但没有军力支持。当我们到达福克兰群岛的时候,正好看到这位官员在整理户籍,当地居民一半以上是逃亡的叛国者和暗杀犯。

福克兰群岛的景致印证了它所历经的风风雨雨:波状起伏的土地上一片荒凉和凄清,四处遍布泥炭质土壤和粗硬的禾本科植物,满眼是单调得令人厌恶的褐色。在很多平坦的地方,灰色的石英岩尖峰或山脊拔地而起。所有人都知道,这里的气候与北威尔士山上一两千英尺高度处差不多:既没有阳光,也没有严寒,只有连绵不绝的风雨。

1834 年 3 月 16 日——下面我将描述一下在岛上短途旅行的收获。一大早,我就带着 6 匹马和两个加乌乔人上路了,这两个加乌乔人精

①　赤道一分的弧长。

明强干，对当地的情况了如指掌。今天天气异常寒冷，还有大冰雹。虽然旅途中一切顺利，但除地质考察之外就再没有什么可圈可点的亮色了。满眼都是波状起伏的高沼地，非常单调乏味，淡褐色的枯草和少数极矮小的灌木生长在松软的泥炭质土壤上。在河谷中偶尔能碰到一小群野雁；这一带土质松软，鹬类容易找到食物。除这两种飞鸟外，几乎找不到其他鸟类。此处有一条主脉，高约 2 000 英尺，由石英岩构成；山顶处岩石多、植被少，翻越起来不太容易。在南坡，我们发现了一处适合野牛生存的好地方，因为野牛最近受到严重骚扰，故而所见的数量并不多。

鹬

　　晚上，我们偶遇一小群野牛。我身边一位名叫圣杰戈的同伴，立刻朝一头肥牛投出流星锤，流星锤砸中了它的双腿，但没能把它缚住。圣杰戈把帽子扔到流星锤坠落的地点，同时飞奔过去解开套索。经过一阵疯狂的追逐，圣杰戈再次追上这头牛，并且成功套住了牛角。另一个加乌乔人赶着备用的马在前面较远的地方，所以圣杰戈在制服这头狂暴的野兽时遇到了麻烦。他利用野牛冲向自己的每次机会，一步步把它引向一块平地。如果野牛不肯挪动，我的那匹训练有素的马就会慢跑过去，用胸部狠狠撞它一下。即使在平地上，由一个人宰杀受惊的野兽也不是件容易的事。如果圣杰戈的马在背上没有主人的情况下，为了自身安全没有立刻拉紧套索，也很难杀死野牛。被套住的牛向前移动，马也以同样快的速度向前走，否则要想立在原地不动就必须向侧面倾斜身体。可是，圣杰戈的马太年青，在野牛拼命挣扎的时候，它立足不稳，也跟着牛移动位置。好在圣杰戈敏捷地躲到野牛背后，向它后腿的主腱上刺入致命的一刀，接着，他又毫不费力地把刀插入牛的脑髓，这头牛像被闪电击中一样栽倒在地上。圣杰戈连皮割下几块不带骨头的肉，这就足够作为旅行的干粮了。我们骑马赶往宿营地，晚饭就是这些连皮烤熟的牛肉。正如鹿肉优于羊肉一样，这种牛肉比普通牛肉好吃。有一大块从牛背上割下来的圆肉片形状很像盘子，为保证每一滴肉汁都不流失，我们把它牛皮朝下，放在余烬上炙烤。如果那天晚上有一位高级市政官（地位仅次于市长）和我们一起共进晚餐，那么用不了多久连皮烤熟的牛肉必将驰名于伦敦。

晚上下起了雨；第二天（17日）狂风大作，还夹杂着雪花和冰雹。我们骑马穿过东福克兰岛来到一个地峡，这个地峡把林孔—德尔托罗（西南端的一个较大的半岛）和东福克兰岛的其余部分连在了一起。因为母牛被大量捕杀，所以这里的牛以公牛为主。这些性情粗野的牛有时单独行动，有时两三头聚在一起。我从未见过身躯如此庞大的牛，其头和颈的尺寸堪比希腊的石牛。沙利文船长告诉我，中等大小的公牛皮重达47磅。在蒙得维的亚，尚未干透的牛皮能达到这个重量就已经很可观了。年幼的公牛见到有人来会跑开一定的距离；但老公牛连半步都不挪，只会冲向围过来的人和马，很多马就是这样被撞死的。一头老公牛渡过泥泞的小溪，与我们面对面。我们试图把它赶走，但没有成功，只好绕道而行。为了报复，加乌乔人决定把它阉割，以绝后患。能看到四两拨千斤的捕兽绝技真是人生幸事。当公牛冲向我们的马时，一根套索抛到了牛角上，另一根套索抛向它的后腿，瞬间这个庞然大物就瘫软地倒在地上。在这个狂暴动物的角被套索紧紧缚住之后，很难想象在不杀死公牛的情况下还能解开套索，而且凭一个人的力量恐

加乌乔人扔出套索

怕很难成功。就在这时，另一个加乌乔人扔出套索，缚住了公牛的两条后腿，这下问题就解决了：因为一旦失去后腿的支撑，公牛就是再有劲也使不上。这时，第一个加乌乔人就可以用手解开牛角上的套索，安然跳上马；随后第二个加乌乔人稍稍后退，使拉绳松弛，于是挣扎的公牛趁机把套索从腿上蹬开，立起身子，抖抖身上的土，不服输地向对手冲过去……

在全部旅程中，我们只看到过一队野马。这里的马和牛都是1764年由法国运来的，后来，这两种动物的数量大幅增加。奇怪的是，野马从不离开东福克兰岛的东端，然而并没有天然屏障阻碍它们漫游到岛的其余部分，而且东端的水草也不比其余部分肥美。我问过几个加乌乔人，他们都承认这种怪事确实存在，但说不出原因，也许马对自己熟悉的地方有一种强烈的依赖。既然这座岛上的水草并没有被完全利用，也没有以牛和马为食的猛兽，我很想知道到底是什么因素影响了马的繁殖能力。

虽然在这个地域有限的岛上迟早会出现限制因素，这是不可避免的，但为什么首先受到限制的是马而不是牛呢？沙利文船长为帮我解决这个难题颇费了一番周折。我们在当地雇的加乌乔人认为，主要原因在于，公马喜欢从一个地方漫游到另一个地方，还强迫母马与它同行，不管年幼的小马能不能跟随。有一个加乌乔人对沙利文船长说，他曾看到一匹公马把母马连踢带咬折磨了1个小时，直到母马被迫放弃幼仔。沙利文船长几次看到死去的小马，却没有见过死去的小牛，这也证实了加乌乔人的解释。不但如此，成年马的尸体也比成年牛的尸体更常见，似乎马比牛更容易患病和遭遇不测。这里的土质比较松软，容易造成马蹄长得过长，于是增加了跛脚的危险。此处马的毛色以红棕色和铁灰色为主。不论是驯养的马还是野马，个头都极小，但身体状况还算良好；当地的马力量不足，不适合用于拖拉被套住的野牛，因此值得花大价钱从拉普拉塔运来强健的马匹。将来，南半球大概会出现福克兰群岛矮种马，就像英国北方有设得兰群岛矮种马一样。

设得兰群岛矮种马

当地的牛不但没有像马一样退化，反而比常见的牛还要大，而且数量也比马多得多。沙利文船长告诉我，这里的牛无论是体形还是牛角的形状都与英国牛相差无几，但在毛色上却有很大的差别。值得注意的是，在这座小岛的不同区域，占优势的毛色各不相同。在尤斯伯恩山上海拔 1 000 ～ 1 500 英尺处，约有一半牛群的毛色是鼠灰色或铅灰色，这种毛色在东福克兰岛的其他地方不太常见；在快乐港附近，深褐色占多数；舒瓦瑟尔湾（这个海湾几乎把东福克兰岛分成了两部分）以南则以身体白色和头脚黑色的牛最普遍；而黑色和带斑点的牛在全岛各处都有分布。沙利文船长指出：各地优势毛色有很大的不同，从远处眺望快乐港附近的牛群，好像以带黑斑的为主；而在舒瓦瑟尔湾以南，牛群看上去好似山坡上的白点。沙利文船长认为，各种毛色的牛不会彼此混杂。奇怪的是，鼠灰色的牛虽然生活在高地上，但产犊的时间竟比生活在低地上的其他毛色的牛早一个月。有趣的是：从法国运来的家养牛在这里演化成三种不同的颜色，如果任其发展，几个世纪后其中一种毛色很可能最终会超越另外两种毛色。

兔子是另一种外来动物，在这里繁殖得很成功——岛上大部分地方都能见到它们的踪影。不过，和马一样，兔子的活动范围也有固定的界限：它们不会越过岛中央的山脉。加乌乔人告诉我，如果没有人把兔子运到这里，连山脚下都不会有兔子。简直无法想象，这种原产于北非的动物，怎么能忍受如此潮湿的气候？东福克兰岛上日照很不充足，连小麦都不能保证总能成熟。瑞典被公认为气候宜人的好地方，但据说即使在那里，家兔也不能生活在户外。首批移居荒岛的兔子还要与先于它们存在的狐狸和老鹰相抗争才能生存下来。法国博物学家把黑色兔子看作一个独立的物种，称之为"麦哲伦兔（*Lepus Magellanicus*）"。他们认为，麦哲伦曾提到在麦哲伦海峡看到过一种"兔子"，指的就是这个物种。其实麦哲伦说的是一种小豚鼠，至今西班牙人仍称呼它"兔子"。加乌乔人不理解为什么要把黑兔和灰兔分成两个物种，他们说，黑兔的分布范围从来也不比灰兔更广，两者一向共生于同一区域，并且很容易相互配对产下杂色的后代。现在我手头刚好有一只杂色兔子的标本，它的头部与法国人所描述的"麦哲伦兔"显著不同。这个例子表明，博物学家在划分物种的时候应该格外小心——若居维叶还在世，能看到这些兔子的头骨，恐怕他也会认为，这和"麦哲伦兔"不是一个物种！

　　岛上唯一的土著四足动物是一种体形较大、长得像狼的狐狸（福克兰狼，*Canis antarcticus*），这种动物在福克兰群岛的东西两个大岛都很常见。毫无疑问，这是一个很特殊的物种，只在福克兰群岛上才有，到访过这里的海豹猎人、加乌乔人和印第安人都说，从来没有在南美洲的其他地方见过类似的动物。

　　从习性上看，莫利纳认为，这种四足动物与山狼相同。可是这两种动物我都见过，它们之间差别很大。根据拜伦的描述，福克兰狼的特征是性情温顺和好奇心强，当初水手们误认为这种动物很凶恶，还跳到水里回避。直到现在，它们的性情也没有太大改变。有人看见它

福克兰狼

们钻进帐篷，从熟睡的水手头下偷肉吃。到了晚上，加乌乔人经常一手拿肉，一手握刀，时刻准备刺死它们。据我所知，世界上再也找不出第二个这样的例子，在远离大陆的破碎地块上，竟出产如此独特的大型四足动物。它们的数量在迅速减少——在东福克兰岛圣萨尔瓦多湾和伯克利湾之间的地峡以东的半个岛屿已经绝迹了。如果有人定居在这些岛屿上，用不了多久，福克兰狼就会像毛里求斯的渡渡鸟一样，成为在地球上彻底灭绝的动物。

晚上（17日），我们在舒瓦瑟尔湾头部的地峡上露宿，此处是西南半岛的一部分。虽然躲到山谷中可以免受风寒，但这里几乎找不到烧火用的木柴。然而，令我惊奇的是，加乌乔人很快找到了一些和煤一样高效的燃料——一头刚刚死去的小公牛的骨架，骨头上的肉已被食腐鹰啄光。加乌乔人告诉我，在冬季，他们时常免不了杀一只野兽，用小刀剔去兽骨上的肉，然后以骨为柴烧烤晚餐上的肉食。

18日——白天，雨下个不停。到了晚上，我们用马鞍布裹住身体以便防潮和保暖，不过地面上非常泥泞，骑了一天马，晚上想找个不潮的地方坐下来都不行。在第二章里我曾提到，福克兰群岛上完全没有大树，而火地岛却覆盖着大片森林。东福克兰岛上最高的灌木（属于菊科）还不及荆豆高。有一种和石南差不多大小的绿色灌木，在鲜绿状态下燃烧性能很好，是岛上最好的木柴。在雨下得四处湿漉漉的时候，只要有一个打火盒和一块破布，加乌乔人马上就能生起火来，这不能不让人感到惊叹。他们先在草丛和灌木丛底下寻找干的嫩枝，把它们劈成细丝，再在周围绑一些较粗的树枝，搭成鸟巢状，然后把带火星的破布投到鸟巢里，并进行遮盖。随后，鸟巢被举到风口，烟越冒越大，最后窜出道道火焰。世界上恐怕再也没有其他方法能点燃这么潮的木柴了。

19日——每天早上，如果不事先骑一会儿马，我就会感到浑身僵硬。奇怪的是，从孩提时代起就一直生活在马背上的加乌乔人也会出现同样的不适。圣杰戈告诉我，有一次，因为生病他在家里休息了三个月，病愈后出去猎野牛，没想到大腿酸痛难忍，令他不得不卧床休养了两天。这说明加乌乔人骑马的时候，看上去肌肉没使劲，其实不然。在如此难以穿越的沼泽地上骑马追捕野牛的确是一件非常艰苦的事。加乌乔人说，有很多地方无法慢速前进，只有全速飞奔才能安全通过，那感觉就像踩在薄冰上一样。打猎时，马队必须设法尽可能靠近牛群，而且还不能让牛群发现。每个人要手持四五副流星锤，一个接一个地投出去，以便尽可能缚住更多的野牛。野牛一旦被缚住，就只能待在原地忍饥挨饿，直到无力挣扎时为止。随后，加乌乔人会解开野牛身上的套索，把它们赶到一小群已被驯服的牛当中，这群牛正是为此目的而被带到这儿的。野牛因为过去的教训，会非常害怕脱离牛群，只要它们还有足够的体力，把它们赶到居民区去并非难事。

天气依旧很恶劣，我们决定加把劲，争取在天黑前赶回船上。由于雨量太大，整个地表一片泥泞。我的马至少滑倒过十几次，有时全部六匹马一起栽到泥中。小河两岸无一例外是松软的泥炭土，想让马跳过去又不摔跤可不是一件简单的事。为了避免尴尬，我们不得不从海湾尽头涉水过去，水深没及马背，狂风卷起细浪打在我们身上，把我们浇得又湿又冷。当我们结束这次短途旅行回到居民区时，连意志坚强的加乌乔人也为之欢呼雀跃。

天下奇观——"石流"

从各个角度来看，这些岛屿的地质构造并不复杂。低洼地区由黏板岩和砂岩构成，内含化石，与欧洲志留纪地层很相似，但不完全相同；山地则由白色颗粒状石英岩构成。石英岩地层经常弯曲成完美对称的拱形，有些岩体的外形非常奇怪。贝内蒂曾用好几页篇幅描述了废墟山的情况，他把那里的连续地层形象地比喻为古罗马的圆形露天竞技场。石英岩经历如此大的弯曲而没有断成碎片，说明弯曲时它的质地很软。因为石英岩会慢慢变质成砂岩，所以这里的石英岩很可能是受到高热转变成流体的砂岩在冷却时结晶而形成的，在较软的状态下，石英岩一定曾被向上的力推着冲出覆盖的地层。

在东福克兰岛的许多地区，无数带尖角的巨大石英岩碎块以一种非同寻常的方式排列在谷底，形成"石流"。自贝内蒂时代到现在，每一位到访这里的航海家都会提到这个令人惊讶的现象。石块还没有被水磨圆，它们的角只是略微变钝。这些石块大小不等，直径从一两英尺到 10 英尺，有的甚至能达到 20 倍以上。它们的排列方式并非杂乱无章，而是延展成层状或巨大的石流。我们无法测量石层的厚度，但能听见潺潺溪水在地面以下数英尺的石块之间流淌。石层的实际厚度一定很大，因为下层石块之间的缝隙早已被沙子填满。这些石层的宽度从几百英尺到一英里不等，日复一日，泥炭土不断地侵蚀石块边缘，有时一些小碎块碰巧聚在一起，形成小"岛"。伯克利湾以南有座山谷被我的同伴称为"碎石大峡谷"，走过一条半英里宽的连续岩石带只需从一块带尖角的石块迈到另一块带尖角的石块。石块如此之大，如果遇到倾盆大雨，想在石块下面找个避雨的场所并非难事。

这些"石流"最显著的特征是倾角很小。在山坡处，我测得它们与地平线的夹角只有 10 度；不过，在底部宽而平的河谷，倾角也就刚刚达到能被肉眼识别出来的水平。在高低不平的表面上没有办法测量倾角，但可以给大家一个大体的印象——我敢说，石层的坡度不足以影响英国邮车的速度。在一些地方，连续的碎石流沿着河谷向上伸展，甚至达到山顶。在这样的山顶上，巨大的岩体比小规模建筑物还大，好像是在向前冲的过程中被挡住了；这里还有一层一层堆叠成拱门状的弯曲地层，好似古老大教堂的废墟。为了解释这种巨大的破坏作用，人们设想了各种各样的场景。我们可以想象有许多条白色的熔岩流从山上流下来，在凝固过程中被剧烈的地震撕裂成无数碎块。一想到这个灾变过程，每个人的头脑里都会立马出现"石流"的形象。这种情形能发生在附近这些低矮的圆形山上，还真挺让人奇怪的。

在一座山脉的最高峰（海拔约 700 英尺）上，我发现一块巨大的拱形石块凸面朝下立着，看起来很有趣。难道只能认为它是被抛到空中之后翻转成这个样子的吗？更可能的情况是，石块原来位于较高的位置，由于大地震而被崩落到这里。河谷里的石块没有被磨圆，石缝也没有被沙子填满，由此可以推知，大地震发生在这块土地从海平面隆起之后。从河谷的断面来看，底部基本上是平的，至多在两侧微微隆起。貌似碎石是从河谷顶部滚下来的，但实际上它们更可能来自最近处的山坡。随后，山体在巨大的作用力下产生震动，石块被震成一个连续的石层。如果 1835 年那场倾覆智利康塞普西翁城的地震足以把体积不大的物体抛离地面几英寸，那么几吨重的石块是否能像震动板上的沙子一样向前运动并且形成石层呢？在安第斯山脉，我看到巨大的山体被震成薄壳状的碎片，地层被掀到垂直的位置，但是不曾在哪里见到过威力如此强大的地震能造成"石流"，在历史记录里恐怕也找不出类似的证据。欧洲平原上漂砾的迁移过程在很长一段时间内被认为无法解释，但随着科学的进步这个谜团已经解开，相信有那么一天，"石流"之谜也能得到圆满的解释。

　　我还没有讲述福克兰群岛上的动物呢。之前曾提到一种被称作"卡拉卡拉鹰"的食腐鹰。这里还有其他几种鹰、猫头鹰以及一些小型陆生鸟类。水禽的数量很多，但根据老航海家们的记述，以前它们的数量比现在还多。一天，我看到一只鸬鹚正在捉弄捕到的鱼。它一连八次放走猎物，然后跳入水中追赶，虽然水很深，但鸬鹚每次都能把鱼捉出水面。在动物园里，我见过水獭用同样的方法捉弄一条鱼，和猫捉老鼠差不多：我以为，大自然中再也没有比这更残忍的例子了。又一天，我用一种有趣的方式来了解企鹅（*Aptenodytes demersa*）的习性——挡住它不让它下水。企鹅是一种勇敢的鸟，它不断地向我发起进攻，逼我后退，直到走到海里。除了重拳出击以外，其他方法都不能阻止它前进。它会坚守得到的每一寸土地，挺直身子毫不屈服地紧靠我站着。与我对抗的时候，它用一种奇怪的方式左右摇晃脑袋，好像只有用每只眼睛的前部下方才能看清东西。这种鸟通常被称作"公驴企鹅"，因为在岸上的时候，它经常把头向后仰，发出奇怪的声响，极像公驴叫。不过，在海里的时候，如果没有受到惊扰，它的叫声会低沉而庄严，这样的叫声在夜里时常能听到。潜水的时候，它的翅膀是鳍；到了陆上，又成了前肢。爬行的时候，企鹅有四条腿，能以极快的速度穿过草丛或者长满草的峭壁边坡，很容易被人误认为是四足动物。当下海捕鱼的时候，它会跃出水面呼吸空气，然后迅速跳回水中，我敢保证，第一次看到这种情形的人都会以为，那是一条跃出水面嬉戏的鱼。

鸬鹚捉鱼

　　有两种雁是福克兰群岛上的常客。高地雁（*Anas Magellanica*）成对或者成小群生活在一起，在东福克兰岛上很常见。它们不迁徙，但会在外围的小岛上筑巢，这可能与它们惧怕狐狸有关。也许因为同样的原因，高地雁白天无精打采，到了晚上则非常警觉。它们完全以植物性食物为生。

　　岩礁雁（*Anas antarctica*）通常只生活在海边，并因此而得名；它们不仅分布在福克兰群岛，还分布在美洲西海岸智利以南的部分。在火地岛人迹罕至的深水地带，常常可以看到一道亮丽的风景：一身雪白的雄雁和羽色深暗的雌雁紧紧地靠在一起，双双立在不远处的礁石上。

　　在福克兰群岛上，有一种笨头笨脑的大鸭或雁（*Anas brachyptera*）数量极多，有时一只鸭子的体重能达到 22 磅。因为划水时拍打水花的奇怪样子，这种鸟以前被称作"赛马"，不过现在已经被更名为"轮

"轮船"

船"。它们的翅膀太小、太弱，不能飞行；但在水里，用翅膀游泳也好，用翅膀拍击水面也罢，总之有助于它们迅速游动。它们游泳的姿势有点儿像家鸭被狗追赶时逃命的样子；不过，我敢肯定，"轮船"是交替扑打两只翅膀的，而不像其他鸟类那样双翼一起扇动。这种笨头笨脑的鸭子在水里弄出很大的声响，那样子真是太滑稽了。

我们发现在南美洲有三种鸟的翅膀除了用于飞行以外，还有其他用途：企鹅用作鳍，"轮船"用作桨，鸵鸟用作帆。新西兰的无翼鸟和它古老的原型——已绝灭的恐鸟一样，都只有翅膀的雏形。"轮船"只能潜游极短的距离，这种鸟主要以附着在海藻和受到潮水冲刷的岩礁上的贝类为食。为了敲碎贝壳，它们的头和喙长得异常粗大，用地质锤也很难将这种鸟的头敲碎——我们这些猎人很快发现"轮船"是一种不容易被打死的鸟。晚上，它们会聚在一起整理羽毛，发出古怪的声音，那声音酷似热带牛蛙的叫声。

在福克兰群岛和火地岛，我对低等海洋动物进行过多次观察，但没有得到引人注目的成果。在这里，我只想提及其中的一类——植物形动物中几个结构比较复杂的物种。几个属（藻苔虫属、壳苔藓虫属、分胞苔虫属、栉苔虫属等）的动物都有附生在结构单元上的可移动器官，类似在欧洲海域发现的鸟头藻苔虫（*Flustra avicularia*）。在大多数情况下，这种器官酷似美洲鹫的头，不过下颚比真正的鸟嘴张得还开。头部依靠与之相连的短颈取得一定的活动性。有一种植物形动物头部不能动，但下颚可以来回动；另一种植物形动物的头部是一个三角形的罩子，上面有与下颚功能相当的活动盖片。在大多数物种中，每个结构单元有一个头；但在另外一些物种中，每个结构单元有两个头。

在珊瑚类动物枝端新生结构单元上的水螅体还不成熟的时候，美洲鹫头状的器官就已经附生在了上面，虽然这些器官还很小，但已经发育成熟了。如果用针将结构单元上的水螅体除去，"美洲鹫头"依然安然无恙；如果从结构单元上切下一只"美洲鹫头"，其下颚部分仍能正常开合。珊瑚类动物结构上最奇特的特征大概是：当一枝珊瑚上有不止两列结构单元时，附生于中间结构单元上的"美洲鹫头"只有边缘结构单元上的四分之一。"美洲鹫头"的运动方式依物种的不同而不同：有些几乎纹丝不动；另一些下颚通常能大大张开，前后摆动的频率可达每5秒钟1次，或者一阵一阵地迅速开合。如果用针触动"美洲鹫头"，"鸟嘴"通常会咬住针尖不放，整个珊瑚枝都会微微颤动。

这些附属体与卵和胚芽的形成无关，因为早在新生水螅体出现在枝端之前它们就已经存在了；它们的运动也不依靠水螅体，无论从哪个方面看也找不到两者之间的关联；而且它们在内外列结构单元上大小不同。根据以上三点，我可以毫不犹豫地说，它们在结构上更接近于珊瑚枝上的角质中轴，而不是结构单元上的水螅体。海笔下端的肉质附属物也是这种植物形动物身体的一部分，正如树根与树叶、花蕾一样，都是构成参天大树的重要组成部分。

这里还有一种美丽的小珊瑚（栉苔虫属？），每个结构单元上都有长齿形的刚毛，能以很快的速度运动。每根刚毛和每只"美洲鹭头"都能独自运动，但有时珊瑚枝的两侧同时摆动，有时只有一侧摆动，又有时两侧有规律地交替摆动。由此可见，虽然这种植物形动物由数千个独立的水螅体构成，但它们传递意志的机能和单个个体一样完善。海笔的情况也是如此：在布兰卡港逗留时，我用手指触碰海岸上的海笔，它们的整个身体都会缩入沙子里。我还可以举出另一个协同运动的例子，不过表现形式不同，那是一种与美螅属有亲缘关系的植物形动物，结构非常简单。我采了一大束养在盛有盐水的面盆里。晚上，不管我摩擦枝上的哪一部分，整枝都会发出绿色的磷光，简直美极了！值得注意的是，磷光总是从基部逐渐爬升到枝的顶端。

我对探究这些群栖动物的特性一向很感兴趣。一个形似植物的机体产出一枚卵，卵在水里游来游去，直到找到一个合适的地方附着其上，然后长出枝条，每个枝条上又生满了无数具有复杂结构的动物个体，还有什么比这更令人惊奇呢？况且，如前所述，有时珊瑚枝上还有不依赖于水螅体的运动器官。如果枝芽被认为是单独的植物个体，每根枝干上的独立个体经常具有协同性，并且所有树都是如此，这难道不让人感到费解吗？对我们来说，把具有口、肠和其他器官的水螅体看作是独立个体要比把枝芽看作是独立个体更好理解；因此，在珊瑚上出现独立个体的协同性比在树上出现独立个体的协同性更让人诧异。如果我们对群栖动物中哪一部分是独立个体认识得不够透彻，那么可以借助以下方法：用刀将研究对象一分为二，或者由大自然执行平分工作，然后看它能否繁衍成两个独立的生物。我们可以把水螅体看作是植物形动物中的个体，也可以把枝芽看作是树中的个体，只要切割后能形成两个独立的生物。从树和珊瑚类动物的情况来看，以芽繁殖的个体之间的关系要比以卵或种子繁殖的子代与亲代之间的关系更紧密。可以确定的是，以芽繁殖的植物寿命一致，在芽接、压条和枝接过程中一定会把一个或多个特征传递下去；而如果用种子繁殖，则特征几乎不能传递或者只会偶尔重现。

第五章

世界尽头——火地岛

  火地岛位于南美洲的最南端，南隔德雷克海峡与南极大陆相望，北隔麦哲伦海峡与南美大陆毗邻，其最南点就是闻名世界的合恩角。火地岛主岛呈三角形，是除南极之外离我们最远的普通人可以正常生活和居住的地方。目前火地岛三分之二属智利，三分之一属阿根廷。岛上的乌斯怀亚是地球上最南的城市，也是前往南极的起程地，距南极半岛仅1000千米，因此被称为"世界尽头"。

  火地岛原为土著印第安人的居住地。1880年，由于牧羊业和采金业的兴起，智利和阿根廷开始向火地岛移民，并在一年后商定了两国在该岛的划界，界定其东部属阿根廷，西部属智利。1884年，阿根廷建立了政府行政机构——乌斯怀亚市。

  1832年，达尔文在火地岛进行了地质学和生物学考察，还深入印第安人部落了解他们的生活情况，并把考察结果记录在《比格尔号航海日记》一书中，火地岛因此扬名世界。为了纪念达尔文，火地岛东部2150米的高峰被命名为达尔文山。达尔文不仅考察了当地的动植物分布，还通过对火地岛居民的语言、社会组织形态、部落关系、部落内成员地位等的观察思考了人类社会的进化问题。他认为造成不同地区部落间发展程度不均的重要原因之一在于是否存在"优秀领袖"。

第一节

初识火地岛人

1832 年 12 月 17 日——在完成了对巴塔哥尼亚和福克兰群岛的考察之后，我想讲一讲我们首次抵达火地岛的情况。午后不久，我们绕过圣迭戈角，驶进著名的勒美尔海峡。我们紧贴着火地岛的海岸行驶，崎岖又荒凉的斯塔腾岛（现称埃斯塔多斯岛）的轮廓在云雾中依稀可见。下午我们在好结果湾下锚。驶进海湾时，土人以欢迎蛮荒之地居民的方式来欢迎我们。一群火地岛人坐在突出于海面的悬崖上，一半身子被茂密的树林遮盖。当我们的船驶过时，他们跳起来，挥舞自己破烂的披风，高声喊叫着。这些土人一直跟随我们的船，夜幕快要降临的时候，我们望见土人燃起的篝火，并再次听到他们野蛮的呼喊。港口处水光潋滟，半边环绕着黏板岩构成的低矮圆形山，繁茂的树林一直延伸到水滨。一看便知这景色与以往看到的各地风光迥然不同。入夜后，刮起一阵强风，风沙从山上向我们席卷而来。如果在外海遇到这种天气可不是一件好事，因此，像其他人一样，我们把这里称作好结果湾。

早晨，舰长先行派出一队人与火地岛人联络。当我们的船驶到能听见人声的地方时，四个土人迎上来，其中一人热情地冲我们喊叫，表示愿意为我们指引登陆地点。等我们登上岸，这些人好像有些警觉，但并没有停止讲话和打手势。火地岛上的景致独一无二，是我从未在

火地岛

其他地方见过的。真没想到土人和文明人之间竟有如此大的差距——比野生动物和家养动物之间的差距还大，这说明人类的进化能力真的很强。讲话最多的那个人一副老态，看上去是族长；另外三个则是年轻力壮的小伙子，身高约 6 英尺。妇女和小孩已经被送往别处。火地岛人完全不像居住在更西边的瘦弱人种，倒是与麦哲伦海峡一带的粗壮巴塔哥尼亚人有些相像。他们身上只穿着原驼皮做成的披风，驼毛露在外面；与其说穿倒不如说披在肩上，于是他们的身体总是半裸半掩。皮肤呈灰暗的赤铜色。

老人头上系着白羽毛做的束发带，刚好把一部分乱蓬蓬的粗硬黑发固定住。他的脸上有两道横向的条纹：一道被涂抹成鲜红色，从左耳经过上唇一直到右耳；另一道白得像白垩一样，就位于第一道的上方，和它平行，所以连眼皮也被涂成了白色。另外两个人的脸上涂着一道道黑炭粉的线。这四个人俨然歌剧《自由射手》[1]中登台亮相的魔头。

四个火地岛人态度谦卑，面部表情惊疑不定，流露出对我们的不信

---

[1] 德国作曲家韦伯（1786—1826）的浪漫派作品，也译作《魔弹射手》。

任。我们取出红布作为礼物，他们立刻围在颈上，算是同意与我们交朋友。老人走过来拍我们的胸口，咯咯地叫了一声，就像我们喂小鸡时为了招呼鸡发出的声音一样，这是火地岛人表示友谊的方式。我和老人走在一起，他又把这种表示友谊的方式重复了好几次，随后同时在我的胸部和背部重击三下。他还让我学着他的样袒露胸膛作为答礼；在我照做之后，他表示非常满意。根据我们的标准，在火地岛人说的话中很难找到所谓的音节。库克船长把这比作有人在清嗓子，不过我敢肯定，没有哪个欧洲人会用这种沙哑的喉音一次又一次地清嗓子。

他们是模仿家：当我们咳嗽、打呵欠或者做出任何古怪动作时，他们都会立刻跟着模仿。我们中有一位眯起眼睛朝侧面看，那三个火地岛小伙子中有一个（在他脸上，除了一道通过双眼的白色条带，其余部分涂满了黑炭）学出了一个更夸张的鬼脸。我们欧洲人都知道，要想辨别一种外语中的发音是多么困难，然而我们招呼火地岛人的话竟被他们一字一句学了去，并且在一段时间内都没忘，而我们中有谁能按照美洲印第安人的语调模仿出一句超过三个单词的句子呢？所有土人的模仿能力都能达到出神入化的水平。不止我一个人这么认为，有人告诉我，非洲卡夫尔人也有这种滑稽可笑的习惯。同样，很久以前，澳大利亚土著人就以惟妙惟肖地模仿任何一个人的走路姿势而著称。我们怎么来解释这种能力呢？是否因为与文明人相比，处于未开化阶段的野蛮人更惯于使用观察力，所以感觉也更灵敏呢？

我想火地岛人一定会惊讶于我们还会唱歌；看到我们跳舞，他们也同样很惊讶。不过，当一个年轻的火地岛人受邀舞一小段华尔兹时，他并没有拒绝。他们对欧洲人几乎一无所知，但知道害怕我们手里的武器。无论受到什么样的诱惑，他们也不敢拿枪，只向我们索要刀子，他们用西班牙语告诉我们，他们需要"刀"，还向我们打手势——假装嘴里叼着一块鲸脂，然后做出去切而不是去撕的动作。

到现在为止，我还没有提及那几个和我们同船的火地岛人。在1826年至1830年间冒险号和比格尔号的航程中，菲茨罗伊舰长因为考察队的小船被盗，捉了几个土人作为人质，毕竟小船被盗给考察队带来了灭顶之灾。后来，他带着几个土人，其中包括一个他用一颗珍珠纽扣换来的小孩，回到英国，下决心自己出资让他们接受教育和信奉宗教。把土人送回老家是菲茨罗伊舰长此行的主要目的之一，在海军部批准此次航行计划以前，菲茨罗伊舰长慷慨地租了一艘船，打算亲自送他们回家，与土人同行的还有一位传教士，名叫马修斯。菲茨罗伊舰长发表过一份详尽的报告，来介绍马修斯和这些土人的情况。带回英国的共有四个土人：两个成人、一个男孩和一个小女孩。除其中一个成人在英国患天花死去以外，其余三人现在正在船上，他们是：约克·明斯特、杰米·巴顿（"巴顿"意为"纽扣"，代表了他的来历）和菲吉阿·巴斯克特。约克·明斯特是一个身材短粗的壮年男子，他性格内向、沉默寡言、不苟言笑，在被激怒的时候脾气相当暴躁；但对船上的少数几个朋友却非常友好，他的智力水平并不差。杰米·巴顿是一个讨人喜欢的人，但同样容易被激怒，从他的面相一眼就能看出这个人性情温和，他是个乐天派，爱笑，对身体不适的人格外关照。浪大的时候，我免不了有点儿晕船，他总跑过来用伤感的语调对我说："好可怜，可怜人！"可是，对于像他这样生在海上、长在海上的人，晕船是件可笑的事，他会把头侧向一边偷笑，然后重复说着"好可怜，可怜人！"他热爱故土，喜欢赞美自己的部落和祖国，但真正说对的只有"那里有很多树"，同时贬低所有其他部落，他坚称自己的故乡没有恶人。杰米长得又矮又胖，但他对自己的容貌颇为自信。他一向戴手套，头发剪得很齐，皮鞋擦得锃亮，如果被人踩，他会很不高兴。杰米还喜欢对着镜子自我欣赏。船上有个活泼可爱的印第安小男孩，是几个月前从内格罗河带来的。小男孩很快发现杰米的这个癖好，时常学着杰米的样子逗笑。每当有人关注这个小男孩时，杰米就一脸不乐意，轻蔑地把脑袋扭过去说："太胡闹了！"我简直不敢相信，如此爱整洁的杰米竟然和我初次登上火地岛遇见的野蛮土人属于同一个人种，他们之间一定有相通的地方。最后，菲吉阿·巴斯克特是一个优美、谦和的内向女孩，只是漂亮的脸蛋上时常流露出忧郁的神情。她学东西的速度很快，尤其在语言方面有着惊人的天赋。在里约热内卢和蒙得维的亚，我们只上岸逗留了很短一段时间，她就学会了几句葡萄牙语和西班牙语，当然她还会英语。如果有人对菲吉阿表示好感，约克·明斯特就会非常妒忌，显然他打算一上岸就把菲吉阿娶回家。

约克·明斯特

尽管他们三人都会说并能听懂很多英语，但想从他们那里了解火地岛人的习性却很困难，其中一个原因是他们理解不了最简单的选择疑问句。熟悉幼童的人都知道，幼童很难分清一个物体是黑还是白，黑或白在他们的意识里是混为一谈的。火地岛人也一样，因此，无法通过反复询问了解火地岛人是否对他们所宣称的事物有正确的认识。火地岛人有惊人的洞察力，据说经过长期锻炼的水手要比不航海的人眼力好，但约克和杰米的眼力远远超过同船的任何一名水手。有好几次，他们宣称看到了远处的某个物体，虽然大家都表示怀疑，但最后借助望远镜发现他俩说得没错。他们对自己的能力非常自信，杰米和

杰米·巴顿

菲吉阿·巴斯克特

108

值星军官发生小争吵时经常会说，"我看见船，我不说。"

登上火地岛之后，出现了一件有趣的事：土人很快注意到杰米·巴顿与我们不同，为搞清这个问题他们与杰米谈了很久。老人对杰米一通高谈阔论，似乎想邀请他留下来，但杰米听不太懂土语，并且为自己的同族人感到羞愧。随后，约克·明斯特也登上岸，土人同样注意到了他，并劝他刮一刮脸，其实约克脸上充其量只有20根短胡须，而我们大家的胡须都没有修剪。土人研究他的肤色，并且与我们的肤色做对比。我们中有一位手臂恰巧裸露在外，被土人看到，他们表现出夸张的惊讶并对皮肤之白大加赞叹，那神色和我在动物园里看到的猩猩一样。我猜测土人把我们当中的两三位水手当成了妇女，虽然他们也留着大胡子，但身材比较娇小、苗条。身材最高的火地岛人很高兴自己因为高度而得到我们的关注，当被要求背对背与船上最高的水手比高矮时，他不但想方设法找地势高的地方站，还踮脚尖。他张开嘴，露出牙齿，又掉转头向侧面张望，所有这些动作都完成得轻巧、敏捷，他一定自诩是火地岛上最帅的男子。在新鲜感消退之后，我们感到这些土人无时无刻不在大惊小怪和模仿他人的举止才是最可笑的。

第二天，我设法前往火地岛的腹地。火地岛上山峦起伏，山体的下半部分浸在海水中，因此山谷所在的地方成了深水港和海湾。除裸露的西海岸以外，山坡上一直到岸边都覆盖着一整片茂密的森林。森林延伸到海拔1 000 ～ 1 500英尺处，上方是一条泥炭带，分布着一些不起眼的高山植物，再往上是终年积雪线。金舰长说，在麦哲伦海峡，终年积雪线降至3 000 ～ 4 000英尺。在火地岛很难找到一片一英亩大小的平地。我依稀记得，饥饿港附近有一小片，胡雷锚地附近的那片稍大一些。在这两片平地和所有其他地方，地表都覆盖着厚厚一层松软的泥炭。即便在森林中，地面上也覆盖着一层缓慢腐败的植物残骸，由于浸满了水，踩在上面脚会陷进去。

麦哲伦海峡

在发现无望从树林中穿过之后，我沿着一条山中溪流往前走。起初遇到瀑布和很多倒下的树木挡路，前行非常艰难；但是很快河床变得稍稍宽阔，因为两岸曾被洪水冲刷过。我沿着破碎的石质河岸缓缓走了一个小时，眼前壮丽的景色让我感到不虚此行。幽深的峡谷与普遍存在的剧烈地质活动特征相一致。峡谷两侧有不规则的岩体和倒下的树木；其他一些树木虽然还没有倒，但已经腐烂到树心，眼看就要倒下。繁茂的森林和死树交织在一起，使我想起了热带森林，但是两者之间也有差别：在这与世隔绝的清幽之处，死似乎超越生成为主题。我沿着河道前进，一直走到大滑坡在山坡上挤开一条通道的地方。沿着这条路登上一定高度，即可饱览周围山林的盛景。所有树木都属于山毛榉属的一个种——桦状山毛榉（*Fagus betuloides*）；山毛榉属的其他种和林仙树则十分稀少。

110

桦状山毛榉终年常绿，但是叶子微微泛黄，呈现出一种特殊的棕绿色。整个地区一片棕绿，显得格外阴郁，即使在阳光下也难有光泽。

12月20日——海湾的一侧是一座高约1 500英尺的山，菲茨罗伊舰长把这座山命名为"班克斯"，是为了纪念班克斯爵士带领的考察队，两名队员在那次考察中丧生，索兰德博士也险些遇难。造成不幸的原因是暴风雪。暴风雪发生在1月中旬，相当于英国的7月，发生地的纬度与英国达勒姆相当。我迫不及待想登上山顶采集高山植物，因为各式各样的花在低海拔地区很少见。我们沿着昨天经过的水道往前走。水道渐渐变窄，后来我们不得不在树林中摸索前进。因为海拔高、风力强，这里的树又矮又粗，还歪歪斜斜的。后来，我们终于发现不远处有一片绿油油的草地，可恼火的是：走近一看，才知道原来是一片由四五英尺高的山毛榉组成的密林。它们一棵挨着一棵，就像在花园边上种的黄杨树。我们必须艰难地穿过这片外表平坦但实际上危险重重的区域。经过一番周折，我们来到泥炭区，随后到达裸露的板岩区域。

一道山脊把班克斯山与相隔几英里的另一座高山连接起来，那座山比班克斯山还高，山上覆盖着积雪。因为天色还早，我决定到那里看看，沿途采集一些植物标本。幸亏原驼踩出了一条直直的山道，否则在这里行走简直势比登天。这种动物像绵羊一样，喜欢沿同一条路走来走去，所以会踏出一条路来。当我们到达那座山时，发现此处是附近地区的最高点，河水逆向我们流向大海。俯瞰四周，北面是一大片湿软的高沼地，南面则呈现出火地岛一带典型的荒野盛景：一座山连着另一座山，中间隔着深深的峡谷，一整片茂密的土灰色森林使所有这些山融为一体，让人感到阴森恐怖。这里的天比其他地方更阴沉：一阵风紧似一阵风，还夹带着雨、雪和雹，从麦哲伦海峡向饥饿港正南方眺望，山间那一条条幽暗的水道就好像要从这个世界流出去一样。

12月21日——比格尔号起锚。22日，罕见的东风护送我们来到巴内费尔茨附近，又经过石峰耸立的欺骗角，于下午三点顶风冒雨绕过合恩角。傍晚时分月明风静，使我们得以欣赏周围岛屿的美景。然而，合恩角要勒索一笔买路钱，入夜前刮起一阵狂风，把我们吹向大海，到23日才得以驶向岸边，借此机会，我们终于在上风舷上看见了这个著名海角的庐山真面目——在薄雾笼罩下，依稀可见它那被暴风和海水簇拥的轮廓。大块乌云滚过天际，暴风雨挟带着冰雹狠狠地向我们袭来，舰长决定去棚屋港躲避。棚屋港是一个很好的隐蔽之处，离合恩角不远。我们于圣诞前夜停泊到这片平静的水域。只有从山上刮过来的阵风令我们的船在锚位上摆动不止时，才会让我们想起外面正肆虐着大风。

12月25日——棚屋港附近有座高达1 700英尺的尖顶山，被称为凯特峰。这座山四周的岛屿都由圆锥形的绿岩岩体构成，有时伴有一些由受过高温而变质的黏板岩构成的不规则山丘。火地岛的这个部分可以算是前文所述那条浸入水中的山系的最远端。此港由于有火地岛人的棚屋而得名，但附近每个港湾都有棚屋，按照这种命名方式都可以被称作棚屋港。这里的居民主要以贝类为生，因此需要不断迁移。但是隔一段时间他们又会回到同一个地点，从年代久远的贝壳堆就能看出来，这里堆放的贝壳堆可达数吨之多。有几种亮绿色的植物经常生长在贝壳堆上，

合恩角

从远处就能辨认出来。在这些植物中，有野芹菜和能治疗坏血病的辣根菜，这两种植物很有用，不过土人还不知道它们的用途。

从大小和外形来看，火地岛人的棚屋很像圆锥形干草堆。将几根树枝插进土里，在树枝一侧胡乱堆上几束茅草和灯心草就建成了棚屋。全部工程很难在一个小时之内完成，但住不了几天就会被遗弃。在胡雷锚地，我看到棚屋里有一个裸体的人在睡觉，这个棚屋的遮盖物还不如兔子洞多。睡觉的男人显然是独自一人生活的，约克·明斯特称这个人是"大坏蛋"，可能还偷过东西。在西海岸，棚屋上覆盖着海豹皮，质量要好一些。由于天气恶劣，我们在这里停留了好几天。气候的确太糟糕了，虽然现在已过夏至，但山上还天天下雪，峡谷里则下雨夹雪。温度计的读数总在 45 华氏度上下，夜间会下降至 38 华氏度或者 40 华氏度。空气非常潮湿，没有一丝阳光，人对天气的感觉比天气本身更糟糕。

火地岛人的棚屋

一天，我们在沃拉斯顿岛附近行驶，停靠在一只载有六个火地岛人的独木舟旁边，他们是我见到的最卑鄙、最可怜的生物。我们看到东部海岸的土人穿着原驼皮制成的斗篷，但在西海岸，他们穿的是海豹皮。在中部地区，男人们平常都穿水獭皮，或者只有一小片像手帕那样大小的皮，刚刚能遮住背部腰以上的部分。这块皮上系的细绳绑在胸前，风一吹就左右摇摆。独木舟上的火地岛人几乎全身赤裸，甚至包括一个已成年的妇女。雨下得很大，雨水夹带着飞溅的浪花从她身上直淌下来。从不远处另一个港湾里走来一个正在哺乳的妇女，出于好奇，她在独木舟边站了一会儿，雨水夹着雪水在她裸露的胸部和赤裸的婴孩身上融化！这些可怜人发育都不健全，丑陋的脸上涂满了白色颜料，油腻腻的皮肤污秽不堪，头发缠在一起，嗓音刺耳，手疯狂地挥动着。看到这样的野人，你很难相信他们是自己的同类，并且生活在同一个星球上。很多人想象不出低等动物生活在世间有什么乐趣，真应该把这个问题拿来问问这些土人。晚上，在狂风暴雨中，五六个浑身赤裸的土人像野兽一样蜷缩着身子睡在湿漉漉的地上。无论是严冬还是盛夏，只要到了退潮的时候，这些土人一定会不分昼夜地在岩石上寻找贝类。妇女们或者潜入海中捕捞海胆，或者坐在独木舟上耐心地用装有食饵而没有钩子的细线钓小鱼。如果猎到一头海豹，或者发现一只死鲸的浮尸，

海胆

那就是他们的大餐了，而佐餐的食材只是一些淡而无味的浆果和蘑菇。

　　土人经常忍饥挨饿，曾与火地岛土人密切接触过的捕海豹船长洛先生讲过一段离奇的故事。他说，西海岸有一个150人的土人部落，部落里的人瘦骨嶙峋，生活极其困苦。持续不断的风暴让妇女无法在岩石上采集贝类，也无法划着独木舟出海猎捕海豹。一天早晨，为了寻找食物，一小队男人出发了。四天后，洛去迎接他们，这些人极度疲惫，每人带回来一大块发臭的鲸脂，他们在鲸脂中央穿了一个孔套在颈上，就像加乌乔人从头上套进去的斗篷。鲸脂被运到棚屋后，一个老者把它切成薄片，念叨一番后，把鲸脂烤上一分钟，然后分给忍饥挨饿的族人，之前这些人一直在默不作声地等着。洛先生认为，一旦鲸被海水抛到岸上，土人会把大块的鲸肉埋进沙里，作为饥荒时的储备——洛先生带到船上的一个土人小孩就曾发现过用这种方法储备的粮食。不同部落在交战时会食人。在冬天闹饥荒的时候，土人会首先把年老的妇女杀死吃掉，之后才去杀狗——洛先生带上船的男孩和杰米·巴顿在不同场合都分别提到过类似的事情。洛先生问男孩为什么先吃人后吃狗，得到的回答是，"狗会捉水獭，老太婆不行。"男孩讲述怎么用烟熏老妇人直到她们窒息而死，还模仿老妇人的哀叫声取乐，甚至不忌讳谈论老妇人身上哪些部位最好吃。死于亲友之手何其恐怖，可是联想到饥荒来临给老妇人内心造成的恐慌则更让人不寒而栗。她们常常逃到深山里去，但男人们会把她们捉回来，直接在灶台边杀掉！

　　菲茨罗伊舰长不确定火地岛人是否相信来世，他们有时把死人埋在山洞里，有时埋在树林里，我们不知道他们举行过什么仪式。杰米·巴顿不吃陆地鸟类，因为这些鸟"吃死人"。火地岛人甚至不愿意提起已经故去的朋友。虽然那个老者在给饥肠辘辘的族人分发鲸脂时口中念念有词，好像在履行什么宗教仪式，但我们不能据此认为火地岛人有宗教信仰。每个土人家庭或部落都有巫师或巫医，我们无从知道他们的职责。我之前提到，杰米相信梦境，但不相信鬼神。我敢说，比格尔号上的某些水手比火地岛人更迷信：一位老舵手坚称，我们之所以在合恩角连续遭遇风暴的袭击，就是因为船上有几个火地岛人。在我听到的言谈中，约克·明斯特的话最具宗教意味。一次，比诺埃先生开枪杀死几只幼鸭做标本，约克严肃地说，"啊，比诺埃先生，雨、雪、大风就要来了。"显然，他的意思是说，浪费人类食物是要遭到惩罚的。接着，约克情绪激动地讲述了下面这件事。一天，他的兄弟返回岸边拾取几只他落在那里的死鸟，发现羽毛被风吹到空中，他的兄弟说（约克模仿他兄弟的样子）"那是什么？"，并向前爬去。约克朝悬崖下面望去，看见"野人"正在捡他的鸟，他向前爬了几步，推下一块巨石砸死了那个人。约克说，随后雨、雪、暴风持续了很长一段时间。

火地岛巫医

我们猜测，约克可能把暴风雨看成了复仇的力量。不过，对于一个文明尚处于萌芽阶段的人种，把自然现象人格化也不足为奇。令我不解的是，在土人眼里，"坏野人"到底指什么。从约克评论前一天夜里独自睡在类似兔子洞的那个人的话来看，"坏野人"可能是指被族人驱逐的小偷。但后来听到另外一些模糊的说法，让我产生了动摇，也许可能性最大的解释是，"坏野人"指疯子。

　　每个部落都各自为政，视周围部落为仇敌。每个部落说不同的土话，彼此之间只隔着一块荒地或中立区。部落之间爆发战争的原因似乎是为了争夺口粮。这片区域到处是破碎的岩体、高耸的山丘和食物匮乏的森林，而且时常笼罩在大雾和无止无休的风暴之中。可居住的地方仅限于沿岸一带的岩石区，为了找寻食物，土人被迫不断迁徙，由于海岸十分陡峭，搬迁的时候只能依靠简陋的独木舟。他们体会不到家的感觉，更别提家庭的亲情了，因为丈夫之于妻子就像残暴的奴隶主之于卖苦力的奴隶。世间再也没有什么罪恶比拜伦先生在西海岸目睹的那一幕更令人发指了。一个可怜的母亲拾起她那流血将死的孩子，只因为这个孩子失手打翻了一篮海胆，就被父亲无情地摔在石头上！高级思维在这里全无用武之地，想象、对比和判断的能力在这里有什么用？从岩石上摘取贝类并不需要哪怕是最低等的思维能力。从某些方面来看，摘取贝类的行为类似于动物的本能，因为他们没有从经验中总结出改进的办法。独木舟可以算他们的手工制品，可是小船的样子和250年前德雷克的描述没有什么两样，仍然是那么简陋。

　　面对这些土人，有人不禁要问：他们是从哪里来的？是什么因素吸引或者是什么变化迫使整个部落制造和乘坐智利、秘鲁和巴西土人不曾使用的独木舟，从环境优越的北方沿美洲的主干——科迪勒拉山系南下，来到这片全世界条件最差的土地？虽然产生这类想法是一件很自然的事，但其实不一定完全正确。没有证据可以证明，火地岛居民的人数在减少；或许他们生活得还算幸福，至少足以值得为此生存下去。大自然能够塑造各种各样的生活习惯，这种习惯的传承使火地岛人逐渐适应了此处恶劣的气候和少得可怜的物产。

由于天气恶劣，我们在棚屋港躲避了6天，终于在12月30日出海。菲茨罗伊舰长打算向西航行，以便把约克和菲吉阿送回故乡。刚驶进大海不久，我们就遇到了一股强劲的风暴，海流的方向与船行方向相反，使我们的船漂移至南纬57度23分。1833年1月11日，我们张满帆，抵达距离险峻的约克明斯特山（这是库克船长起的名字，用于纪念一个老火地岛人）只有几英里的地方，这时突然刮起一阵暴风，我们只得收起一部分帆，停在外海。拍岸浪凶狠地砸在岸上，飞溅的浪花竟能越过约200英尺高的悬崖。1月12日，暴风过于猛烈，我们简直不知道自己身在何处，一句我们不愿意听到的话"密切注意下风！"被重复了一遍又一遍。到1月13日，暴风雨愈发猖狂，在我们的视野中只能看到被狂风卷起的层层浪花。大海露出不祥之兆，像是一片死气沉沉的波状平原，上面还覆盖着片片积雪。当比格尔号艰难前行时，却有一只信天翁展开双翼迎风翱翔。中午时分，一个巨浪拍到船上，把一只捕鲸船灌满海水，我们只能立刻割断绳索将它丢弃。可怜的比格尔号剧烈地抖动起来，有几分钟连舵都不听使唤了。好在很快比格尔号就稳住了自己，继续和风暴对抗。要是那个巨浪之后紧跟另一个巨浪，恐怕我们就要命丧大海了。为了向西航行，我们已经努力了24天，水手们筋疲力尽，已经有好多天没有穿过干爽的衣服了。菲茨罗伊舰长只好放弃沿外海向西航行的策略。晚上，我们绕到假合恩角后面下锚，这里水深47英寻。铰链在绞盘上飞速转动，不时发出闪闪的火花。大家在惊涛骇浪的喧闹声中忍受了那么久，今天总算能享受一个安静的夜晚了，这是一件多么令人庆幸的事啊！

送杰米回家

　　1833 年 1 月 15 日——比格尔号在胡雷锚地下锚。在听取了几个火地岛人的意愿之后，菲茨罗伊舰长决定把他们送到庞森比海峡。于是准备了 4 条小船，以便送他们穿过比格尔海峡。比格尔海峡是菲茨罗伊舰长上次航行的时候发现的，这里地理特征奇特，不论在当地还是在世界上的其他地方都很少见，也许可以把它和苏格兰的尼斯湖峡谷相提并论，后者连接着一串湖泊和海湾。比格尔海峡长约 120 英里，

比格尔海峡

宽度比较均一，平均约为 2 英里；海峡大部走势笔直，两侧是排成一线的高山，直到很远才渐渐变得模糊不清。比格尔海峡沿东西向穿过火地岛南部，中段与南侧的一条弯弯曲曲的海峡——庞森比海峡相连。此处就是杰米·巴顿的部落和老家所在地。

19 日——载着 28 人的三艘捕鲸船和一艘小艇在菲茨罗伊舰长的指挥下出发了。下午，我们来到比格尔海峡的东口，很快发现这里有一个被周围小岛遮蔽的适航海湾。我们马上在此搭起帐篷，燃起篝火。眼前的景色令人心旷神怡：水面平静如镜，树枝高悬在石岸边，小船泊在一旁，岸上搭着用交叉的船桨支起的帐篷，炊烟从枝繁叶茂的峡谷中袅袅升起，好一幅清幽的绝美图画。第二天（20 日），我们的船队顺利抵达一处居民较多的地区。如果当地人中没人见过白人，那么四条船的出现一定会让他们像白天见了鬼一样惊奇。烽火在每一处高地上燃起（这就是火地岛得名的原因），一方面是为引起我们的注意，另一方面则是为了把消息传到远方。一些土人跟随我们沿岸奔跑了几英里。这群野蛮人的粗鲁让我久久难忘：四五个全裸的男人突然冲到突出于海面的悬崖边上，长长的头发盖在脸上，手里握着粗制的木棍。他们在地上跳着，还把手臂举过头顶挥舞，嘴里发出可怕的吼声。

午饭的时候，我们在一群火地岛人的簇拥下登陆。起初他们并不友好——在舰长让其他小船靠岸之前，他们手里还握着投石器。然而，我们利用带来的小赠品，例如束在头上的红发带，很快就博得了他们的信任。他们喜欢吃我们的饼干，不过有一个土人用手指碰了碰我正在吃的罐头肉，感觉又软又凉，做出要呕吐的样子，就像我看到发臭的鲸脂一样。杰米为他的族人感到羞耻，称自己部落里的人不会这样，不幸的是，他说错了。这些土人很容易取悦，但也很难让他们满足。不管是年轻的还是年老的，大人还是孩子，都不停地重复喊着一句话——

"给我。"他们指着几乎所有物品，包括我们衣服上的纽扣，用各种各样抑扬的声调喊出他们最得意的字眼，然后换作中性声调，面无表情地重复喊着"给我。"在急切地讨要每一件东西之后，他们想到了一个诡计，用手指着年轻的妇女和小孩，意思是说："你不肯把东西给我，总可以给他们吧。"

入夜时分，我们没能找到一个无人居住的山凹，最后不得不在离土人不远的地方露宿。如果人数不占优势，土人决不会主动冒犯。但第二天（21日）早晨，当他们和另一些土人联合在一起时，就表现出了敌意，我们差点儿和土人动起手来。一个欧洲人在面对这些全然不了解火器威力的土人时，会处于非常不利的地位。对土人来说，一个用火枪瞄准的人，无论如何也不如一个手握弓箭、长矛或投石器的人

握弓的火地岛人

厉害。除非朝土人来一次致命性的扫射，否则不太容易让他们明白我们的优势。像野兽一样，土人不会刻意对比双方的人数。因为每一个土人受到攻击的时候都会冲过来用石块砸你的脑袋，就像在相同条件下，一只老虎会把你撕碎一样。有一次，菲茨罗伊舰长由于某些特殊原因，必须把一队土人吓跑。他首先亮出短剑在土人面前挥舞，土人大笑；不得已他朝一个土人身边连开两枪。那个土人看上去被吓了两跳，很小心地快速摸了一下自己的脑袋。他愣了一会儿，随后急促地和同伴交换意见，但没有任何想逃跑的意思。我们无法站在土人的立场去理解他们的想法。就这个火地岛人来说，耳边响起枪声不会给他带来恐惧感。刚开始，大概他没能立刻明白这究竟是声音还是打击，因此很自然地摸了摸脑袋。同样的道理，即使土人看到子弹留下的痕迹，他们也不会一下子领悟这是怎么回事，因为高速运动的物体不易被察觉。而且，当土人看到子弹穿入一个坚硬的物体却没有击碎它的时候，会觉得子弹毫无威力。我确信，很多最不开化的土人，例如火地岛土人，即便看到物体被子弹击中，甚至小动物被火枪打死，也无法对这种武器有多致命产生哪怕是最初步的印象。

22日——21日晚的宿营地大概刚好在杰米的部落和白天见到的土人部落之间的中立区。平安度过这一晚后，我们怀着愉悦的心情继续航行。我不知道还有什么比宽阔的边界或称中立区更能体现不同部落间的敌对状态了。虽然杰米·巴顿很清楚我们的实力，但一开始他还是不愿意在最靠近他的部落的敌对部落处登陆。他经常向我们讲起"树叶变红的时候"，野蛮的奥因斯人从火地岛东岸翻过大山，骚扰这一带的居民。当他讲述这些事情的时候，两眼熠熠放光，面部流露出少有的坚毅表情，让人感到好像换了一个人似的。我们沿着比格尔海峡前行，沿途的景致异常壮观；不过从小船上观察，视线太低，而且只能沿着海峡望过去，无法把连绵不绝的山峦尽收眼底。这里的山约有3 000英尺高，顶部呈尖尖的锯齿状。这些山就立在水边，水面以上直到1 400英尺或1 500英尺高的地方都被土灰色的森林所覆盖。有趣的是，在视线所及的地方可以看到，山坡上树林的边界是一条水平线，在水平线以上，没有任何树木能生长——这与漂浮海藻在海岸上留下的高水位痕迹十分相像。

晚上，我们在庞森比海峡和比格尔海峡交汇处附近宿营。在这个小海港里住着一家火地岛人。他们安静、随和，很快就与我们打成一片，和我们一起围坐在火堆旁烤火。我们穿着很厚的衣服，虽然靠近火堆坐着，仍然不感到暖和；可奇怪的是，那些赤身露体的土人虽然离火较远，却烤得浑身流汗。看上去土人心情不错，还参加水手们的合唱，不过他们总是慢半拍，让人觉得滑稽好笑。

我们到来的消息当晚就传了出去，第二天（23日）早晨，杰米所在的部落——铁凯尼卡中的一族派来一队人。这些人气色很好，只是有几个因为跑得太急，鼻孔出血。在他们裸露的身体上，涂抹着黑色、白色和红色的颜料，看上去像刚打过架的恶魔。他们讲话太着急，以至于口吐白沫。相互认识后，我们的船和12只独木舟（每只上各有四五个火地岛人）结伴沿庞森比海峡而下，向杰米的母亲和亲戚所在的地点前进。听说杰米的父亲已经过世，不过杰米称，这件事很早以前就在他的"头脑里梦见过"，所以看上去他不是很悲痛。杰米不断地用顺其自然的方式安慰自己——"我没有办法呀"。杰米没有办法了解父亲是怎么死的，因为亲戚们都不肯说。

杰米终于回到了他所熟悉的地方，他指引小船来到一个被众岛屿环绕的幽静海湾，当地人给所有小岛和海湾都起了名字，这个海湾叫"瓦雅"。在这里，我们遇到了属于杰米所在部落的一个土人家庭，但不是杰米的亲戚，我们和他们交上了朋友。晚上，他们派出一只独木舟去通知杰米的母亲和兄弟。小海湾周围有几英亩坡地，坡地上并没有像其他地方那样覆盖着泥炭或者树木。之前曾提到，菲茨罗伊舰长本

铁凯尼卡部落的人

打算把约克·明斯特和菲吉阿送回他们自己在西岸上的部落，但他们看中了这里的自然条件，愿意留下来。于是菲茨罗伊舰长决定把三个火地岛人和传教士马修斯都安置在这里。大家花了五天时间为他们盖起三座大棚屋，然后把他们的物品搬上岸，并在专门为他们开垦的两个菜园里播下种子。

在我们到来后的第二天（24日）早上，火地岛人纷纷赶来，杰米的母亲和兄弟们也来了。杰米的一个兄弟嗓门特大，离着老远就被杰米听出来了。相逢的场面很冷淡，还不如一匹马在田野中遇到老伙伴时亲热。土人没有流露出太多的情感，只是相互对视，没过一会儿，杰米的母亲就赶去看守独木舟了。听约克说，杰米的母亲因为失去这个儿子而伤心绝望，她四处寻找杰米，以为杰米被带上船后会被人扔在哪里。来参观的妇女都很关注菲吉阿。我们早就发现杰米几乎忘记了自己的语言。在这个世界上，恐怕很少能找到像杰米这样只能记住很少量词汇的人，他讲英语也很糟糕。杰米竟然和他的兄弟说英语，真是既可笑又可怜，他还用西班牙语问他的兄弟有没有听懂。

在接下来的三天里，我们忙着开垦菜园和盖棚屋，除此之外，没有特别的事情发生。我们估计这里约有 120 个土人。妇女们整日操劳，男人们反而游手好闲，跑来围观我们。他们看到什么要什么，还时不时地找机会偷东西。他们爱看我们唱歌、跳舞，看到我们在附近的小溪里洗澡也很感兴趣。对于其他东西，甚至包括我们的船，倒没有这么感兴趣。在约克离家后看到的所有东西中，最让他惊诧不已的大概要算马尔多纳多附近的鸵鸟了。一次，约克气喘吁吁地跑向和他一起外出的比诺埃先生，惊恐地对他说："啊，比诺埃先生，啊！一只鸟和马一样大！"土人对我们的白皮肤也很惊异，不过据洛先生说，捕海豹船上的一个黑人厨子更让他们感到奇怪：这个黑人一上岸就被一群大喊大叫的土人团团围住，把他吓得以后再也不敢上岸了。这几天平安无事，我和几位军官做伴，到附近的山林远足。然而，27 日那天，所有妇女和儿童突然不来了。大家都感到很不安，连约克和杰米也不知道这是为什么。有人说是因为前一天晚上我们擦枪和放枪吓到了他们；还有人认为，是因为一个老土人冒犯了我们，当守卫让他离远些的时候，他向守卫脸上吐唾沫，还向一个睡着的火地岛人打手势，显然是在说，他要杀掉我们的人并吃掉。为了避免冲突，菲茨罗伊舰长建议我们躲到几英里外的海湾过夜，因为一起冲突，就会杀死很多火地岛人。马修斯是一个几乎没有情绪波动的人，他像往常一样淡定，坚决要和那三个认定不会遇到危险的火地岛人一起留下来，于是我们只好让他们独自度过这个恐怖的夜晚了。

第二天（28 日）早上，当我们返回时，发现一切如常，土人正忙着在独木舟里叉鱼。菲茨罗伊舰长决定让快艇和其中一只捕鲸船先行返回比格尔号；剩下的两只捕鲸船，一只由他本人指挥（他盛情邀请我和他同船），另一只由哈蒙德先生指挥，首先考察比格尔海峡西岸，然后回来访问这些定居者。这一天天气热得惊人，我们的皮肤都被灼伤了。在如此晴朗的日子里，比格尔海峡中段的景色异常美丽。无论朝哪边望去，都可以纵览这条夹在两山之间的绵长海峡的远景。几头巨鲸在朝不同方向喷水，说明这里从前一定是大海的一部分。有一次，我看到两头巨鲸犹如情侣，一前一后缓缓地在离岸边很近的地方游着，与岸上繁茂的山毛榉树交映成趣。直到天黑我们才停止赶路，在一个安静的小港搭起帐篷。海岸上的卵石既干燥又服帖，以这些卵石为床，真是再惬意不过了。泥炭土质潮湿；岩石凹凸不平且太过坚硬；沙地会扬尘，当按照船上方式烹饪和用餐时，沙子会落到肉上。现在，以滑溜溜的卵石为床，我们在毛毯袋里度过了几个最舒适的夜晚。

半夜一点之前是我值班。夜里黑黢黢的。以前我从未感到自己正站在世界上的偏远角落，现在这种苍凉感占据了我的全部身心。眼前的一切似乎都能产生这样的感觉——在这静谧的夜里，除帐篷里水手们的鼾声和夜行鸟偶尔的鸣叫外，几乎听不到别的声音。远处零星传来一只狗的叫声，让人不禁想起这里是土人的领地。

1月29日——清晨，我们航行至比格尔海峡的分叉口，然后朝北面的那一支行进。这里的景色比之前还要壮观。北岸的高山构成一条花岗岩轴线，成为这片地区的主干，山高可达3 000～4 000英尺，有一座山超过了6 000英尺。山上覆盖着一大片终年不化的积雪，无数瀑布直泻而下，穿过山林汇入狭窄的水道。在大部分地方，壮丽的冰川从山坡一直延伸到岸边。冰川泛着宝石一般的淡蓝色，与山顶上大片的白雪形成鲜明的对比，难道世间还有比这更美妙的风景吗？那些从冰川上掉落的碎块随着水流漂走，漂浮着冰川的这段海峡大概有一英里长，酷似极地海洋的一个缩影。在停船吃午饭的地方，我们惊讶地发现半英里外有一座直立的冰崖，看上去马上就会有很多碎片掉下来。终于，有一个大冰块轰然落下，在我们身边激起一层大浪。水手们迅速向小船跑去，唯恐大浪把小船打碎。一名水手刚好在浪头到达小船时抓住了船头，他被浪头打了好几次，但没有受伤。两条船被抛上抛下三次，幸好没有损坏。我们离开比格尔号已有100英里远，如果困在这里，粮食和枪弹补给都会成问题。之前我曾发现岸上的巨石不久前刚刚移动了位置，直到看到巨浪，我才明白其中的原因。港湾的一侧是由云母板岩构成的山坡，顶部是约40英尺高的冰崖；另一侧是高达50英尺的海角，由磨圆的花岗岩和云母板岩大碎块组成，上面生长着古树。显然，这个海角是在冰川比现在面积更大的时候堆积而成的冰碛。

到比格尔海峡北支西口时，我们被一座座无名的荒岛包围，这时天气异常恶劣。周围没看到土人。海岸边几乎所有地方都很险峻，有几次，我们不得不航行许多英里才找到足以搭起两个帐篷的地方。一天晚上，我们在嵌有腐臭海藻的巨型圆卵石上宿营。涨潮的时候，我们不得不爬起来移走毛毯袋。我们向西航行到达的最远端是斯图尔特岛，距离比格尔号大约150英里。我们顺着南支进入比格尔海峡，然后从那里平安地到达庞森比海峡。

2月6日——我们返回瓦雅。据马修斯说，火地岛人的行为极为恶劣，菲茨罗伊舰长决定把他带回比格尔号。后来马修斯留在了新西兰，因为他有一个兄弟在新西兰当传教士。自从我们离开瓦雅之后，一批又一批的土人来到这里打劫：约克和杰米失去了很多东西，马修斯比他们更惨，所有没埋在地下的东西都被劫走了。土人把所有抢来的东西拆开平分。马修斯说，他为留下一块怀表而饱受折磨：土人采用疲劳战术，不分昼夜地围着他，在他耳边吵个不停。一天，马修斯请一个老土人离开他的棚屋，这个老土人走了没多久就握着一块大石头回来了。另一天，来了一群手握石块和木桩的土人，几个年轻人和杰米的兄弟喊叫的声音很响，马修斯只好送他们一些礼物。另一伙土人做手势吓唬马修斯要把他的衣服扒光，还要拔光他脸上和身上的所有毛。幸好我们及时赶到，救了他的命。杰米的亲戚既爱慕虚荣又愚蠢，他们竟然把赃物拿给陌生人看，还告诉人家这些东西是怎么抢来的。把这三个火地岛人留下实在让人担忧，好在他们没有生命危险。约克是个性格刚强的壮汉，他和妻子菲吉阿

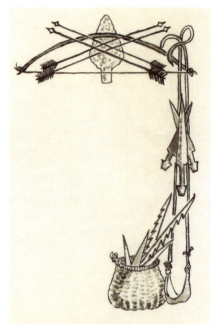

火地岛人的武器和骨器

一定能平安地生活下去。可怜的杰米郁郁寡欢，我甚至有点儿怀疑他会不会后悔被我们送回故乡。他的亲兄弟偷走了他的很多东西，他愤愤地说："太不像话了！"他骂自己的同乡"都是坏蛋，什么都不懂"，还有我从来没听他骂过的"傻瓜"。这三个火地岛人虽然只和文明人生活了三年，但我相信，他们一定乐意维持新养成的习惯——显然这是不可能的。恐怕这段在文明社会生活的经历没有给他们带来什么好处。

晚上，我们同马修斯一起乘小船返回比格尔号，这一次没有经过比格尔海峡，而是沿着南岸绕回去。这两条小船负荷太重，海上风浪又大，旅途非常艰险。7 日晚上，我们终于回到了久违的比格尔号，在过去的 20 天里，我们一直待在敞篷的船里，航程 300 英里。11 日，菲茨罗伊舰长只身前往三个火地岛人的居所，发现他们状况不错，被盗事件少多了。

第三节

再见了，杰米

次年（1834 年）2 月的最后一天，比格尔号在比格尔海峡东口的一个美丽的小海湾下锚。菲茨罗伊舰长大胆地决定，沿我们乘小船去往瓦雅的路线前进。这次航行虽然逆向西风，但最后被证明是成功的。一路上没遇见几个土人，然而，当我们驶近庞森比海峡时，有 10 ~ 12 只独木舟盯上了我们。独木舟上的土人不懂我们为什么走之字形，为了在我们改变航向的时候不至于撞在一起，他们也学着走之字形，结果被我们甩掉了。我饶有兴致地观察这些土人，我们在能力方面的优势使我们和土人之间产生了多么大的差距啊！乘小船航行的时候，土人的喊声给我们造成了很大的困扰，我很讨厌听到他们的声音，他们总在重复同一句话——"给我。"当我们驶进一个幽静的小海湾时，环顾四周没有看到土人，我们还以为总算能度过一个安静的夜晚了，没想到从某个阴暗的角落又传来了尖利的喊声——"给我。"随后信号烟升起，消息传向四方。在离开某些地方的时候，我们会相互告慰："感谢上帝，我们终于甩掉这些可怜虫了！"往往话音刚落，远方又传来了无所不在的呼喊，尽管相距很远，声音格外微弱，但仍然能分辨出是"给我。"而现在，周围的火地岛人越多，我们就越高兴。我们和火地岛人都相视而笑，互相觉得对方可怜：我们不理解他们为什么要用好鱼、好蟹换取破布，他们不理解我们为什么要用如此华丽的装饰品换取一顿大餐。一个脸上涂成黑色的年轻妇女掩饰不住内心的喜悦，把几块红布和灯心草缠在自己头上，脸上露出满意的微笑。享有两个妻子是当地男子普遍拥有的特权，黑脸妇女的丈夫也不例外，他显然因为众人都在注视自己年轻的妻子而妒忌，与两个裸体美人商量一番后，就驾船离开了。

有些火地岛人很懂得公平交易，我把大铁钉送给一个火地岛人（对他们来说，这是非常宝贵的礼物），并且没有向他打手势索要回报，可是他立刻用长矛尖叉了两条鱼还给我。如果本来应该扔到一只独木舟上的礼物落到了旁边的独木舟上，礼物会被退给应得的人。被洛先生带上船的火地岛男孩对别人叫他"骗子"很反感，他知道骗子是可耻的，尽管他确实撒了谎。在这一次以及前几次与火地岛人打交道的过程中，我们惊讶地发现，他们对很多真正有用的东西很少注意，或者根本不注意。而对一些小事，如红布或蓝珠子、船上没有妇女、我们注重洗澡等格外关心，为什么他们不对更大、更复杂的事物，比如我们的船，感兴趣呢？法国航海家布干维尔（1729—1811）在谈及这些人时提道：他们认为"人类最伟大的创造就是自然法则和自然现象"。

3月5日，我们在瓦雅湾下锚，这里连一个人影也见不着。在庞森比海峡时，土人打手势告诉我们，瓦雅发生了战争。后来我们才知道是奥因斯人打过来了。很快，一只飘着小旗的独木舟向我们驶来，独木舟上有一个男人正在洗去脸上的颜料，这个男人就是可怜的杰米，杰米现在已经成了一个形容枯槁、披头散发、赤身裸体的野人，只在腰间围了一块毯子。开始我们没有认出是杰米，因为他为自己感到羞耻，背朝着我们驶过来。杰米曾经是一个丰满、整洁、衣着得体的人，真没想到他会发生如此彻底的变化。但是，等他换上衣服之后，起初的羞涩消失了，他又恢复了良好的精神状态。他和菲茨罗伊舰长一起吃饭，和以前一样彬彬有礼。杰米告诉我们，他有足够的食物，他不冷，他的亲戚都非常友好，他不想回英国了。晚上，我们才发现使杰米发生巨大变化的原因——他的年轻貌美的妻子来了。杰米和以前一样善

130

良，为他的两个最要好的朋友带来了两张漂亮的水獭皮，为舰长带来了亲手制作的几个矛头和箭头。杰米说他自己造了一只独木舟，并吹嘘他能讲一点儿土话了！不过我们看到的情况是，他可能把英语教给了部落里的人，因为我们听到一个老者下意识地用英文喊出"杰米·巴顿的妻子"。现在杰米已经失去了所有财物，他告诉我们，约克·明斯特造了一只很宽敞的独木舟，几个月前已经和他的妻子菲吉阿一起返回老家了，约克用极其歹毒的方式和他们告别，他邀请杰米和母亲同他一起去，却趁着天黑在半路上劫走了他们的全部财物。

杰米上岸休息了一个晚上，第二天早晨又回到比格尔号上，一直待到我们即将启航。他的妻子吓得又哭又闹，直到杰米回到独木舟上。杰米又得到了一笔宝贵的财产。船上的每一个人都和杰米一一握手告别。我毫不怀疑杰米会生活得很快乐，如果他从未离开过家乡，恐怕会生活得更快乐。每个人都衷心希望菲茨罗伊舰长的美好愿望能实现，希望他对这三个火地岛人的无私奉献能得到回报，也许某一天失事船只的水手能得到杰米·巴顿的后代和他的部落的保护！上岸之后，杰米点燃了信号烟，浓浓的烟雾腾空而起，永远地送别驶入大海深处的比格尔号。

火地岛文明进步缓慢一定与部落中人与人之间的绝对平等有关。我们发现，本能驱使一些动物以社会化的方式群居并服从头领的指挥，这样的动物最容易获得进步，人类的各个种族也是如此。不管是因还是果，越文明的种族就越会有一个由权威人士构建的政府。例如，塔希提人被首次发现时由世袭的国王统治，他们的文明进步程度要高于同一种族的另一支——新西兰人。虽然由于不得不发展农业，新西兰人从中获得了很多好处，但他们保持着绝对意义上的共和体制。在火地岛，如果头领的权力不足以使他获得独占的财产，例如家畜，这个地区的政治体制就很难建立起来。现在，即使给火地岛人一块布，也会被扯碎分给众人，不会有人比别人更富有。另一方面，很难想象如果没有能彰显优越性并增强实力的财产，怎么能产生酋长。

塔希提人

我相信，在南美洲的最南端，人类文明的发展程度比较低。生活在太平洋南部岛屿上的两个人种比火地岛人文明程度略高。爱斯基摩人（现称因纽特人）住在地下的小屋里，过得还算舒适。爱斯基摩人的独木舟装备齐全，说明他们造船技艺之高。与之相比，南部非洲的某些部落以搜寻植物根茎充饥，栖身于荒芜的干旱平原上，生活十分困苦。澳大利亚土著过着简朴的生活，这一点与火地岛人很相像；不过，澳大利亚土著会制作回飞镖①、长矛和投掷棒，还擅长爬树、追踪猎物和射杀猎物。虽然澳大利亚土著有更高的技艺，但不能就此认为他们在智力上也同样略胜一筹：从与同船的几个火地岛人打交道的情况以及读到的关于澳大利亚土著的情况来看，我认为实际情况正好相反。

---

① 能飞回原处的飞镖，用曲形坚木制成。

第六章

智利大地震

　　智利位于安第斯山脉与太平洋之间，南北长 4 200 多千米，东西宽 90 ～ 400 千米，是世界上最狭长的国家。智利是世界上发生地震最频繁，也是最强烈的国家。1960 年 5 月 22 日发生在智利的大地震（又称瓦尔迪维亚大地震），是迄今为止观测史上记录到的规模最大的地震，震级达到里氏 9.5 级。

　　智利地处美洲板块和太平洋、南极洲三大板块的中间地带，由于板块与板块之间互相挤压、碰撞，容易发生大地震。全球共分为六大板块——太平洋板块、美洲板块、亚欧板块、非洲板块、印度洋板块及南极洲板块，这些板块漂浮在深约 200 ～ 400 千米的软流层上，始终处于相互挤压、拉张等运动之中。当大洋板块和大陆板块相撞时，大洋板块因密度较大，位置较低，俯冲到大陆板块之下，大陆板块以同样的倾角仰冲上来，当俯冲带垂直面中的剪应力达到剪切强度值时，就产生一个垂直断层，同时也就发生一次地震。

　　比格尔号曾于 1834 年 6 月 28 日第一次到达智利南部太平洋上的岛屿——奇洛埃岛，半年后再次回到该岛，并于 1835 年 3 月 4 日到访康塞普西翁城。正是这一次，达尔文亲眼看到了火山喷发和大地震，对他而言这是完全无法用语言来描述的情景。在这次终生难忘的冒险中，达尔文仔细观察了火山喷发和地震中的地质结构变化，提出了自己的理论解释。

暗夜中的火山喷发

1835 年 1 月 15 日，我们从洛氏港出发，三天后第二次在奇洛埃岛的圣卡洛斯湾下锚。19 日晚，奥索尔诺火山正在喷发。晚上 12 点，值星官看到一个亮如星星的东西体积逐渐增大，直到凌晨 3 点钟才稳定下来，形成一道绚丽的风景。借助于望远镜可以看到，在炫目的红光中，一个个黑黑的东西被接连不断地抛起来，然后落下。红光非常强烈，映在水面上形成一道长长的倒影。在科迪勒拉山系的这部分区域，经常能看到大块的熔融物质从火山口喷出来。据说，当科尔科瓦多火山喷发的时候，大块的物质被喷射出来，在空中爆裂成各种奇幻的形状，

暗夜中的火山喷发

如树枝。它们的体积一定很庞大，因为在圣卡洛斯湾后面的高地上也能看到，那块高地与科尔科瓦多火山之间的距离不少于93英里。第二天早晨，奥索尔诺火山总算安静了下来。

后来，我听说奥索尔诺火山以北480英里的智利阿空加瓜山也在同一天夜里喷发；更出人意料的是，不到6小时后，阿空加瓜山以北2 700英里的科西圭那火山发生喷发，并引发了震感范围超过1 000英里的大地震。这种巧合很让人奇怪，因为科西圭那火山已经休眠了26年，阿空加瓜山也属于极少喷发的火山。很难说这种巧合是完全出自偶然，还是暗示这些火山之间存在着隐秘的关联。如果维苏威火山、埃特纳火山和冰岛的海克拉火山（这三座火山之间的距离要比上文提到的南美洲的三座火山更近）突然间在同一天晚上喷发，人们一定会感到意外，不过上文提到的情形更出人意料：三个火山口位于同一个山系，沿山系东侧的海岸分布着几个大平原，而沿西侧的海岸是绵延2 000多英里的新生贝壳层，说明抬升的力量多么平稳和均一。

菲茨罗伊舰长急于在奇洛埃岛的外海岸测定方位，于是派我和金先生骑马赶到卡斯特罗，然后从那里横穿该岛去往西海岸的库考教堂。找好向导和马匹之后，我们于22日一早动身。没走多远，就遇到了一个带着两个孩子朝同一方向赶路的妇女，所有在这条路上遇见的人都"亲如一家"。在此行走可以不带枪，这种特权在南美洲的其他地方很难得到。起初沿途看到的是一连串山丘和河谷，快到卡斯特罗的时候，道路变得非常平坦。除极少数地段之外，整个路面铺得参差不齐：有时用宽阔的木板纵铺，有时用狭长的木板横铺。夏季走这条路还不很糟糕；到了冬季，木板因下雨而变得湿滑，行走起来非常困难。在冬天下雨的时候，路面两侧十分泥泞并且经常泛滥，所以有必要把横向的木桩打入路面两侧的地里，以固定纵铺的木板。一个人从马上跌下来摔在木桩上会很危险，而跌下来的可能性不在少数，可奇洛埃岛的马却如履平地。当走到木板发生位移的路段时，它们就从一块木板跳上另一块木板，如狗一般敏捷和果断。道路两侧生长着高大的树木，树木底部缠绕着藤本植物。当你偶尔朝这条长长的林荫大道望去的时候，会惊讶于如此单调的景色：木板排成一道白线，愈远愈窄，渐渐消失在阴暗的森林里，或者沿之字形爬上陡峭的山冈直到看不见。

虽然从圣卡洛斯到卡斯特罗的直线距离只有 12 里格，但是踩出这样一条道路绝非易事。我听说，之前曾有人在穿越森林的时候丢了性命。第一个成功穿越者是一位印第安人，他一路上披荆斩棘，走了 8 天才到达圣卡洛斯。为了奖励他的功绩，西班牙政府授予他一大片土地。到了夏季，大量印第安人走进森林（主要是在树木不十分茂密的高处），寻找半野生的牛，这些牛以藤本植物或某些种类的树的叶子为生。几年前，有一个猎牛人偶然发现了一艘在外海岸失事的英国船。水手们已经开始挨饿，如果没有猎牛人的帮助，他们恐怕无法从这片密林中逃出来。事实上确有一个水手累死在半路上。进入密林之中的印第安人必须利用太阳导航，如果一连几天都是阴天，他们宁可不去冒这个险。

今天天气不错，盛开在树上的花朵散发着幽幽的清香。即便如此，也无法驱散这片森林给大家带来的阴郁、潮湿之感。更有甚者，许多死树的树干像骷髅一样立在那里，为这片原始森林蒙上了肃杀之气，在早已开化的文明地区是看不到此种景象的。太阳刚刚下山，我们就停下来露宿。和我们同行的女同伴长得格外漂亮，她来自卡斯特罗地区的一个显赫的家族，可她并不忌讳跨在马背上骑行，而且不穿鞋袜。令我惊讶的是，她和她的兄弟丝毫没有以此为荣的表现。他们明明带着食物，却在我和金先生摆出所有食物大嚼特嚼的时候坐在一边观看，搞得我们很难为情，只好把食物分给所有人。夜空晴朗无云，躺在床上仰视照耀在这阴郁森林上空的点点星光，真是一种难得的享受。

1 月 23 日——我们起了个大早，下午两点就赶到了风景如画的宁静小城——卡斯特罗。上次拜访时接待我们的老总督已经去世，一个智利人接替了他的位置。我们给佩德罗先生递上一封介绍信，在和他的接触中，我们感到他是一位热情好客、大公无私的人，这样的人在南美洲西岸可不多见。第二天，佩德罗先生不仅为我们备好马匹，还亲自随行。我们沿着海岸线向南走，途中经过几个小村落无一例外都有外形像谷仓一样的木造教堂。到达维里皮里后，佩德罗先生请求当地的驻军司令派一个向导把我们带到库考，没想到老先生竟亲自出马，可解释了很久，他也不相信我们是真的想去那么偏僻的地方。陪伴我们的是当地的两个显贵，从印第安人对他们的态度上就能很明显地看出来。到达琼奇后，我们沿着蜿蜒的小路横穿奇洛埃岛，时而穿过茂密的大森林，时而经过人工开垦的谷田和马铃薯田。这个起伏不平的地带覆盖着茂密的植被，只有一部分被人类开垦，令我联想到英国的郊外风光，这真是太神奇了。维林索村位于库考湖的湖畔，这里只有少数土地被开垦，居民似乎都是印第安人。库考湖向东西方向延伸，长 12 英里。由于当地的地理条件，白天一定有海风吹来，晚上却寂静无风。对这种现象的夸大描述并不少见，我们在圣卡洛斯就有耳闻，如今有幸亲历，果然是一派奇观。

形似谷仓的木造教堂

137

去库考的路太难走，我们打算改乘独木舟。司令官威严地命令六个印第安人把我们送到对岸，连付不付船钱都不屑和他们谈。这种独木舟既粗陋又奇怪，不过船上的划手更奇怪——我怀疑世界上是否曾经有过六个比他们更丑陋的矮人同时坐在一条船上。不过他们划船的时候很开心，船走得稳稳当当的。那个领桨的印第安人叽叽咕咕地说着土话，还发出奇怪的叫声，那声音很像养猪人在驱赶他的猪。虽然刚开始有点儿顶风，不过小船开到库考教堂的时候天色还不算晚。库考湖的两侧都是接成一片的森林。与我们同船的还有一头母牛，要把体形如此庞大的动物赶上小船看似是一件难事，不过印第安人不到一分钟就搞定了。他们先把母牛拉向船边，并使船向母牛侧倾，然后把两支桨伸到母牛腹下，桨的一端支在船边，借助这两根杠杆将可怜的母牛四脚朝天翻进船底，最后用绳索把它捆起来。在库考，我们发现了一个无人居住的茅舍（是一个传教士访问库考教堂时住过的房子）；在这里，我们生火做饭，感到很舒适。

库考是奇洛埃岛整个西海岸唯一有人居住的地区。这里住着30至40家印第安人，分布在沿着海岸三四英里的范围之内。这里与世隔绝，除了偶尔用海豹脂换取少量油类外，与外界几乎没有贸易往来。当地人穿着还算得体的自制衣服，食物也很充足。然而，他们似乎并不满足，仍然表现出过分的自卑。我以为，这与统治者对他们的严苛和霸道有关。两个同伴虽然对我们彬彬有礼，但却把可怜的印第安人当奴隶而不是自由人使唤。他们要求印第安人提供粮食和马匹，却不和他们谈回报多少钱甚至是否有回报。第二天早晨，当我们和这些可怜人单独相处时，我们马上拿出雪茄烟和巴拉圭茶叶讨好他们。接着，我们又把一大块白糖分成小块，给在场的所有人品尝，印第安人对白糖的味道大为惊奇。抱怨一番后，印第安人最后说："这一切都是因为我们是可怜的印第安人，什么都不懂，如果我们有一个国王，就不会这样了。"

第二天，吃过早饭，我们向北骑行几英里来到万塔莫角。这里的路沿着宽阔的海滩而建，尽管已经经过了很多晴天，可怕的拍岸浪仍然很有破坏力。据说飓风过后，深夜里即使在卡斯特罗也能听到海啸声，两地之间相距不下 21 海里，还有山岳和森林相隔。我们颇费了一番周折才赶到目的地，因为路面实在太糟糕，一到阴凉地就变成了真正的沼泽地。万塔莫角本身是一座险峻的石山，山上生长着一种被当地人称作"切坡涅斯"的植物，我以为属于凤梨科。在穿过这层植被的时候，我们的手被严重擦伤。有趣的是，我们的印第安向导竟小心地把裤脚卷上去，以为裤子没有他们的皮肤耐磨。"切坡涅斯"的果实形似朝鲜蓟，里面包着很多囊，囊里面是味道甜美的果肉，被当地人视为珍品。在洛氏港，我看到奇洛埃岛人用这种果实制作苹果汁。洪堡曾经说过，几乎在世界上的每一个角落，人们都找到了利用植物制作饮料的方法，这种说法果然千真万确。不过，火地岛土人和澳大利亚土著恐怕还没有进步到这一步。

万塔莫角以北的海岸被永不停息的海浪冲刷，变得破碎不堪。我和金先生想尽快赶回圣卡洛斯，如果可能的话就沿岸步行，可印第安人认为不可行。他们说，从来没听说过谁曾经沿着海岸从库考走到圣卡洛斯，不过从树林中可以穿过去。陪着我们考察的印第安人只带了炒熟的谷粒，而且吃得很俭省，一天只吃两次。

1 月 26 日——我们再次乘独木舟来到库考湖对岸，上岸后换马前行。为了开辟农耕地，全体奇洛埃岛人利用这一周难得的好天气放火烧荒。腾腾的烟雾向各个方向飘散。虽然当地人很积极地到处放火，但我没看到火势在任何一个地方扩展开来。我们和新结识的朋友——维里皮里的司令官一起用餐，直到天黑以后才到达卡斯特罗。第二天，我们动身得很早。骑行了一会儿来到一座陡坡的顶部，放眼望去，竟看到一片宽阔的森林（在这条路上能看见森林实在是稀罕事）。在森林的尽头，傲然耸立着科尔科瓦多火山和它北面的一座高大的平顶火山，在这个长长的山系之中很难找到第三座顶部有积雪的山峰。我站在奇洛埃岛上最后一次回望巍峨的科迪勒拉山，希望把美景永久地留在记忆之中。晚上，我们露营于万里无云的晴空之下；第二天早上到达圣卡洛斯，当天晚上下起滂沱大雨——我们回来得真是太及时了。

科尔科瓦多火山

遭遇大地震

　　2月4日——我们从奇洛埃岛起航。上个星期，我在附近地区考察了几次。一次是考察被抬升到海平面以上 350 英尺的现生贝类层，贝类层上生长着一大片小树。另一次是骑马考察韦丘奎奎角。我带了一个无所不知的向导，他喋喋不休地把每一座山、每一条河、每一座海湾的印第安语名字讲给我听。和火地岛语一样，印第安语也很擅长根据一个地方哪怕是最不起眼的特征造出一个名字。我相信每个人都很乐意离开奇洛埃岛，若不是下个不停的绵绵冬雨，或许我们会认为奇洛埃岛是一个迷人的地方。这里另一个吸引人之处是土著居民的简朴和谦卑。

　　我们沿着海岸向北航行，由于阴霾天气，直到 2 月 8 日晚上我们才到达瓦尔迪维亚。第二天早上，我们乘小船来到大约 10 英里之外的市中心。我们沿着河道前进，偶尔看到几座茅舍和从大片森林中开垦出来的小块田地，有时会碰到载着一家印第安人的独木舟。城市位于低低的河岸上，掩映于一片苹果树之中，城市的街道就是果园里的小路。我从没见过哪一个地方的苹果树像在南美的这片潮湿地带那么茂盛，路边的很多小树显然是自己长出来的。奇洛埃岛居民有一种开辟果园的简便方法：几乎在每一根树枝下部，都有几处褐色的圆锥状小突起，从这些起伏不平的地方很容易长出根来，如果碰巧有泥溅到树上，或许就能看到树枝上长出来的根。早春时节，选取大腿粗的树枝，齐着褐色突起的下缘砍断，并剪去其余的细枝，然后埋入约两英尺深的地下。到了夏天，埋在地下的树枝会发出长长的芽，有时甚至能结果。我曾经见过长出 23 只苹果的情况，不过这种情况很少见。秋天，树枝会长成挂满果实的大树（我亲眼所见）。一个住在瓦尔迪维亚附近的老者从苹果中造出了几种有用的东西，以此证明他的格言"需要是发明之母"。造出苹果汁和苹果酒以后，他从渣滓里提取出一种白色的香精；他还用另一种方法得到了糖浆，据他说，这是一种蜜。在一年中的这个季节，果园里的果树几乎可以提供他家孩子和猪的全部口粮。

2 月 11 日——我带着一个向导骑马外出进行一次短途旅行，但在地质方面和民情方面都没有取得明显的成果。瓦尔迪维亚附近没有太多开垦过的土地；几英里外有一条河，渡过这条河进入一片森林，在到达宿营地之前，我们只看到了一座破旧不堪的茅舍。这里与奇洛埃岛在纬度方向上只相差 150 英里，但森林的面貌却明显不同——因为各类树木的比例略有不同。这里常青树种不那么多，森林的整体色调偏亮。和奇洛埃岛的情况一样，这里的树木底部也缠满了藤本植物，还有一种丛生植物（很像巴西竹，高约 20 英尺）将几条小溪的两岸装点得格外美丽，这种植物也是印第安人制作尖头长矛的材料。我们借宿的房子很脏，我宁愿睡在露天。在最近的几次旅行中，总是第一晚睡不踏实，因为不适应跳蚤的叮咬。第二天早晨，我的两条腿上会布满被跳蚤叮咬留下的小红点，连一片一先令铜币那么大的好皮肤也找不到。

跳蚤

2月12日——我们骑着马在未开垦的森林中漫步，很少会遇到同样骑在马背上的印第安人，只偶尔看到一队来自南方平原的骡子，背上驮着木材和谷物。下午，当我们爬到山顶的时候，有一匹马累得实在走不动了，借此机会我们刚好可以俯瞰南美大草原的盛景。在突出密林的重围之后，望见一片片开阔的平原，着实令人耳目一新。森林中处处都一样，很快就会让人感到极其乏味。这一段西海岸令我想起一望无垠的巴塔哥尼亚平原，不过我也忘不了寂静的森林给人留下的肃穆之美。这座大草原是此处最肥沃、人口最稠密的地区，因为平原的优势在于几乎不长树。在离开森林之前，我们从几块平坦的草地之间穿过，草地周围孤零零地立着几棵树，和英国公园的景色差不多。在覆盖着茂密森林的山区，竟然有几块不长树的平地，这真是咄咄怪事。由于马需要休息，我决定给库迪科教区的一位修士递上介绍信，以便留宿一晚。库迪科位于森林和大草原之间，这里有很多印第安人的村舍，村舍周围是一块块谷田和马铃薯田。居住在瓦尔迪维亚的部落已经皈依天主教。而阿劳科和因佩里亚尔以北的印第安人仍然没有脱离野性，他们不信仰宗教，但与西班牙人来往频繁。据神父说，信教的印第安人不大喜欢来望弥撒，但他们对宗教很虔诚。最大的困难在于让他们遵守一夫一妻制。野蛮的印第安人通常按照自己的财富确定娶多少妻子，有时一个酋长有十多个妻子。走进家门，看到几个取火用的炉子就知道主人有几个妻子。酋长和每个妻子轮流住，一周后换下一个，不过所有妻子都要给酋长织毛毡外套，还要做其他家务。印第安妇女以能成为酋长的妻子为荣。

这里的印第安男子都穿粗羊毛制成的外套；瓦尔迪维亚以南的人穿短裤；以北的人穿短裙，就像加乌乔人穿的"奇里帕"。他们都留长发，头上扎着红发带，除此之外，头上没有其他遮盖物。这些印第安人身材高大、颧骨突出，外形符合美洲人这一大族群的基本特征，但相貌与我以前见到的所有部落都略有不同。他们表情严肃，甚至阴郁，让人觉得深不可测：可以理解成忠厚老实，也可以理解成凶残险恶。又黑又长的头发、严肃而多褶皱的脸和阴郁的表情使我想起詹姆斯一世（1566—1625）老年时的肖像。一路上没碰见一个像奇洛埃岛人一样谦卑有礼的印第安人。有几个人只向我们匆匆道了句"早安"，大多数人没有任何致意的表示。这种孤傲的态度可能与他们常年征战有关，在美洲的所有部落中，只有他们拥有多次战胜西班牙人的光荣战绩。

我和神父兴致勃勃地聊了一个晚上。神父是一个非常好客的人，来自圣地亚哥，想到这里享受舒适的生活。他仅受过很少的教育，悲苦地向我诉说这里几乎没有社交活动。他对传承宗教并不是特别热心，又没有什么其他营生，一辈子就这样虚度了！第二天，我们辞别神父往回返，途中遇到七个放荡不羁的印第安人，其中有几个是酋长，刚从智利政府那里领到一年一度的忠诚奖金。他们相貌英俊，但都阴沉着脸，一个跟着一个骑马向前走。一个老酋长走在最前面，他比其他人更激动，表情严酷到了极点，看上去非常古怪。在遇到他们之前，有两个印第安人和我们结成伴，他们来自远方的教区，到瓦尔迪维亚办理与诉讼相关的事情。其中有一个心平气和的老者，他那张没有胡须的脸上布满了皱纹，看上去更像一个老婆婆。我经常给他们两位敬烟，虽然他们很乐意接受，却从不屈尊说一句感谢我的话。如果接受雪茄烟的是奇洛埃岛人，对方一定会摘下帽子，恭敬地说："愿天主报答您！"旅途令人生厌，不但路不好走，还有很多倒下的树挡路，要么不得不跳过去，要么兜一个大圈。我们在路上睡了一宿，第二天早上到达瓦尔迪维亚，继续随比格尔号前行。

几天后，我和一队军官渡过海湾，在一座名叫"涅夫拉"的边界要塞附近登陆。这里的建筑已经破旧不堪，炮架也残破不全。威克姆先生对炮台指挥官说，只要开上一炮，炮架就会彻底散架。可怜的指挥官强作镇静，淡定地回答："不，先生，我敢保证，打两炮没问题！"当年，西班牙人一定想把这里打造成坚不可摧的防线。直到现在，院子中央还摆放着一门像小山那样高的迫击炮，硬度堪比垫在它下面的岩石。这门炮是从智利运来的，价值 7 000 美元。由于革命爆发，这门炮成了一堆废铁，现在变成西班牙统治垮台的纪念碑。

1.5 英里外有座房子，我的向导告诉我，要想笔直穿过树林走进那座房子几乎不可能。不过他愿意在前面带路，从牛踩出来的偏僻小路绕过去。据他说这是最短的路线，而我们花了整整三个钟头！这位向导的本分工作是帮人寻找走失的牛，尽管他对附近的树林了如指掌，但前不久，他在树林里迷失方向，两天两夜没有吃东西。这说明附近地带的森林是不可穿越的。有一个问题时常在我脑海中萦绕不去：倒下的树能保留多长时间？向导把 14 年前逃亡的保皇党人砍倒的一棵树指给我看，据此推算，一棵直径 1.5 英尺的树只需 30 年就会化为土壤。

2 月 20 日——今天发生了大地震，在瓦尔迪维亚的历史中，这是一个值得记住的日子，因为地震的猛烈程度连当地年龄最大的居民也从未经历过。当时我恰好在海边的树林里躺着休息。地震发生得很突然，历时两分钟之久，但我感觉这段时间格外漫长。地面的抖动非常强烈。我和一个同伴认为，地震波来自正东，但其他人认为地震波来自西南，这说明有时想判断震动的传播方向是一件多么困难的事情。虽然地震时直立站着并不困难，但地面的抖动令人头晕眼花，犹如一只在纵横

涅夫拉炮台

波中震动的小船，或者更像一个行走在薄冰上的人，冰在他的身体下方被压弯。大地震立刻打破了这些老套的联想——现在，坚不可摧的地球在我们脚下就好像是漂浮在液面上的一层薄壳。刹那间，我的头脑里突然产生了惶惶不安的奇怪感觉，平时思前想后几个小时也不会有这样的想法。在森林里，当微风吹动树叶的时候，我只感到大地在颤动，却看不到其他效果。地震时，菲茨罗伊舰长和几名军官正在城里，他们看到的景象极其惊人：虽然木制房子还没有倒，但摇晃得很厉害，木板发出吱吱嘎嘎的破裂声。居民们非常恐慌，纷纷冲到门外。人们对地震的极度恐惧正是来自这些看到和感觉到的可怕效应。在森林里经历地震会有一种奇怪的感受，但绝不是恐怖。地震对潮汐的影响也很奇特。这次强震发生在退潮的时候，一位老婆婆当时正坐在海滩上，事后她告诉我，海水快速冲向高水位线，然后快速回复到正常水位，但没有产生巨浪，这也可以从海水浸湿的沙地边界判断出来。几年前，在奇洛埃岛发生轻微地震的时候，也出现过这种流速极快却很平静的潮汐，当时还引起了不少人的恐慌。晚上，又发生很多次较弱的余震，有几次强度还挺高，海港处极混乱的潮流或许就是由这些余震引起的。

第三节

满目疮痍

　　3月4日——比格尔号到达康塞普西翁港。在军舰逆风驶向锚地时，我在基里基那岛登陆。赶来迎接的农庄主人一跳下马就立刻告诉我，2月20日这里发生了可怕的大地震——"康塞普西翁和塔尔卡瓦诺（外港）的房屋全部倒塌，70座村庄被毁，巨浪卷走了塔尔卡瓦诺的废墟。"很快我就亲眼看见了关于后面这种情形的无数证据：海岸上散落着大量木梁和家具，看似有一千只大船在此遇险。除了无数椅子、桌子和书架以外，还有几个茅舍的屋顶几乎整个被冲到这里。塔尔卡瓦诺的仓库被震出一个裂口，大袋棉花、茶叶和其他贵重货物散落在岸上。我在基里基那岛上走了一圈，发现有不少岩石碎片上附着的竟是深海生物，这些岩石被冲到海滩上，其中有一块大石头长6英尺、宽3英尺、厚2英尺。

　　岛上满目疮痍的景象和不断冲击海滩的巨浪说明了大地震的强大威力，地面上很多地方出现了南北向的裂缝，或许是由于这个狭长的岛上有许多平行陡坡被震垮的缘故。有几条位于悬崖边上的裂缝宽度可达1码。大量巨石滚落到海滩上，居民们认为，如果此时降雨，将发生更大规模的岩石滑落现象。坚硬的原始板岩是构成基里基那岛的基础，地震对这些板岩的影响更奇妙：有些狭窄山脊的表面已经完全粉碎，好像被火药炸过似的。这种剧烈的效应会产生新的裂缝和表土，

地震造成的裂缝

幸好只限于地层表层，否则整个智利恐怕连一块坚固的岩石也找不见了。情况当然不会这么糟，因为震动体表层与中心部位所受的影响不同。也许因为同样的原因，地震没有对很深的矿井造成恐怖的破坏。我相信，这次大地震在缩小基里基那岛体积方面的作用要大于通常在100年中由海水侵蚀作用和气候作用造成的影响。

　　第二天，我从塔尔卡瓦诺登陆，然后骑马来到康塞普西翁。这两个城市的破败景象令人瞠目。或许以前熟悉这一带的人留下的印象更深刻，现在颓垣断壁杂陈其间，完全看不出一点儿有人居住的痕迹，更别提想象这两个城市原来的样子了。这次地震始于上午11点半，如果发生在半夜，死亡人数一定会远远超过100人（仅这个地区的居民就有好几千）。一般情况下，只要在地面刚开始抖动的时候跑出家门，就能保全性命。康塞普西翁的每一幢房屋或者每一排房屋，都在原地变成了一堆废墟或者一排废墟；但在塔尔卡瓦诺，由于大浪冲刷，除了少量砖、瓦、木梁和几处残壁以外，其他残骸很难辨认。虽然康塞普西翁没有完全被毁，但从现在的情况来看更骇人听闻，更能生动地反映出地震的破坏性，如果我可以这样说的话。第一次震动来得非常突然。基里基那岛上的农庄主人告诉我，那天他刚好骑马外出，在他连人带马滚到地上的时候才意识到是地震，刚爬起来还没站稳又摔在地上。他还说，地震时有几头站在悬崖上的母牛滚到了海里。巨浪卷走了很多牛：在离海湾头部不远的一座低岛上，70 头牛被海水淹没。大家一致认为，这是智利有史以来发生的最大规模的地震；强震隔很长时间才发生一次，很难说以后会不会有更强的地震。这次地震对当地的破坏是毁灭性的，即使有更大的地震恐怕也不会造成更恶劣的后果了。大地震后出现了无数次的轻微余震，在最初的 12 天里，共发生了不少于 300 次地震。

康塞普西翁已成一片废墟，但令人不解的是，很多居民居然安然无恙地逃了出来。许多地方的房子是向外倒的，于是在街道中央形成了一堆堆像小山似的砖头和垃圾。康塞普西翁的英国领事罗斯先生告诉我，地震到来的时候，他正在吃早饭，还没等他跑到院子中央，房子的一侧就轰地倒了下来。当时他很镇定自若，知道只要自己能爬到已经倒塌的废墟上，就不会有事。地面摇晃得非常厉害，根本无法直立，他只得手脚并用向前爬。当他就要爬到废墟上的时候，另一侧房子也倒了下来，大梁砸在离他头部正前方不远的地方，尘土飞起老高。虽然双眼不能睁开，嘴里塞满灰尘，不过最后他总算逃到了街上。每隔几分钟，大地就颤动一次，没人敢靠近倒塌的废墟，也没人知道自己最亲密的朋友和亲戚是否已经在绝望中死去。那些从废墟中抢救出一些财产的人不得不时刻保持警惕，因为盗贼就潜伏在周围，每当地面微微颤动的时候，他们一只手按住胸口并且喊"上帝可怜我"，另一只手却尽力伸进废墟里偷东西。如果茅草屋顶掉到火堆上，火焰会吞噬整个屋顶。数百人无家可归，绝大多数居民在那一天只得忍饥挨饿。

地震足以毁掉任何一个地方的繁华。倘若现在英国地底下的地壳活动活跃起来（在过去的地质时代一定曾经活跃过），那么整个国家会变成什么样呢？高大的房屋、拥挤的城市、宽敞的厂房、美丽的公共建筑和私人住宅会变成什么样呢？如果新时期的大地震首先在深夜发生而不是白天，那么死亡人数将是一个可怕的数字！英国将在瞬间破产，所有文件、记录和账簿统统丢失，政府无法征税，无法维持权威，行凶和抢劫得不到控制。饥荒将在每一座大城市中蔓延，接踵而来的将是瘟疫和死亡。

地震后不久，有人在三四英里外的海面上看到了滔滔巨浪。虽然海浪在到达海湾中央的时候还算平稳，可一到岸边，它就以雷霆万钧之势冲垮了村舍和树木。在海湾的头部，海浪掀起一排白色的浪花，垂直高度比新月和满月时的大潮还要高 23 英尺。巨浪中蕴藏的力量大得惊人，边塞堡垒处一门连同炮架重约 4 吨的火炮被海浪推着向内陆方向移动了 15 英尺。一只纵帆船被抛到废墟上，离海滩 200 码。在第一排浪头之后紧跟着又是两排，海浪退去时带走了无数漂浮在水面上的废弃物。海湾上有一只大船被海浪远远地抛到岸上，随即被冲到海里，然后再一次被抛到岸上，再一次被冲到海里。在海湾上的另一个地方，两只下锚位置很近的大船被海浪冲得团团转，两者的锚链相互缠绕了三圈。虽然下锚处水深 36 英尺，但没过几分钟两只大船就搁浅在岸上。巨浪的推进速度并不快，因为塔尔卡瓦诺城区的居民尚有时间跑到城外的小山上。有几个水手竟把小船划向大海，他们相信自己的船在波涛汹涌的大海中是安全的，所以要在船还没有被毁前划进大海。事实证明，他们的做法是正确的。有位老婆婆带着一个四五岁的男孩逃到一只小船上，小船没人划，被海浪冲到铁锚上断成两截。老婆婆溺水而亡，男孩抱住船的残片在水里漂流了几个小时，最终被人救起。海水在房屋的废墟之间形成水塘，孩子们以旧桌椅为船，玩得好不快活，那高兴劲和父母们的忧虑一样动人心弦。可喜的是，面对灾难，人们远没有想象中那么消极和悲观。财产被毁的现象很普遍，所以没有人

海啸

觉得自己卑微，也不会责怪朋友冷漠无情——失去财产后最大的悲哀
莫过于此。罗斯先生带领一群人在花园里的几棵苹果树下躲了一周。
起初他们像在野外郊游一样开心；不幸的是，一场大雨突然来袭，因
为无处躲雨，给他们带来了极大的不便。

　　在一篇关于这次大地震的精彩报告中，菲茨罗伊舰长记录了海湾
里的两次爆发，一次像烟柱，另一次像巨鲸喷水。周围水域似乎在沸腾，
"海水变成黑色，还散发出一股非常难闻的硫黄味。" 1822 年发生
地震时，有人在瓦尔帕莱索湾曾见到过后两种情形。我猜想，这可
能与海底含腐殖有机质的淤泥受到扰动有关。在一个风平浪静的日
子，我们航行至卡亚俄湾，比格尔号的绳索从海底拖过，所到之处
被翻起一长串泡沫。塔尔卡瓦诺的老百姓认为，地震是印第安老女
巫所为：两年前，她们因被人冒犯而封闭了安图科火山。这种迷信
说法让我感到好奇，因为它说明，当地老百姓从经验中悟出了火山

活动被抑制与地震之间的关系。当他们无法解释一件事的起因时，便只有求助于巫术，比如火山口为什么封闭了。不过这次大地震没能印证他们的说法，因为菲茨罗伊舰长有确凿的证据证明，安图科火山并未受到任何影响。

康塞普西翁城是按照西班牙的通行模式修建的，所有街道相交成直角，一组为西南偏西方向，另一组为西北偏北方向。沿西南偏西方向延伸的墙壁比沿西北偏北方向延伸的墙壁结实。大多数墙壁是朝东北方向倒塌的。这两种现象都与大家的普遍看法一致，即地震波是从西南方向传过来的，在那个方向有人确实听到地下有噪声。显然，当地震波从西南方向传过来时，与地震波传播方向一致的沿西南和东北方向延伸的墙壁要比与地震波传播方向垂直的沿西北和东南方向延伸的墙壁更抗震，因为当地震波经过墙基的时候，势必会朝西北和东南方向扩展。可以通过下述试验来说明这一点：把几本书立在地毯边上，然后按照米歇尔的办法模拟地震波的运动。结果表明，书本的摆放方向与地震波的扩展方向越相符，就越容易倒。地面上的裂缝大多沿东南和西北方向伸展，因此与地震波的扩展方向或主要的褶皱线相对应。这些情况都清楚地表明，震中位于西南方。了解了这些情况就会觉得以下现象很有趣：在陆地普遍抬升时，位于西南方的圣玛丽亚岛的上升高度，差不多是沿岸其他地区上升高度的 3 倍。

从康塞普西翁大教堂的倒塌情况就能清楚地看出，不同方向的墙抗震能力不同。朝向东北的一侧瓦砾成堆，门框和木梁立在其中，好像漂在河里似的。有些带棱角的碎块体积很大，滚到远处地势平坦的广场上，与高山脚下的岩石碎块相似。沿西南和东北方向延伸的侧壁虽然损毁严重，但仍旧立着，而巨大的扶壁（与前者成直角，因此平行于许多倒下的墙）大多齐根倒下，像被凿子凿过似的，扶壁顶部有一些方形装饰物被地震拉成菱形。在瓦尔帕莱索、卡拉布里亚（意大利的一个大区）和其他地区发生地震后也出现过类似的情况，包括几座古希腊的庙宇。这种扭动移位似乎说明受影响的每一个点下方都发生了旋转运动，但这是绝对不可能的。会不会因为每块砖石都趋向于随着地震波的扩展把自己排列到一个特定的位置呢？有点儿像很多针在一张纸上震动。总的来说，拱形的门或窗要比建筑物的其他部分抗震。不幸的是，一个跛脚老头在觉察到轻微地震时，像往常一样趴到拱形门上，但这一次却被压得粉身碎骨。

我不打算详细描述康塞普西翁的残败景象，因为我认为，用言语已经无法表达当时的复杂心境。有几位军官先于我来到这座城市，虽然他们使用了最严酷的措辞，但还是无法让其他人明了真实的情况。看到耗费人类大量劳力和时间的建筑物竟毁于一旦，怎能不让人黯然神伤，以至于忘却了对当地居民的同情，而惊叹于经过若干年才建成

地震后的康塞普西翁大教堂废墟

的美丽城市顷刻间变成了废墟！在我看来，自离开英国以后，还没有见到过如此惊心动魄的景象。

据说，几乎每次发生大地震时，周围的海水都会受到很大的扰动。从康塞普西翁的情形来看，扰动通常有两种：一种是地震发生时，海水慢慢地涨到海滩，然后静静地退去；另一种是在地震过去一段时间后，全部海水退离海岸，然后以雷霆万钧的大浪反扑回来。第一种运动似乎起因于地震对流体和固体的影响不同，所以海陆的相对高度发生了微小的变化。第二种运动有很大的破坏性。在大多数地震，尤其是美洲西海岸的地震发生时，海水的第一次大规模运动是海退。有些作者试图用海水保持原有高度而陆地向上抬升来解释，但即使在十分陡峭的海岸，靠近陆地的海水也会随海底一起运动。赖尔先生曾指出，在远离震中的海岛也发生过类似的海水运动，比如在这次大地震中胡安·费尔南德斯群岛的情形和在著名的里斯本大地震中马德拉岛的情形。我猜测（但不太确定）一个浪头，无论产生方式如何，都会首先离开海岸，然后再反扑回去，我看到一只轮船的明轮翼打出的小浪头就是如此。值得注意的是：塔尔卡瓦诺和卡亚俄（位于秘鲁利马附近）都位于较大的浅水湾的头部，每次大地震时总免不了遭受巨浪的冲击；而靠近深海区域的瓦尔帕莱索虽然也时常遭遇大地震，却从来没有被巨浪倾覆过。由于巨浪没有紧随地震而来，而是有可能经过长达半小时的时间才出现，并且因为远方的岛屿与震中附近的海岸都受到了同样的影响，所以大浪很可能首先升起于远处的海面。鉴于这是一种普遍存在的现象，故而应该由同样的原因引起。我认为，巨浪生成的地方应该位于受扰动较小的深海区域与随陆地一起运动的近海区域的分界处。浪头的大小取决于与海底一起运动的浅水区域海水的范围。

这次大地震造成的一个显著变化是陆地的永久性抬升，也有可能是陆地的永久性抬升造成了这次大地震。康塞普西翁湾周围的陆地的确抬升了两三英尺，但我找不到直接的证据，因为海浪冲掉了潮汐作用在倾斜沙岸上留下的印迹。不过，有好几位当地居民都向我证明，从前有一座淹没于水下的小岩石洲，现在露出了海面。在约 30 英里之外的圣玛丽亚岛，陆地的抬升量更大，菲茨罗伊舰长在其中一处地点发现，高水位线以上 10 英尺处有很多腐烂的贻贝层仍旧附于岩石之上，在这之前，当地居民要潜到大潮的低潮面才能采到这些贝类。这个地区的抬升很引人注目，因为这里也是另外几次大地震的发生地。大量海生贝类散布于高出水面至少 600 英尺的海岸上，我认为其高度能达到 1 000 英尺。我曾提到，在瓦尔帕莱索，相似的贝类位于高 1 300 英尺的地方。毫无疑问，这种大幅抬升是由连续的微量抬升积累而成，比如造成今年大地震或者说由今年大地震引起的微量抬升，以及抬升速度慢到我们感觉不到的微量抬升，后者在这一带沿海的某些区域确实存在。

在 2 月 20 日发生大地震时，位于康塞普西翁西北 360 英里的胡安·费尔南德斯群岛震得很厉害：许多树撞在一起，沿岸附近一处水下火山发生了喷发。这是一件奇怪的事，因为 1751 年地震时，胡安·费尔南德斯群岛也比与康塞普西翁等距离的其他地方震感强烈。这似乎表明两地之间存在地下的关联。康塞普西翁以南约 340 英里的奇洛埃岛比这两地之间的瓦尔迪维亚震感强，瓦尔迪维亚的比亚里卡火山完全没有受到影响，而在奇洛埃岛前方的科迪勒拉山系中，有两座火山在同一时刻剧烈喷发。这两座火山和附近几座火山持续喷发了很长一段时间，十个月后再次受到康塞普西翁另一次地震的影响。2 月 20 日在其中一座火山脚下伐木的工人并没有感觉到地震，但周围地区确实发生了地震，这说明火山喷发确实能减轻或抵消地震。正如康塞普西翁老百姓的说法，如果安图科火山没有被巫术封闭，就不会发生地震。两年九个月后，瓦尔迪维亚和奇洛埃岛再次发生地震，强度比 20 日的地震还高，使得乔诺斯群岛中一座岛屿永久性地抬升了至少 8 英尺。如果我们用欧洲的几个地点来说明这些事件的发生地相距有多远，就能更好地理解地震的影响范围：北海和地中海之间的区域发生了一次大地震，使英国东部沿海和几座外围岛屿发生永久性抬升，使荷兰沿海的一连串火山发生喷发，在爱尔兰北端的海底也发生了一处喷发，位于法国奥弗涅、康塔尔和蒙多尔的长期休眠火山都在喷出一股黑烟后进入持续的活动期；两年九个月后，从法国中部到英吉利海峡再次遭到地震的侵袭，使地中海中永久性地升起一座岛屿。

2月20日火山喷发喷出的物质来自长720英里、宽400英里的长方形区域。现在这片区域极有可能形成了一个地下熔岩湖，其面积大约为黑海的2倍。根据抬升力和喷发力在一连串事件中所表现出来的复杂关系，我们有理由相信，使陆地缓慢发生微小抬升的力就是在一段时间内使火山物质喷出火山口的力。我有很多证据可以证明，智利沿海之所以经常发生地震是因为地层的断裂，而地层断裂的原因势必源于陆地抬升时的张力和熔岩的注入。如果断裂和注入反复发生（我们知道地震确实在以同样的方式反复影响同一个地区），就会形成一系

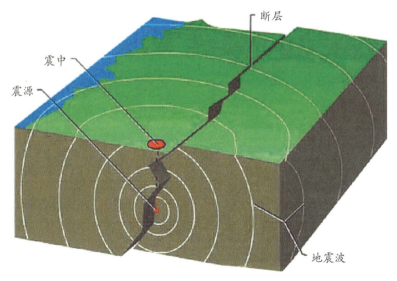

地震原理图

列山脉。狭长的圣玛丽亚岛已经抬升到了 3 倍于周围地区的高度，它显然正在经历这一过程。我认为，一座山脉的固体轴在成因上与火山不同：前者源于熔岩的反复注入，后者则源于熔岩的反复喷出。我还认为，像科迪勒拉这样的大山系，其火成岩注入轴的边缘沿着几条相距不远的平行抬升线分布，如果不认为山轴上的岩石是由反复注入形成的，并且间隔的时间足以让上部或者楔形物冷却成固体，就不能解释它们的结构。因为如果地层突然间变成现在这样倾斜、直立甚至内翻的状态，地球内部的物质就会奔涌而出，如果我们看到的险峻岩石轴不是在高压下固化形成的，那么岩浆流就会从抬升线上的无数破口奔涌而出。

第七章

进化论的"摇篮"

　　加拉帕戈斯群岛属于厄瓜多尔，现称科隆群岛，位于太平洋东部的赤道上，距离南美大陆约 1 000 千米，包括 19 个大岛和数十个小岛。"加拉帕戈斯"在西班牙语中是"巨龟之岛"的意思。岛上有成千上万的巨龟，这些巨龟体形都很庞大，有高高隆起的背甲、较短的头骨和粗壮的圆柱形四肢，行动非常缓慢，人们在岛上经常能看到这些庞然大物慢吞吞地吃着仙人掌。

　　岛上最著名的要数雀科鸣鸟了，它们分属于地雀亚科（Geospizinae）的地雀属（Geospiza）、树雀属（Camarhynchus）和莺雀属（Certhidea）。达尔文花了一个多月的时间在这里采集标本，发现被隔离在群岛上不同生境中的地雀在外形、鸟喙和行为等方面有不同的特点。在世界上相隔如此遥远的地区，为什么会出现彼此相互接近但又差异明显的物种呢？当时认为，所有物种都是创世主创造出来的，自创造出来之后到现在没有变化。难道这些彼此相互接近同时又有差异的类型是由两个不同的创世主创造出来的，或者是由一个创世主创造出来，但是"在他工作的时候曾经休息过"？达尔文是一个认真的人，一定要把这个与宗教教义相反的事情搞清楚。也许就是在这个时候，达尔文旧有的物种不变的观念彻底被摧毁了。在加拉帕戈斯群岛上的观察结果为进化论思想的形成和《物种起源》的出版奠定了基础。1935 年，为纪念达尔文登陆加拉帕戈斯群岛 100 周年，人们在查塔姆岛上建立了达尔文纪念碑。

第一节

登上加拉帕戈斯群岛

1835 年 9 月 15 日——加拉帕戈斯群岛由 10 座主要岛屿组成，其中 5 座面积较大。群岛位于赤道上，距离美洲大陆西端 500 ~ 600 英里。群岛全部由火山岩构成，少数具有特殊光泽并在高温下发生过蚀变的花岗岩碎块也不例外。位于较大岛屿上的一些火山口规模巨大，高度可达 3 000 ~ 4 000 英尺。大火山口侧面散布着无数小火山口。我确定整个群岛上至少有 2 000 个火山口。这些火山口或者由熔岩或火山渣构成，或者由薄层砂岩状凝灰岩构成。后者大多呈对称状，成因为不含熔岩的火山灰喷发。值得注意的是，我们考察过 28 个凝灰岩火山口的南坡或者明显低于其他方向，或者高度破碎并侵蚀。因为所有火山口显然都是在大海中形成，以及因为信风形成的海浪和开阔太平洋的波浪的力量在所有岛屿的南岸汇合，所以很容易解释由软质塑性凝灰岩构成的火山口为什么有统一的破坏模式。

虽然加拉帕戈斯群岛位于赤道上，但气候并不是很炎热，这似乎主要是由于周围海水来自强大的南极寒流，水温非常低。除了一段很

大火山口

160

短的时期以外，全年降雨很少，且下雨的时间不规律，但云层总是低低的。因此，群岛上地势低的地方一片荒凉；而在 1 000 英尺高度以上则气候潮湿、植被茂密。群岛的迎风一侧尤其如此，因为这里最先遇到大气中的水分，并使其冷凝成降雨。

17 日早晨，我们在查塔姆岛（现称圣克里斯托瓦尔岛）登陆，这座岛和其他岛一样具有平缓的圆形轮廓，四处分布着由火山口残余形成的小山。第一眼望去平淡无奇：汹涌的波涛冲击着由黑色玄武质熔岩形成的破碎地面，地面上交错分布着巨大的裂隙，到处是被阳光炙烤的低矮灌木，显得毫无生气。被正午阳光灼烧的干燥地面使人感觉空气中弥漫着一股热浪，好像身边有个炉子一样，我们甚至怀疑灌木丛在散发异味。虽然我尽最大努力采集植物标本，但采到的标本寥寥无几。这里的野草长得太可怜，与其说是赤道植物，倒不如说是北极区植物。离远看这些灌木，简直就像冬天里掉光叶子的小树；过了一些时候才发现，不仅每棵灌木都长满了叶子，而且大多还开了花。最常见的灌木是一种大戟科植物，金合欢和长得奇形怪状的仙人掌是这里仅有的两种能提供树荫的植物。据说强降雨过后，群岛上会短暂地出现一片生机盎然的景象。费尔南多·迪诺罗尼亚火山岛在很多方面与加拉帕戈斯群岛类似，是我见到的唯一一处分布着同样植物群的地方。

仙人掌树

比格尔号绕查塔姆岛航行一周，曾在好几个海湾下锚。一天夜里，我在岛上的一处海岸露营，这里有很多黑乎乎的截顶圆锥形火山：从一小块高地上竟数出60座，平平的顶上都有还算完整的火山口。大多数火山口仅由一圈固结在一起的红色火山渣或熔渣构成，比熔岩平原高出50～100英尺，所有火山口都没有近期喷发过的痕迹。地下的蒸汽像透过筛子一样从这部分岛屿的地面冒出来，熔岩还没有凝固的时候被吹出一个个大泡。在岛上的其他一些地方，以类似方式形成的空洞顶部已经塌陷，只剩下侧壁陡峭的圆坑。许多火山口形状规则，看上去很像是人工制造出来的，这让我想起大铸铁厂云集的斯塔福德郡。这一天气温骤升，在崎岖的小路和难走的灌木丛中穿行实在令人疲惫，幸而沿途可以欣赏奇异的风景。我看见两只巨大的陆龟，每只至少重200磅：有一只正在吃仙人掌，当我走近时它瞪了我一眼，然后慢腾腾地走开了；另一只嘶嘶喘了一口粗气，把头缩了回去。这两只体形硕大的爬行动物被黑色的熔岩、无叶的灌木和巨大的仙人掌包围，让我联想起某些远古生物。几只体色灰暗的鸟对我的警惕性还没有对巨龟的警惕性高。

9月23日——比格尔号航行至查尔斯岛（现称圣玛丽亚岛）。长期以来，不断有人光顾加拉帕戈斯群岛，起初是海盗，后来是捕鲸船，直到最近6年，这里才变成一处小的殖民点。居民人数两三百，几乎都属于有色人种，他们是被厄瓜多尔共和国（首都为基多）流放到这里的政治犯。这处居民点位于距海岸约4.5英里的内陆，海拔约1 000英尺。像在查塔姆岛一样，最初的一段路要穿过一片无叶的灌木丛；越往高处走，树林越绿，当我们到达岛屿的山脊时，一袭凉爽的南风拂面而来，眼前欣欣然闪现出一片葱绿的植被。在地势较高的地方，到处生长着粗草和蕨类植物，但没有树蕨。奇怪的是，在这里我没有看到任何棕榈类植物，而以北360英里处的椰子岛正是以生长有大量棕榈科植物——椰子树而得名的。平地上零星分布着一些排列不规则的房子，房子周围种有红薯和香蕉。常人很难想象我们在见惯了秘鲁和智利北部的干土后望见黑泥有多兴奋。虽然这里的居民总抱怨贫穷，但维持生计不成问题。山林里有不少野猪和山羊，不过当地人的主要肉食品种是陆龟。岛上的陆龟数量急剧下降，而居民们还想通过两天打猎得到一周的食物。据说以前一艘船能带走700只，几年前，一艘轮船的护卫舰在一天之间从海滩上捕到了200只。

9月29日——比格尔号绕过阿尔伯马尔岛（现称伊莎贝拉岛）的西南端，第二天停泊在该岛与纳伯勒岛（现称费尔南迪纳岛）之间。这两座岛上都覆盖着黑色的裸露熔岩，或者位于大的盆地边缘，就像煮沸的沥青扑到锅边；或者从侧面的小出口喷出来，铺展在沿海数英里的范围内。两座岛都发生了喷发。在阿尔伯马尔岛，我们看到一小股烟从一个大火山口顶部盘旋升起。晚上，比格尔号在阿尔伯马尔岛的班克湾下锚。第二天早晨，我在岛上散步。在比格尔号下锚处的凝灰岩破火山口南部，有另一个呈椭圆形对称的火山口，其长轴略小于1英里，深度约500英尺。底部有一个浅浅的湖，湖中央的小火山口构成了一座小岛。在日头的曝晒下，湖水看上去清澈、湛蓝。我从火山渣坡上跑下去，呛了一嘴灰，本想尝尝湖水的味道，但不走运的是，湖水像卤水一样咸。

沿岸石头上有很多巨大的黑蜥蜴，体长3～4英尺。在山上，丑陋的黄褐色蜥蜴也很常见：我们看到了不少山地蜥蜴，有些笨拙地跑开，另一些慌忙钻进洞穴。稍后我将详细描述这两种爬行动物的习性。阿尔伯马尔岛北部的这片蜥蜴栖身的地区是一片荒凉之地。

10月8日——比格尔号到达詹姆斯岛（现称圣萨尔瓦多岛）。和查尔斯岛一样，这座岛屿也是用英国斯图亚特王室的某个国王的名字来命名的。在比格尔号寻找淡水的那段时间，比诺埃先生、我和我的随从带着粮食和帐篷在岛上逗留了一周。我们遇到一队从查尔斯岛来到这里晒鱼干、腌陆龟肉的西班牙人。在离岸约6英里、高度约2 000英尺的地方有一座窝棚，窝棚里住着两个人，这两个人专门负责

163

阿尔伯马尔火山口

捉陆龟，其他人在岸上捕鱼。我拜访过他们两次，还在窝棚里睡过一宿。和其他几座岛一样，詹姆斯岛上地势较低的地方也覆盖着无叶灌木，不过此处的树比其他岛屿更粗，有些直径可达 2 英尺甚至 2.9 英尺。地势较高的地方受云层湿气的影响，生长有葱翠的茂盛植被。潮湿的地面上覆盖着大片粗莎草，草丛中栖息着大量个头矮小的水秧鸡。在地势高的地方逗留时，我们的食物只有陆龟肉：把肉放在腹甲上烧烤（像加乌乔人做的带皮的肉一样）非常美味；幼龟煲汤很好喝，不过肉的味道一般。

一天，我们和一队西班牙人乘捕鲸船来到一片盐沼，即表层有盐积累的湖。上岸之后，我们艰难地行走在崎岖的近世熔岩区域，这片熔岩区几乎整个围着一个凝灰岩火山口，火山口底部就是盐沼所在地了。盐沼中水深只有三四英寸，水底是一层形成漂亮结晶的白色盐层。盐沼呈正圆形，周围环绕着一圈鲜绿色的植物；火山口陡立的侧壁上覆盖着一片森林，如画的美景令人称奇。几年前，一艘捕海豹船上的水手在这个僻静所在共同杀死了船长，我们在灌木丛中发现了船长的遗骨。

在我们逗留于詹姆斯岛的这一周时间里，大部分日子天空晴朗无云。只要信风停止一个小时，天气就会非常炎热。有两天，帐篷里的温度计读数有时能达到 93 华氏度；但在风吹日晒的露天，则只有 85 华氏度。沙子被晒得发烫，把温度计放到褐色沙子上，读数立刻升至 137 华氏度。我不知道还能升到多少度，因为温度计的刻度只到这个读数。感觉黑色的沙子更烫脚，即使穿厚底靴子走在上面也很难受。

各座岛屿上生物的显著差异

研究加拉帕戈斯群岛各岛屿的博物学非常有趣，也很重要。大多数生物都是土生物种，在别处根本找不到。美洲与加拉帕戈斯群岛之间隔着 500 ~ 600 英里的洋面，各岛屿上的物种均与美洲物种明显相关，但每座岛屿上的物种却存在着一定的差别。与其说群岛是一个独立的小世界，倒不如说是美洲的附属群岛。美洲的一些物种偶然飘落到这里，逐步形成了本土物种的独立特性。这些岛屿的面积并不大，因而土生物种数量之多，分布范围之小就更加令人惊奇了。每片高地的顶部都有火山口，大部分熔岩流的边界仍然清晰可见，由以上两点判断，在比较晚近的地质时期，这里仍是一大片海洋。因此，在时间和空间上，我们似乎陷入了一个巨大的谜中之谜——这块土地的新物种是如何产生的。

在陆地哺乳动物中，只有一种鼠肯定是本土物种，被称为加拉帕戈斯鼠（*Mus Galapagoensis*）。目前我可以确定的是，这个物种仅分

加拉帕戈斯鼠

布在群岛最东端的查塔姆岛上。沃特豪斯先生告诉我，加拉帕戈斯鼠属于美洲所特有的鼠科之下的一个类群。在詹姆斯岛，有一种鼠与沃特豪斯先生命名并描述的普通品种截然不同，属于鼠科的远古分支。在过去的 150 年中，经常有船只到访詹姆斯岛，我几乎可以肯定这种鼠只是舶来物种在新的气候、食物和土壤条件下产生的一个变种。虽然在没有确凿证据的情况下不能随便猜测，但至少可以认为查塔姆岛鼠有可能来自美洲。因为在潘帕斯草原的一处人迹罕至的地方，我曾见到一只生活在新造茅舍屋顶下的本地鼠，所以通过船只被带到这里也不是没有可能。理卡德松博士在北美也见到过类似的事情。

我采到 26 种陆生鸟类品种，除一种长得像云雀的雀科鸣鸟（*Dolichonyx oryzivorus*）以外，其余都是本地所特有的。这种雀科鸣鸟也分布在北纬 54 度以南的北美大陆，经常出没于沼泽中。在 25 种本地鸟类中首先是鹰，这种鹰的体形介于红头美洲鹫和美洲食腐鸟卡拉卡拉鹰之间，它与后者在习性和叫声上非常相像。其二是两种猫头鹰，类似于欧洲的短耳谷仓猫头鹰和白谷仓猫头鹰。其三是一种鹟鹩、三种霸鹟（其中两个物种属于朱红霸鹟属，有些鸟类学家认为其中一种或者两种都是变种）和一种鸠鸽，它们都与美洲物种类似，但又有所不同。其四是一种燕，虽然与南北美洲的紫燕（*Progne purpurea*）有区别，不过只是体色更深，体形更小、更纤细而已，古尔德先生认为属于不同的种。其五是三种嘲鸫，为美洲所特有的物种。其余陆生鸟类构成了雀科鸣鸟的一个特殊种群——在喙的构造、短尾、体形和羽毛方面彼此有亲缘关系，种群中一共有 13 个物种，古尔德先生将其分为 4 个亚群，除卡斯顿雀类的一个物种是最近从低群岛（即南太平洋的土阿莫土群岛）的鲍岛引进的以外，其余物种均为加拉帕戈斯群岛所特有，整个种群也是如此。在卡斯顿雀类中，有两个物种常常在巨型仙人掌树的花上攀爬，而这个类别雀科鸣鸟的所有其他物种则成群结队地在干旱、贫瘠的低地觅食。所有雄鸟，或者至少大多数雄鸟的体色为深黑，而雌鸟（只有一两种例外）的体色为棕。最有趣的是，地雀属不同种的喙的大小呈现出逐级的变化，大的与锡嘴雀的喙一般大小，小的与苍头燕雀的喙差不多，如果古尔德先生把子类莺雀划入主类是正确的话，那么最小的喙能达到刺嘴莺的尺寸。右图中 1 是地雀属中最大的喙，3 是地雀属中最小的喙；2 所示的中间尺寸的喙对应于不止一个种，有不少于 6 个种的喙接近这个尺寸。莺雀类的喙见图中 4。卡斯顿雀的喙有点儿像棕鸟。第四类是树雀，树雀的喙有点儿像鹦鹉。看到这一小类亲缘关系紧密的鸟在构造上的渐变和多样性之后，会让人猜测加拉帕戈斯群岛上最初可能几乎没有鸟类，一个物种被带到这里，衍生出多个物种。同样可以猜测最初被引入的鹭类在这里逐渐担当了美洲大陆上卡拉卡拉鹰的地位——食腐。

我只发现了 11 个涉禽和水鸟物种，其中只有 3 个是新物种（包括一种只在群岛潮湿山顶上活动的秧鸡）。海鸥具有迁徙习性，令我惊奇的是，在群岛上栖息的海鸥虽然是特有物种，但与南美洲南部的一个物种有亲缘关系。与涉禽和蹼足鸟相比，陆生鸟类的特有物种数更多，26 个物种中有 25 个是特有物种，

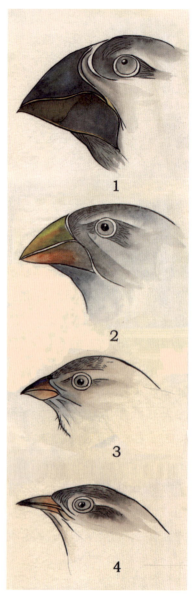

地雀属的喙
1. 大嘴地雀（*Geospiza magnirostris*）
2. 勇敢地雀（*Geospiza fortis*）
3. 小嘴地雀（*Geospiza parvula*）
4. 莺雀（*Certhidea olivasea*）

至少属于新的种群，这与涉禽和蹼足鸟在全球各地分布更广泛相一致。我们能总结出这样一条规律：在地球表面上的任意地点，同一纲的水生物种，不管是海水物种还是淡水物种，一定比陆生物种的地方特异性少。海洋贝类显然证实了这一点，加拉帕戈斯群岛上的昆虫在一定程度上也说明了这一点。

有两种涉禽的体形远小于其他地区的相同物种。这里的燕子也比较小，不过不能确定是否属于同一物种。两种猫头鹰、两种霸鹟（朱红霸鹟）和鸠鸽的尺寸都小于相似物种，但与亲缘关系最近的物种不属于同一物种；相反，这里海鸥的体形更大。两种猫头鹰、一种燕子、三种嘲鸫、一种鸠鸽（不是全身羽毛，而是个别地方的羽毛）、鹬和海鸥比类似物种的羽毛颜色更深；嘲鸫和鹬的羽毛颜色比同属的所有其他种都深。与同纬度赤道地区的鸟类相比，加拉帕戈斯群岛上的鸟没有那么鲜艳的羽色，只有一种黄胸的鹪鹩和一种冠毛和胸呈鲜红色的霸鹟例外。因此，导致外来物种体形变小的因素很可能与使大多数加拉帕戈斯群岛特有物种更小、羽色更深的因素相同。群岛上所有植物都长得瘦弱、可怜，连一种好看的花也没看到。昆虫类也同样又小体色又暗，正如沃特豪斯先生所说的，从昆虫的外观来看，完全不像是生活在赤道一带的物种。鸟、植物和昆虫都表现出沙漠生物的特征，体色不如巴塔哥尼亚南部的物种艳丽。因此，我们可以得出这样的结论：赤道生物色彩总是很鲜艳不是因为赤道地区光照强或热度高，而是另有原因，也许是由于这样的体色更利于生存。

下面我们来谈谈爬行类动物，这类动物是加拉帕戈斯群岛上最引人注目的一类动物。虽然物种的数量不多，但每一个物种的个体数非常多。有一种小蜥蜴属于南美的一个属，还有加拉帕戈斯群岛所特有的钝鼻蜥属的两个（可能不止）种。有一种蛇数量众多，据比布龙先生说，它和智利的栖林蛇（*Psammophis Temminckii*）是同一个种。我相信这里的海龟不止一个种，据我们了解，陆龟有两三个种或种群。这里没有蟾蜍类和蛙类，我感到很奇怪，因为高地森林的温度和湿度很适合它们生存。我想起博里·圣文森特说过的一句话，即在大洋中的火山岛从未发现过这两类动物。根据所有能查到的文献，这一说法适用于整个太平洋，甚至夏威夷群岛中规模较大的岛屿。显然毛里求斯是个例外，因为我在那里看到很多马斯卡林蛙（*Rana Mascariensis*），据说这种蛙也分布于塞舌尔、马达加斯加和波旁岛（现称留尼汪岛）。但杜波依斯在 1669 年的航海日志中提到，波旁岛上除陆龟外没有其他爬行动物；总督杜罗伊证实，1768 年以前曾有人想把蛙类引入毛里求斯，我猜是为了满足人类食用的需要，但没有成功，因此马斯卡林蛙是否为这些岛屿的土生物种很值得怀疑。既然大量蜥蜴能生活在最小的岛上，为什么大洋中的岛屿上没有蛙？会不会因为蜥蜴的卵有钙质外壳保护，比黏液状的蛙卵更容易在海水中漂移呢？

让我先来介绍一下之前多次提到的陆龟（黑龟，*Testudo nigra*；以前的名字是印度龟，*Indica*）的习性吧。我相信在加拉帕戈斯群岛的所有岛屿上都能发现这种龟，它们的数量一定不少。它们喜欢待在潮湿的高地，但在干燥的低地也有分布。之前我曾提到一天中能捕到的龟的数量，说明它们数量之多。有些体形硕大：据当地的英籍副总督劳

加拉帕戈斯陆龟

森先生说，他曾经见过几只大到需要 6 ~ 8 人才能抬起来的巨龟；有些龟身上有重达 200 磅的肉。年老的雄龟体形最大，雌龟难以望其项背。雄龟的尾巴更长，很容易与雌龟区分开。在无水的岛上或干燥低地上生活的巨龟主要以肉质的仙人掌为食。生活在潮湿高地上的巨龟可以吃各种树的叶子，包括一种又酸又涩的浆果和一种从树枝上垂下来的浅绿色丝状地衣（*Usnera plicata*）。

陆龟喜欢喝水，一喝就喝很多，还喜欢在泥里打滚。只有较大的岛上才有泉水，泉水大多位于中部地势较高的区域。因此，生活于低地的陆龟在口渴时只得爬很远的距离。从泉边到海岸，各个方向都有被陆龟踩出来的宽路面，西班牙人顺着这样的路走上去，很快就能发现水源。在查塔姆岛考察的时候，我搞不懂为什么动物都规规矩矩地沿着既定路线行走。泉水附近好一派奇异的景象：喝饱水的陆龟心满意足而去，大量没喝到水的陆龟伸长脖子急迫地向前挤。一旦陆龟奔到泉边，就会不顾一切地把头扎进水里，连眼睛也没入水中，一分钟之内大约能吞下 10 大口。当地人称，每只陆龟会在泉水附近逗留三四天，然后返回低地；不过每只陆龟访问水源的频率各不相同，很可能与所吃食物中的含水量有关。然而，即使在没有水的岛上，陆龟利用一年中不多的几次降雨也能存活。

我有确凿的证据相信，蛙类的膀胱能够存储维持生命所需的水分，陆龟恐怕也是如此。访问过泉水之后，陆龟的膀胱里充满了水，随着时间的推移，膀胱中水的体积和纯度都会下降。在低地中旅行的当地人如果口渴，经常会去喝陆龟膀胱里的液体。我看到一只刚被宰杀的陆龟，其膀胱里的液体还很清澈，仅微微有一点儿苦味。不过当地人通常会首先喝心包里的水，据说这种水味道最好。

如果陆龟下定决心要去一个地方，就会昼夜赶路，到达目的地的时间比我们预计的要快。当地居民通过给龟做记号，了解到它们的行进速度约为两三天走 8 英里。我观察过一只大陆龟在 10 分钟内走了 60 码,那么 1 小时就能走 360 码,1 天就能走 4 英里,路上还有少许吃东西的时间。在繁殖季节,当雌雄交配的时候,雄龟会发出一种沙哑的嘶吼,据说 100 码以外都能听到。雌龟从来不叫,雄龟只在交配季节叫,所以听到这种叫声就知道雄龟正和雌龟交配。此时(10 月)是陆龟产卵的季节。如果雌龟在沙地上产卵,产卵完成后,它会用沙子把所有卵一起盖起来;如果地面是石质的,它就会把卵随便产在某个洞里。比诺埃先生在一道石缝里发现了 7 枚卵。白色的龟卵呈球形,大圆周长为七又八分之三英寸,比鸡蛋略大。幼龟一经孵出,就会成为大量食腐鹫类的捕猎对象。老龟大多死于事故,比如从悬崖上摔下来。至少,听几位当地人说,他们从未发现过找不到明显死因的陆龟。

当地人都认为陆龟是聋子,它们丝毫听不见有人从背后靠近。我经常和陆龟开玩笑:当看到一只陆龟慢悠悠向前爬的时候,我会突然超过它,看它如何猛地把头和脚缩进龟壳,发出深深的嘶吼,然后重重地摔在地上装死。我经常爬到陆龟背上,在龟甲的后部拍几下,陆龟会马上站起来往前走,这时我发现很难保持平衡。当地居民普遍以龟肉为食,不管是新鲜的还是腌制的;陆龟的脂肪还能炼成清亮的油。当地人捉住陆龟时,会在龟尾附近的皮肤上割开一条缝,探查它的身体内部背板下方的脂肪层厚不厚。如果不够厚,就将它放生。据说用不了多久,陆龟就能恢复这种手术带来的伤痕。要使陆龟就范,不能像对付海龟那样把它们掀翻,因为它们经常能自己翻过来逃走。

毫无疑问,这种陆龟是加拉帕戈斯群岛的土生物种,因为在几乎所有岛屿上都有发现,甚至在一些没有水的小岛上——如果陆龟是外来物种,那么在人迹罕至的岛屿上就很难发现。十七八世纪出没于南美洲沿海一带的海盗所看到的陆龟甚至比现在数量还多。1708 年,伍德和罗杰斯也提道:按照西班牙人的说法,除了这里以外,其他地方找不到这种龟。现在这种龟分布很广，但不清楚在其他地方是否为土生物种。一般认为，在毛里求斯与已灭绝动物渡渡鸟的骨骼一起发现的龟骨属于这种陆龟。如果事实果真如此，那么陆龟一定属于毛里求斯的本土物种；但比布龙先生认为，这是一个特殊的物种，因为毛里求斯的现生物种确实与加拉帕戈斯群岛的陆龟不同。

钝鼻蜥属是蜥蜴类的一个重要的属，仅分布于加拉帕戈斯群岛，共有两个种，外形大体相同，一种陆生，另一种水生。水生种（海鬣蜥，*Amblyrhynchus cristatus*）的特征最先由贝尔先生描述，根据蜥蜴又短又宽的头部和等长的强壮爪子，贝尔先生明智地预见到它的习性非常特殊，与亲缘关系最近的物种——鬣蜥完全不同。海鬣蜥在加拉帕戈斯群岛的所有岛屿上都很常见，仅生活在石质海滩上——从来不会，至少我从来没见过，在离海岸 10 码以外的地方有海鬣蜥。海鬣蜥长得很丑，呈肮脏的黑色，呆头呆脑、行动迟缓。成年海鬣蜥体长通常约为 1 码，也有一些体长能达到 4 英尺，大的重达 20 磅。阿尔伯马尔岛上的这种蜥蜴似乎比其他岛上的更大。海鬣蜥尾巴呈侧扁状，四脚都长有不完全的蹼。偶尔能看到它们在离岸几百码的水里游泳，

海鬣蜥

科尔内特船长在航海日志中写道，"它们成群地到海里捕鱼，在岩石上晒太阳，或许可以把它们称为小鳄鱼。"然而，不能据此认为它们以鱼类为食。这种蜥蜴在水里游得既快又轻松，身体和扁扁的尾巴像蛇一样扭动，而四条腿则一动不动地折叠在身体两侧。有个水手在蜥蜴身上拴上重物，把它沉到水里，以为这样就能直接淹死它。没想到一小时后，当水手把线拉上来的时候，它还挺精神。海鬣蜥的四肢和强有力的爪子非常适合在凹凸不平的熔岩裂块上爬行，这一带海岸正是这样的地貌。在此经常能看到六七只丑陋的蜥蜴在比拍岸浪高几英尺的黑色岩石上伸开四肢，悠闲地晒太阳。

我把几只蜥蜴的胃切开，发现里面尽是碎烂的海藻（石莼），这种海藻长着淡绿色或深红色的薄叶片。我不记得是否在退潮后的岩石上看到过，不过我有理由相信，它生长在离岸边不远的海底。如果真是这样，就很容易解释为什么这种蜥蜴偶尔会出海。蜥蜴的胃里只有海藻。比诺埃先生在其中一只蜥蜴的胃里发现了一小块蟹肉，不过这可能是偶然吞进去的，我也曾在陆龟的胃里发现过一条夹杂在地衣中的毛毛虫。和其他草食动物一样，蜥蜴的肠道很长。根据这种蜥蜴的食性、尾部和四肢的构造以及会主动出海这三点，足以说明它的水生习性。然而，在受惊吓的时候，它倒不会跳进海里。要把这些蜥蜴赶到突出于海面的某个小地方并非难事，它们宁可被人揪住尾巴也不愿意跳海。它们好像不懂得去咬，受再大的惊吓，也至多是从鼻孔里喷出点儿液体而已。我几次试着把一只蜥蜴带到尽可能远的地方，把它扔到退潮后留下的深水塘里，但它总能沿着直线回到我站立的地点。它贴着水底游得很快，姿态非常优美，偶尔借助四肢的支撑划过凹凸不平的水底。当它游到岸边的时候，会刻意把自己藏入海藻丛中，或者躲到缝里。当认为危险已经过去的时候，它会从水里钻出来，爬到干燥的岩石上，然后以最快的速度逃走。我几次捉住同一只蜥蜴，把它带到某个地方。虽然它有绝佳的潜水和游泳能力，但无论如何也不肯跳水。即使我把它投进水里，它也会用前面描述的方式回到原处。这种看起来很愚蠢的奇怪行为或许是因为蜥蜴在岸上没有天敌，然而一旦跳到海里，它就免不了成为无数鲨鱼的猎物。因此，很可能由于一种从祖先遗传下来的本能，不管遇到多么紧急的情况，蜥蜴都会把给它们带来安全感的岸上作为避难之所。

在我们到访的这段时间（10 月），几乎看不到幼年海鬣蜥，在见到的蜥蜴中没有一只蜥蜴的年龄小于一岁。据此推测，繁殖季节可能还没有开始。我向几个当地人了解蜥蜴在哪里产卵，他们都说不清楚海鬣蜥是如何繁殖的，但很熟悉陆生蜥蜴的卵。海鬣蜥在此地如此常见，得到这样的回答实在令人震惊。

现在我们来谈谈长着圆圆的尾巴、趾间没有蹼的陆生蜥蜴（*Amblyrhynchus Demarlii*）。与遍布于整个群岛的水生蜥蜴不同，陆生蜥蜴仅分布在群岛中部的阿尔伯马尔岛、詹姆斯岛、巴灵顿岛（现称圣菲岛）和因迪法蒂格布尔岛（现称圣克鲁斯岛）。我从没见过或听说过在南部的查尔斯岛、胡德岛（现称西班牙岛）和查塔姆岛以及北部的陶尔斯岛（现称赫诺韦萨岛）、宾德卢岛（现称马切纳岛）和阿宾登岛（现称平塔岛）有陆生蜥蜴。看起来这种蜥蜴似乎起源于群

陆生蜥蜴

岛中部，之后只扩散到了不太远的地方。一部分陆生蜥蜴生活在潮湿的高地，不过在海岸附近的贫瘠低地上数量更可观。关于陆生蜥蜴的数量，最有说服力的描述莫过于：当我们逗留在詹姆斯岛的时候，地面上到处是陆生蜥蜴的洞穴，一时间竟找不到一块能支起仅有的一顶帐篷的空地。和它们的兄弟——海鬣蜥一样，陆生蜥蜴也很丑陋，腹部呈黄橙色，背部呈棕红色；它们颜角低平，显得很蠢笨。尽管陆生蜥蜴比水生物种要小一些，但个别陆生蜥蜴的体重也能达到 10 ~ 15 磅。陆生蜥蜴走起路来显得很懒散：在没有受到惊吓的时候，尾部和腹部蹭着地面，爬行速度很慢，还时不时停下来休息两分钟。休息的时候闭着眼睛，后肢伸开铺在灼热的地面上。

陆生蜥蜴住在洞穴里，有时它们在熔岩碎块之间挖洞，但更多情况下是在松软的砂岩状凝灰岩平台上挖洞。洞穴不是很深，以一个小角度切入地下。踩在这些蜥蜴洞上的时候，泥土会下陷，令本来已疲惫不堪的行人很恼火。打洞时，蜥蜴会交替使用身体两侧。先用一只前腿扒一会儿土，然后把土抛给摆好姿势等待的后脚，后脚顺势把土推向洞口。待一侧身体疲劳之后，换另一侧身体，如此交替挖下去。我盯着一只蜥蜴看了很久，直到它的半个身子埋进土里。这时我走上前去抓着它的尾巴向上拉，蜥蜴吓了一跳，急忙爬出来看究竟是怎么回事。它盯着我的脸，好像在说："你干吗拽我的尾巴？"

白天，陆生蜥蜴会到离洞穴不太远的地方觅食。如果受到惊吓，它们会步履笨拙地逃回洞里。由于四肢生在身体两侧，它们怎么都跑不快，除非是下山。它们并不胆小：当和人对视的时候，它们会卷起尾巴，靠前腿撑起上身，快速地上下晃脑袋，装出极凶狠的样子。但实际上它们一点儿也不凶狠：如果你跺几下脚，它们就会放下尾巴，拖着脚快速逃走。我经常观察食蝇小蜥蜴，在看着猎物的时候，它们也会用同样的方式晃脑袋，我不清楚它们为什么要这么做。如果抓住一只陆生蜥蜴，用棍子打它，它会恶狠狠地咬棍子；在我去抓很多蜥蜴的尾巴时，它们却从来不咬我。如果把两只蜥蜴一起放在地上，它们会打架，互相咬对方直到流血。

生活在低地的陆生蜥蜴占大多数。虽然一整年中喝不到一滴水，但它们可以从偶尔被大风吹折的肉质仙人掌中吸取水分。有几次我朝两三只蜥蜴投过去一小块仙人掌，那场面真有趣：所有蜥蜴都想抢过来叼在自己嘴里带走，就像一群饿狗争抢一块骨头。它们吃得很慢，但从不咀嚼。小鸟知道蜥蜴奈何不了自己：我看到一只厚嘴雀啄仙人掌的一端（所有低地动物都爱吃仙人掌），同时有一只蜥蜴在吃另一端；随后小鸟竟肆无忌惮地跳到蜥蜴的背上。

我切开过几只陆生蜥蜴的胃，发现里面满是植物纤维和各种树的叶子，尤其是一种金合欢属植物的叶子。在高地，陆生蜥蜴主要以又酸又涩的番石榴为生，我曾在番石榴树下看到过陆生蜥蜴与巨型陆龟一起进食的景象。为了吃树叶，它们会爬到低矮的金合欢树上，经常能看到一对蜥蜴静静地坐在离地面几英尺高的树枝上啃树叶。把这些蜥蜴煮熟后，肉呈白色，不介意它们丑陋外表的人很喜欢吃。

洪堡曾提出，在南美的热带地区，生活在干旱地带的所有蜥蜴都是餐桌上的美餐。当地人说，生活在潮湿高地上的蜥蜴有水喝，但在贫瘠低地上生活的蜥蜴不会像陆龟那样爬上高地找水喝。在我们到访期间，刚好是雌蜥蜴体内孕育卵的时候，它们会把大量椭圆形的巨卵产在洞穴里，当地人搜寻这些卵作为食物。

之前提到，钝鼻蜥属的两个种在身体构造和许多习性上都相似。两个种都不能像蜥蜴属和鬣蜥属的蜥蜴那样快速移动。它们均为草食性，但所食用的植物种类完全不同。贝尔先生根据口吻短的特点将这个属命名为"钝鼻蜥"，实际上，它们的嘴形与陆龟相似，或许是为了与草食习性相适应。在地球上一块有限的区域发现这样一个特征鲜明的属，有陆生和水生两个种，真是一件奇事！水生种最引人注目，因为在现生种中，这是唯一一种以海洋植物为生的蜥蜴。一开始我就发现，加拉帕戈斯群岛上的爬行类动物虽然品种数不多，但个体数目巨大：想想数以千计巨型陆龟和许多海龟踩出的道路，大片陆生蜥蜴的洞穴，一群群在各个岛屿海岸岩石上晒太阳的水生蜥蜴，我们必须承认，世界上再没有其他地方的爬行类动物能像这里一样，以如此异乎寻常的方式取代食草哺乳动物。地质学家听到这些，可能会联想到第二纪[1]时生活在陆地和海洋中的草食和肉食性蜥蜴的体形可与现今的鲸相比拟。因此，以下观点与地质学家的考察结果相吻合：虽然加拉帕戈斯群岛没有潮湿的气候和茂盛的植被，但也不算极端干旱，与其他赤道地带相比，这里的气温相当温和。

我要谈到的最后一类动物是鱼。我在加拉帕戈斯群岛采集到 15 种海洋鱼类新物种，属于 12 个属，除锯鲂鮄以外，分布范围都很广，锯鲂鮄属中 4 个之前已知的物种生活在美洲东部。我还采集到 16 种陆生贝类（以及两个明显的变种），除一种蜗牛曾在塔希提岛见过以外，其余物种均为加拉帕戈斯群岛所特有。这里有一种淡水贝类（田螺）在塔希提岛和范迪门地（现称塔斯马尼亚岛）很常见。卡明先生曾在

锯鲂鮄

---

[1] 地质时期早先曾被分为第一纪、第二纪、第三纪和第四纪，第二纪对应于恐龙繁盛的中生代时期。如今第一纪和第二纪的说法已不再使用。

这里采到 90 种海洋贝类，不包括马蹄螺属、蛛螺属、单齿螺属和织纹螺属中几个尚未分类的物种。他热情地把以下这些有意思的结果和我分享：在 90 种贝类中，至少 47 种为本地所特有——这是一件怪事，因为海洋贝类的分布范围通常很广。在其余 43 种贝类中，有 25 种也生活在美洲西海岸，其中有 8 种显然是变种，其余 18 种贝类（含一个变种）卡明先生在低群岛见过，某些物种在菲律宾也有发现。奇怪的是，生活于太平洋中部岛屿的贝类也出现在加拉帕戈斯群岛，却未曾发现一种贝类同时生活在太平洋中各岛和美洲西海岸。在远离美洲西海岸以外的辽阔海域，分南北两个界限分明的贝类学分区；加拉帕戈斯群岛是一个过渡区域，在这里产生了很多新物种，同时有若干来自两个巨大的贝类学分区的物种。美洲分区也向这里输送物种，因为在此发现了仅在美洲西海岸才有的单心贝属的一个种；这里还有常见于美洲西海岸的钥孔螺属和核螺属的几个种，据卡明先生说，这两个属在太平洋中部的岛屿上未发现。不过，皱螺属和圆柱螺属的加拉帕戈斯种在西印度群岛以及中国、印度沿海也很常见，而在美洲西海岸和太平洋中部岛屿均未出现。我需要补充一点，卡明和海因兹先生对来自美洲东西海岸的大约 2 000 种贝类进行对比，仅发现一个共有物种，即紫荔枝螺，紫荔枝螺生活于西印度群岛、巴拿马沿海和加拉帕戈斯群岛。因此，在地球的这片狭长区域，汇聚了三个大的贝类学分区，虽然种属差异明显，但地理位置非常靠近，从北到南被陆地或辽阔的海洋分隔开。

为了采集昆虫标本，我煞费苦心。除火地岛外，从来没见过昆虫如此匮乏的地区。即使在潮湿的高地，能捕到的昆虫也很少，只有一些小的双翅目和膜翅目昆虫，其中大部分属于常见种。之前提到，热带地区的昆虫尺寸小、颜色暗。我采集到 25 种甲虫（不包括外来船只带来的皮蠹和赤足蟓），其中 2 种属于地甲科，2 种属于水龟甲科，9 种属于异跗节类的 3 个科，另外 12 种各自属于独立的科。我认为，像昆虫类（可能还包括植物）这样，物种数稀少还分布在很多不同科的情况是普遍存在的。

沃特豪斯先生发表过一篇关于加拉帕戈斯群岛上昆虫分布情况的论文，以上信息正是他提供的。他还告诉我，这里有几个新属，原有属中有一两个分布于美洲，其他则在世界上广泛分布。除了一种木食性的蠹和一两种来自美洲大陆的水甲虫以外，其他似乎都是新种。

加拉帕戈斯群岛上的植物与动物一样有趣。胡克博士很快将在《林奈学报》上发表一篇关于植物群的详细报告，以下信息就是他提供的。就目前所知，这里共有有花植物 185 种，隐花植物 40 种，总计 225 种。我有幸采到 193 种。在有花植物中，有 100 种是新种，很可能仅分布于加拉帕戈斯群岛。胡克博士认为，在非本地独有种中，至少有 10 种是在查尔斯岛耕地附近发现的外来种。奇怪的是，这里距美洲大陆仅五六百英里，漂浮木头、竹子、藤子和棕榈果经常被冲到东南海岸（根据科尔内特的文章，第 58 页），为什么没有更多的美洲物种主动迁移到这里呢？在采到的 183 种有花植物（如果不包括外来草本植物则为173 种）中，有 100 种为新种。我认为这足以说明，加拉帕戈斯群岛是一个独立的植物学分区，但植物群没有圣赫勒拿岛那么特殊，根据胡克博士的说法，这里的植物群也没有胡安·费尔南德斯群岛特殊。加拉帕戈斯植物群的特殊性体现在某些科——这里有 21 个菊科植物种，其中20 个为本地所特有；这些种归属于 12 个属，其中不少于 10 个属仅分布于加拉帕戈斯群岛！胡克博士指出，这里的植物群显然具有美洲西部的特征，未发现与太平洋的植物有任何亲缘关系。因此，如果我们排除掉显然具有太平洋中部岛屿特征的 18 种海洋贝类、一种淡水贝类、一种陆生贝类和一种带有显著太平洋特征的加拉帕戈斯雀鸟，就会发现：虽然这个群岛屹立于太平洋之中，但其动物群却属于美洲的一部分。

如果仅仅把上述特性归因于美洲物种迁移到这里，那也没什么稀奇之处；但是我们发现这里的绝大多数陆生动物和超过半数的有花植物都是土生物种。最让人惊奇的是，这里到处是新奇的鸟类、新奇的爬行动物、新奇的贝类、新奇的昆虫和新奇的植物，这些生物在构造上的无数细微之处以及鸟类的叫声和羽毛使我犹如置身于巴塔哥尼亚温带平原或干旱、炎热的智利北部沙漠。为什么这一小片陆地在较晚近的地质时期被海洋覆盖，由玄武质熔岩构成，因而在地质特征上不同于美洲大陆，并且有很特殊的气候特征？为什么这里的土生物种与美洲大陆的物种在类型和数量上都有不同的联系，因而相互之间作用方式也不同呢？为什么这里的物种会按照美洲的生物架构形成呢？为什么佛得角群岛的非生物条件与加拉帕戈斯群岛的相近程度远比后者与美洲沿岸的相近程度高，但两个群岛的土生物种完全不同：佛得角群岛的生物受到非洲的影响，而加拉帕戈斯群岛的生物有美洲的痕迹。

到此为止，我还没有提及加拉帕戈斯群岛最引人注目的博物学特征，即不同岛屿上所生存的生物种类差异很大。最先让我注意到这个情况的是副总督劳森先生，他告诉我不同岛屿上有不同的陆龟种，他能准确地认出某一只陆龟是从某座岛上捕获的。我一直对这一点重视不够，曾把从两座岛屿上采集的标本弄混。我想象不出，这些岛屿相距才五六十英里，大多可以隔海相望，由完全相同的岩石所构成，具有非常相似的气候，隆起高度几乎相等，竟会生存着不同的生物；但是我们很快就发现事实确实如此。大多数航海者命中注定还没来得及发现一个地方最有趣的特征，就不得不匆匆离开；而我有幸

两种陆龟对比
上图为背甲前缘上翻的查尔斯岛陆龟，
下图为更黑、更圆的詹姆斯岛陆龟

获得了足够多的资料，能够证明生物分布的这种奇特现象。

正如我之前谈到的，当地人能区分来自不同岛屿的陆龟。这些陆龟不仅在尺寸上有区别，其他特征也有区别。波特船长曾经描述过来自查尔斯岛以及距离最近的胡德岛上的陆龟，它们的背甲前缘较厚，并向上翻起，像西班牙马鞍一样；而詹姆斯岛的陆龟背甲更圆、更黑，烹煮后肉味也更鲜美。比布龙先生告诉我，他曾经看到过两种完全不同的加拉帕戈斯陆龟，但不知道来自哪座岛。我从三座岛屿采集的标本均为幼龟，很可能正是因为这个原因，格雷先生和我都未能发现它们之间有什么明显的差异。我曾提到，阿尔伯马尔岛上的海生钝鼻蜥比其他岛屿上的尺寸更大。比布龙先生告诉我，他曾发现该属的两个不同的水生种。因此不同岛屿很可能拥有自己的代表性种或种群，钝鼻蜥是如此，陆龟也是如此。对比自己和同船的其他人通过射杀得到的大量嘲鸫标本，我惊讶地发现：查尔斯岛上的所有嘲鸫都属于同一个种——三环嘲鸫（*Mimus trifasciatus*）；阿尔伯马尔岛上的所有嘲鸫都属于最小的嘲鸫（*Mimus parvulus*）；詹姆斯岛和查塔姆岛（它们之间有另外两座岛作为连接）上的所有嘲鸫都属于黑嘲鸫（*Mimus melanotis*）。后两个种亲缘关系非常近，一些鸟类学家认为，它们只不过是特征显著的种群或变种，但三环嘲鸫很特殊。虽然多数雀科标本不幸被混在了一起，但我有充分的理由认为，地雀属的一些种仅分布在个别岛上。如果不同的岛屿各自拥有自己的代表性地雀种，或许有助于解释为什么在规模如此小的群岛上存在异常多的地雀种，正是由于地雀种的丰富，才会出现雀类喙尺寸由大到小的完美级进序列。在加拉帕戈斯群岛上发现了卡斯顿雀的两个种和树雀的两个种，四位采集者在詹姆斯岛上射杀的大量雀类分别属于卡斯顿雀和树雀这两个亚群中的某个种，而在查塔姆岛或查尔斯岛（因为在这两座岛采集的标本被弄混了）射杀的大量雀类均属于剩下的两个种。由此，我们可以认为，这些岛屿分别以这两个亚群中的一个种为自己的代表种。在陆生贝类中，似乎不存在这样的分布规律。在我采集的少量昆虫标本中，沃特豪斯先生没有发现任何一种贴有采集地标签的昆虫同时分布在两座岛屿上。

就加拉帕戈斯群岛的植物群而言，我们发现不同岛屿的土生物种有着惊人的区别。我的朋友胡克博士授权我发布以下数据，条件是我在每一座岛上采集到了所有有花植物，并且足够幸运没有把标本弄混。然而，不应过于相信得到的比例，因为其他博物学家带回来的少量标本虽然在某些方面与我的结果一致，但清楚地表明还需要对这个群岛的植物群进行细致研究，而且我对豆科植物进行的研究很粗略。

岛屿	物种总数	世界其他地方发现的物种数	加拉帕戈斯群岛所特有的物种数	加拉帕戈斯群岛中某一座岛屿所特有的物种数	加拉帕戈斯群岛特有物种，但不只存在于一座岛上
詹姆斯	71	33	38	30	8
阿尔伯马尔	44	18	26	22	4
查塔姆	32	16	16	12	4
查尔斯	68	39（如果减去可能从外地引入的物种，则为29）	29	21	8

于是我们得到了一个真正惊人的事实：在38种加拉帕戈斯群岛所特有的植物中，有30种仅分布于詹姆斯岛；在26种加拉帕戈斯群岛土生植物中，有22种仅分布于阿尔伯马尔岛，也就是说，目前已知只有4种分布于群岛中的其他岛屿；如上表所示，查塔姆岛和查尔斯岛的植物也存在这种情况。以下几个例子可能更能生动地说明这一事实：木雏菊是一种树状的菊科植物，仅分布于加拉帕戈斯群岛，共有6个物种：一个来自查塔姆岛，一个来自阿尔伯马尔岛，一个来自查尔斯岛，两个来自詹姆斯岛，第六个来自后三座岛屿中的一座，但不清楚具体来自哪一座。这六个物种都不会同时分布于两座岛屿。此外，大戟属是

常见且分布广泛的属，在这里有 8 个种，其中 7 个仅分布于加拉帕戈斯群岛，而且没有一个种同时存在于两座岛屿。铁苋菜属和丰花草属都是常见的属，分别有 6 个和 7 个种，除了丰花草属的一个种同时分布于两座岛屿以外，这两个属的其他种都仅分布于一座岛屿。菊科植物局域性很强，胡克博士给我提供了另外几个关于不同物种分布在不同岛屿上的显著例子，他说菊科的这一分布规律既适用于加拉帕戈斯群岛所特有的属，也适用于分布在世界其他地区的属；同样，我们发现不同岛屿上有不同的陆龟种，但都属于同一个属；分布广泛的美洲嘲鸫、雀科鸣鸟的两个加拉帕戈斯种和钝鼻蜥的加拉帕戈斯种也是如此。

如果一座岛上分布着一种嘲鸫，另一座岛上分布着完全不同属的嘲鸫；如果一座岛上的蜥蜴属于某个独特的属，而另一座岛上的蜥蜴属于完全不同的另一个属，或者根本不存在蜥蜴；如果不同岛屿上的代表性植物不属于同一个属，而是属于完全不同的属（从某种程度上说的确如此，例如詹姆斯岛上的巨大浆果树在查尔斯岛上就没有代表性物种）；那么加拉帕戈斯群岛上的生物分布就不会如此令人惊异。但事实是，几座岛分别拥有各自的陆龟、嘲鸫、雀科鸣鸟和多种植物的特有物种，这些物种具有大致相同的习性，生活在相似的区域，在加拉帕戈斯群岛的自然经济体中显然占据着相同的位置，正是这些事实让我感到惊奇。即使某些代表性物种，至少陆龟和某些鸟类物种，有一天被证实只不过是特征显著的种群，也不会令具有哲学思想的博物学家扫兴。我曾经说过大多数岛屿近得可以隔海相望：查尔斯岛与查塔姆岛最靠近的部分相距 50 英里，与阿尔伯马尔岛最靠近的部分相距 33 英里。查塔姆岛与詹姆斯岛最靠近的部分相距 60 英里，但在这两座岛之间还有两座我没有到过的小岛。詹姆斯岛与阿尔伯马尔岛最靠近的部分相距仅 10 英里，但采集标本的两个地点却相距 32 英里。我必须重申，不同岛屿的土壤特性、陆地高度、气候、近缘生物的一般特征以及它们的相互作用都没有明显区别。如果在气候上存在可感知的差异，那么在向风岛屿（即查尔斯岛和查塔姆岛）与背风岛屿之间会有所不同，但群岛的这两部分并未表现出物种上的相应差异。

为什么不同岛屿上的生物存在显著区别呢？我给出三点解释：第一，朝西和西北偏西方向的强大海流将南部岛屿与北部岛屿隔开，阻断生物通过大海迁移，在北部各岛之间还发现了一股朝西北方向的强大海流，将詹姆斯岛与阿尔伯马尔岛隔开；第二，因为群岛上几乎不刮大风，所以鸟类、昆虫和较轻的种子不会从一座岛吹到另一座岛；最后，岛屿之间的海水非常深，而且明显是近世（从地质角度上讲）火山成因，因而这些岛屿绝不可能曾经相连。最后一点对生物地理分布的影响比前两点更重要。这些贫瘠的岩石小岛所表现出的创造力着实让人称奇，如此靠近的不同地点表现出不同但相似的作用更令人惊异。我曾经说过，加拉帕戈斯群岛可以被看作是美洲的附属岛屿，不过更准确地说，是一群附属岛屿，它们的非生物条件相似，生物分布迥异，但是彼此之间存在紧密关联，相对而言，它们与美洲大陆的关联要弱得多。

第三节

不怕人的鸟

最后，我要介绍鸟类极其温驯的性情，以结束对加拉帕戈斯群岛博物学的描述。

所有陆生鸟类，即嘲鸫、雀科鸣鸟、鹪鹩、霸鹟、鸠鸽和食腐鸶类都具有温驯的性情，它们经常走到离人很近的地方，用树枝或者帽子就能打死，我自己曾尝试过用帽子捉住它们。在这里，枪是多余的，因为用枪口就能把鹰从树枝上捅下来。一天，我躺在露天休息，手里握着用陆龟壳制成的大水罐。一只嘲鸫停在水罐边上，开始默不作声地喝水。即便我把水罐从地上举起来，它也不肯飞走，好几次我差点儿捉住鸟腿。之前这里的鸟类似乎比现在还要温驯。考利在 1684 年提道："斑鸠非常温驯，经常停在我们的帽子和手臂上，捉活的很容易，它们不怕人，直到有人向它们开枪，才表现出一些戒心。"同年，丹皮尔也提到，一个早晨外出散步的人能打死七八十只鸠鸽。现在，它们还是很温驯，但不会停在人的手臂上，也不会一下子被打死那么多。在过去的 150 年中，这里频繁有海盗船和捕鲸船光顾，在树林间寻找陆龟的水手经常杀死这些小鸟取乐。奇怪的是，它们并没有变得更易受惊。现在，这些鸟受到更大的威胁，但还是很温驯。在约 6 年前就已经被开发成殖民点的查尔斯岛，我看见一个男孩手握树枝坐在井边，趁鸠鸽和雀鸟来喝水的时候把它们打死。他已经打死了一小堆鸟，准备当晚餐。他说，他经常为了同样的目的在这口井旁边等着打鸟。到目前为止，加拉帕戈斯群岛的鸟还没有认识到人类比陆龟和钝鼻蜥更危险，这些鸟对男孩没有戒心，就像在英国见人就飞的喜鹊对牧场的牛和马没有戒心一样。

福克兰群岛上的鸟类也有类似的性情。佩尔内蒂、莱森和其他航海者曾提到，有一种小静鸟一点儿也不怕人。不仅这种鸟，卡拉卡拉鹰、鹬、高地和低地雁、鸫、鹎甚至一些真正的鹰都或多或少表现出温驯的习性。在有狐狸、鹰和猫头鹰出没的福克兰群岛，鸟类仍旧如此温驯，说明没有掠食动物不是加拉帕戈斯群岛的鸟类形成温驯习性的原因。福克兰群岛上的高地雁在岛上筑巢的时候那么小心翼翼，说明它们意识到狐狸的威胁，但是它们并不怕人。鸟类，特别是水禽，所具有的温驯性情与火地岛相同物种的习性形成鲜明的反差，显然是因为长期以来火地岛土人对鸟类的捕杀。在福克兰群岛，有时猎人一天内杀死的高地雁多得搬不回家；而在火地岛打死一只高地雁就如同在英国射杀一只常见的大雁那么困难。

在佩尔内蒂 1763 年来到福克兰群岛时，所有鸟类远比现在温驯得多，他提到静鸟几乎落到他的手指上，半小时内他用手杖打死了 10 只。那时，福克兰群岛上的鸟类和目前加拉帕戈斯群岛上的鸟类一样温驯，

小静鸟

后者比前者学会产生戒备之心的速度更慢，因为福克兰群岛上的鸟有更多与人打交道的经验——除了经常有船只到访以外，还经常有移民到此。根据佩尔内蒂的记载，虽然那时所有鸟都很温驯，但要杀死一只黑颈天鹅却没那么容易。黑颈天鹅是一种候鸟，大概已经从其他地方获得了经验。

我再补充一下，根据杜波依斯的说法，1571 年至 1572 年间，除火烈鸟和雁以外，波旁岛上的其他鸟类都非常温驯，能徒手捉住，想用棍子打死多少就能打死多少。卡米歇尔称，在大西洋中特里斯坦·达库尼亚岛（南大西洋圣赫勒拿岛的属岛），只有两种陆生鸟类——一种鸫和一种鹨"非常温顺，能用手编网捉住"。从以上事实我们可以得到下列结论：首先，鸟见人就飞是它们专门对付人类的本能，与它们对其他危险源所产生的普遍警惕性无关；第二，不管遭遇多么大的威胁，个体也不能在短时间内获得这种本能，只能在连续的世代中逐渐变得可以遗传。在家养动物中，我们经常看到后天获得并且可遗传的新习性或本能；但在自然状态下的动物中则很难发现获得性遗传的例子。至于鸟类为什么见人就飞，除了遗传的习性以外没有其他解释。

在英国，任何一年内被人伤害的幼鸟数目微乎其微，但几乎所有幼鸟甚至包括未离巢的雏鸟都怕人；另一方面，加拉帕戈斯群岛和福克兰群岛上鸟类被大量捕杀，却仍未学会用躲避人的方式保护自己。由以上事实推测，在本土物种还没有形成适应外来者技巧或能力的本能之前，任何新引入的掠食动物都会给一个地区带来浩劫。

火烈鸟

第八章

澳大利亚

澳大利亚位于南半球，由澳大利亚大陆和塔斯马尼亚等岛屿组成，是大洋洲最大的国家。

早在4万多年前，土著居民便生息繁衍在这块土地上。1770年，英国航海家詹姆斯·库克（库克船长）在探险航行时发现了澳大利亚东海岸，将其命名为"新南威尔士"。1770年至1900年，澳大利亚沦为英国的殖民地。一开始，英国人将澳大利亚作为本土囚犯的流放地，1788年1月18日，第一批囚犯来到澳大利亚；8天后菲利普船长正式在澳大利亚杰克逊港建立了第一个英国殖民区，即现今澳大利亚的第一大城市——悉尼。两年后，第一批来自英国的自由民移居澳大利亚，并逐步向内陆发展。1901年澳大利亚成为英国自治领，1931年成为英联邦中的独立国家。

澳大利亚孤立存在于南半球的海洋上，拥有很多古老的物种，如有袋类、鸸鹋、鸭嘴兽等，堪称"世界活化石博物馆"。然而，达尔文最感兴趣的却不是这些动物。1836年，当达尔文随比格尔号到达这里时，澳大利亚正处于蓬勃发展的阶段。在逗留期间，达尔文观察了不同阶层的生活状态和社会风气。虽然这个新兴大陆正在快速发展，但达尔文敏锐地感觉到一些社会问题将影响殖民地的发展前景。

第一节

飞速发展的新兴大陆

    1836 年 1 月 12 日——大清早，一阵清风把我们的船吹入杰克逊港（现称悉尼港）。映入眼帘的并不是点缀着漂亮房子的青翠乡村，而是一排淡黄色的悬崖，让我们回想起巴塔哥尼亚的海岸。只有那座用白石头砌成的孤零零的灯塔暗示我们：一座人口稠密的大城市就要到了。一进港湾，眼前便豁然开朗，到处是水平层状砂岩构成的悬崖海

悬崖海岸上的灯塔

岸。地势平坦的地区稀稀落落生长着矮矮的小树，说明这里土地贫瘠。随着船渐渐向内陆方向行驶，景色变得漂亮：海滩上星星点点散布着漂亮的别墅和村舍。远处两三层高的石头房子和立在斜坡上的风车告诉我们，这里离澳大利亚的首都不远了。

最后，我们的船在悉尼湾下锚。这个小小的港湾里有许多大船停泊，四周环绕着一座座仓库。晚上，我从市区散步归来，满怀着对美景的赞叹之情。这是对不列颠民族统治能力的最好见证。在这个不是很富饶的地方，仅仅几十年的成绩就远远超过了南美洲数百年的发展。我的第一感觉是，为自己是一个英国人而感到自豪。随着对这座城市的深入了解，我的自豪感有点儿打折，但这里仍然称得上是一座不错的城市。街道规整、宽阔、干净，而且井然有序；房屋气派，商店陈设讲究。几乎可以与伦敦外围的大郊区和英国的其他一些大城市相媲美；但即使是伦敦或伯明翰的周围地区也没有这么高的发展速度。刚落成的大型住宅和其他建筑物的数量多得惊人，但每个人都在抱怨房租高、找房难。在南美洲的城市里，每个有产者都被人所熟知；而在澳大利亚，最让我惊奇的莫过于无法一下子确定某一辆四轮马车是属于谁的。

我雇了一个人、两匹马一同去巴瑟斯特。巴瑟斯特是一座离海岸约120英里的村庄，位于一大片牧区的中心。我希望通过巴瑟斯特之行大致了解这个地区的整体面貌。我于1月16日清晨启程，第一站到达帕拉马塔，这是一个乡下小镇，重要性仅次于悉尼。道路很好，采用麦克亚当的方法建筑而成，筑路用的暗色岩是从数英里外运来的。从各个方面看，这里和英国非常相似，只是酒馆多了点儿。与英国区别最大的地方是由囚犯组成的脚镣队，他们被一串铁链锁在一起劳动，有全副武装的哨兵看管。

我认为，当地政府通过强制劳役在全境各处建成方便的道路体系是这个殖民地很快发展起来的一个重要原因。晚上，我在鸸鹋渡口的

191

一个非常舒适的旅店过夜，这里距离悉尼 35 英里，靠近蓝山的山脚下。这条道路最为繁忙，位于该殖民地最早定居的区域。农民在这里没能种出树篱，因而整片土地用高栅栏围住。许多大房子和不错的村舍散布其间，虽然已有大片土地被开垦，但大部分土地仍保持着原始状态。

植被的极端一致性是新南威尔士大部分地区最为显著的特征。到处是开阔的林地，一部分地面覆盖着极稀薄的牧草，只微微显露出一点儿绿意。所有树木几乎属于同一科，它们的叶子大都垂直生长，而不像欧洲的树那样叶子近乎水平。树上的叶子不多，呈现出特殊的浅绿色，一点儿光泽也没有，因此树林里没有遮阴。虽然暴露在夏天毒辣阳光下的旅行者会感到酷热难耐，但是对于农民却很有意义——因为没有大树遮挡，草会长得很好。在这里树叶是不定期掉落的，这种特性在整个南半球（包括南美洲、澳大利亚和好望角）很常见，因此南半球和热带地区的居民无法看到在我们看来很平常，但很可能是世界上最壮观的景象之一——光秃秃的树木突然变得枝繁叶茂。然而，他们或许会说：你们为此付出了高昂的代价，好几个月内看到的树都是没有叶子的枯树干。此话不假，但是我们能敏锐地感受到盎然的春意，这是常年饱享炎热气候下艳丽植被的热带居民无法体会到的。除某些蓝桉树外，大部分树木并不粗；但是长得又高又直，而且彼此相隔很远。某些桉树的树皮每年都会脱落，或者像随风飘荡的长布条一样垂下来，树林呈现出一片凌乱而凄凉的景象。从各方面讲，我想象不出哪里有比瓦尔迪维亚或奇洛埃的森林与澳大利亚的树林之间反差更强烈的情况了。

日落时，二十来个黑土人从这里经过，每个人都习惯性地携带一捆长矛和其他武器。我给了领头的年轻土人一个先令，整队人都停下来投掷长矛让我观赏。这些半裸的土人能讲一点儿英语，他们性情温和、面容和善，完全不像想象中那么鄙俗。他们的技艺也令人赞叹：他们用投掷棒投出的长矛，速度如娴熟的弓箭手射出的箭一样快，能刺穿放在 30 码外的一顶帽子。在追踪动物或人时，他们能表现出非常高超的洞察力，从一些评论中就能感受到他们的反应是多么敏锐。然而，他们不种地、不造房子也不过定居的生活，甚至懒于照顾白送给他们的羊。总体来看，澳大利亚土人的文明程度比火地岛人略高。

　　在文明人中间竟然有一群居无定所、以打猎为生的土人，这很让人感到吃惊。白人前往内陆的时候，会穿过属于不同部落的领地。这些部落都被白人包围，但仍然不改古老的习俗，有时还会互相交战。在最近的一次战争中，两个部落竟选择巴瑟斯特村的中心作为战场。这会有利于战败方，因为逃兵可以逃回兵营避难。

澳大利亚原住民

土人的数量急剧下降。在旅途中，除了几个被英国人收养的男孩以外，我只见过一队土人。人口下降毫无疑问与酒精的引入有关，与来自欧洲的疾病（即使像麻疹这样比较轻微的疾病在这里也非常致命）和野生动物的逐渐灭绝也有关系。据说，因为流浪生活，土人的小孩常常在很小的时候夭折；而由于获取食物越来越困难，因此需要更频繁的迁徙。于是，虽然没有明显的饥荒，但与文明国度相比，人口下降的速度更快。在文明国度，父亲劳累过度会损害自身的健康，但是不会使后代夭折。

除了这几个导致土人死亡的明显因素以外，似乎还有一些普遍存在的神秘因素。欧洲人走到哪里，哪里的土人就会渐渐减少。纵观南北美洲的广大地区、波利尼西亚、好望角和澳大利亚，情况都大同小异。不仅白人会灭绝其他种族，马来血统的波利尼西亚人也在东印度群岛的一些地区驱逐暗黑色肤色的土人。不同人种之间的斗争似乎与不同物种的动物一样惨烈——强者灭绝弱者。新西兰的活力派土人曾经说过，他们知道这片土地早晚会葬送在子孙的手里，这让人觉得很凄惨。众所周知，自从库克船长到访之后，环境宜人的塔希提岛就莫名其妙地出现了人口下降的现象，不过我们可以期待人口数将回升，因为之前非常盛行的杀婴风俗已经绝迹，放荡行为大为减少，而且残忍的战争也不再经常发生了。

约翰·威廉斯牧师（1796—1839）在《南太平洋诸岛传教记事》一书中写道，欧洲人一旦与土人接触，"就一定会把热病、痢疾和其他疾病传给土人，从而夺去很多人的性命"。他还断言，"毫无疑问，在我逗留期间，岛上蔓延的大多数疾病都是由外来船只带来的；但令人不解的是，带来这一灾难的船员却没有明显的发病迹象。"乍听起来，这种说法令人莫名其妙，其实不然。因为根据记载，在几次最严重的热病疫情中，有些人虽然把疾病传染给了别人，自己却没有发病。

乔治三世（1738—1820）在位初期，四名警察把一名地牢里的犯人押上马车带到法官面前。虽然犯人没有发病，四名警察却死于急性斑疹伤寒，而且这种病也没有传染给其他人。由此可以推断，潜藏在一些人身体里的病气如果被其他人吸入，就有可能发病，尤其是当接触的人属于不同种族时。更神奇的是，一个人的死尸在没有腐烂之前通常带有毒性，即使用解剖死人的工具在正常人身上刺出一个小洞也足以致命。

17 日——早上，我们乘渡船渡过尼平河。在这里河水虽然又宽又深，但水流量不大。我们在河对岸的低地上走了一段，来到蓝山脚下。山坡不太陡，山路是在砂岩悬崖侧面精心开凿出来的。顶部的平原向西延伸，逐渐抬高，最终高度达到 3 000 英尺以上。蓝山这名字听起来很气派，而且绝对高度很高，我还以为看到的将是一条穿过整个地区的险峻山系，实际上只不过是通往海岸附近低地的一片倾斜平原。从第一个山坡看去，东部的大片林地很壮观，四周的树长得又高又粗。但砂岩台地上的景色却非常单调。山路两旁生长着低矮的常绿桉树。除两三家小旅店之外，没有其他房屋或耕地。山路也很僻静，最常见到的是堆满大包羊毛的牛车。

这天中午，我们在一家名叫"封檐板"的小旅店喂马。此地海拔 2 800 英尺。从这里走 1.5 英里有一处景色优美的地方。沿一座小山谷和其间的小溪向下游走，路边的树林里突然出现一个巨大的"沟"，深度大概有 1 500 英尺。继续向前走几码来到一座巨大悬崖的边缘，向下看是一个巨大的湾或沟，我不知道应该管这片被密林覆盖的地方叫什么。观察点似乎位于湾的头部，悬崖在两侧分开，就像在险峻的海岸边显露出一个又一个海岬。这些悬崖由白色的水平层状砂岩构成，几乎直上直下，站在悬崖上的很多地方向下投石头，都能看到石头砸中深渊中的树。悬崖连绵不绝，要想到达小溪汇成的瀑布脚下，需要绕行 16 英里。前方约 5 英里处耸立着另一座悬崖，将山谷严严实实地包在里面，因而把这巨大的圆形露天剧场式洼地称为"湾"可谓名副其实。想象有一处蜿蜒的海湾，高耸的悬崖状海岸包围着深深的海水，如果排干海水，砂质底部会迅速长出一片森林，就和这里所看到的情形一样。在我看来这种风景非常新奇，而且极为壮观。

晚上，我们抵达布莱克希思，这里的砂岩高原海拔高度可达 3 400 英尺。像之前看到的一样，砂岩高原上也生长着矮小的树。行走在山路上，偶尔能望见与之前描述的特征很相符的深谷，但是由于山谷的侧壁又高又陡，谷底的情况很难看清。布莱克希思是一家非常舒适的旅店，有点儿像威尔士北部的小旅店，店主是一名老兵。

18 日——我起了一个大早，步行约 3 英里来到戈维特断层。这里的景色和封檐板旅店附近差不多，或许还要更壮观。清晨，断层下弥漫着淡蓝色的薄雾，把我们的视线阻断，却使得从我们脚下延伸开去的森林看起来更加深不可测。值得说明的是，这些山谷长期以来一直是阻碍胆大妄为的殖民者进入内陆的不可逾越的障碍。上端开阔的巨大臂状湾经常从主山谷岔出，伸入砂岩台地；另一方面，砂岩台地也经常形成伸入山谷的地岬，在山谷中留下几乎孤立的巨大岩块。有些山谷需要绕行 20 英里才能进入；另一些山谷直到最近才有测量人员进入，殖民者还不能把牲畜赶进去放牧。这些山谷的显著特征是，虽然头部有数英里宽，但入口狭小，难以通行。为了穿过格罗斯河与尼平河交汇处的深沟，总测量师米切尔爵士首先步行，然后在崩落的巨大砂岩岩块之间爬行，但他没能取得成功。据我观察，格罗斯河河谷的上部是一块数英里宽的平坦盆地，四周被悬崖包围，悬崖顶部各处的海拔高度均不低于 3 000 英尺。如果将牲畜沿部分天然形成、部分由土地所有者修成的小路（我走的也是这条路）赶进沃尔根河谷，牲畜就无法逃走，因为河谷的其余部分都被陡立的悬崖包围。在下游 8 英里处，河谷从平均宽度半英里收窄至一条人畜都无法通行的狭缝。米切尔爵士说，科克斯河及其所有支流所流经的巨大河谷，在与尼平河汇合处收窄成一个宽 2 200 码、深 1 000 英尺的深沟。类似的例子还不止这一个。

戈维特断层

当我看到山谷两侧的对称水平岩层和圆形露天剧场式洼地时，我的第一反应是，它们与其他山谷一样，也由水流的冲刷作用而形成；不过山谷中有数不清的石块，如果的确由水流作用形成，这些石块早该被冲到山谷之外了，于是有人提出这些地方是否经历过拗陷[①]。但想想山谷的不规则分叉和台地伸入山谷的狭长地岬，我们只得放弃这个想法。将这些洼地的成因归因于近世洪水的作用于理不合；而且，正如我在封檐板附近看到的那样，从崖顶倾泻而下的水流通常不会排入

[①] 比盆地小、比凹陷大的下陷，对应的名词是隆起。

山谷的头部，而是流入湾状凹陷的一侧。当地人告诉我，他们看到的两侧都有地岬的湾状凹陷，无一不与陡峭的海岸相似。事实确实如此：在新南威尔士的海岸，一些有很宽分叉的海湾通常通过砂岩质海岸悬崖上被侵蚀出来的狭窄入口与大海相连，入口宽度从一英里至四分之一英里不等。这与内陆的大山谷相似，只是规模较小。但是我们很快陷入了一个难题：为什么大海会在宽阔台地上侵蚀出这些巨大且边界清晰的凹陷，并且留下狭窄的缺口，把所有侵蚀下来的物质通通冲走呢？我能想到的唯一解释是：目前，在某些海域，如西印度群岛的某些海域和红海，正在形成形状最不规则的海岸，这些海岸也很陡峭。因此，我猜测这样的海岸是由强大海流挟带的沉积物堆积在不规则的海底而形成的。有时，大海并没有把沉积物展布成均匀的层，而是堆积在海底礁石和岛屿的周围，在研究了西印度群岛的航海地图之后，没有人会怀疑这一点。海浪有能力塑造高耸而陡峭的悬崖，即使在被陆地包围的港湾也可以，我曾经在南美洲的很多地方见过。如果将这一理论应用于新南威尔士的砂岩台地，那么可以猜测：岩层是在开阔海域强大海流和涌浪的作用下堆积在不规则的海底形成的；在陆地缓慢隆起的过程中，谷底未被填充，倾斜的侧壁被侵蚀成悬崖；侵蚀下来的砂岩碎屑或者在海退时从冲破的狭窄裂口中流失，或者随后通过冲积作用流失。

离开布莱克希思旅店之后，我们沿着维多利亚山的小路从砂岩台地上往下走。为了修筑这条道路，大量山石被凿去。从设计和施工方式来看，修筑这条路的难度绝不亚于修筑英国的任何一条道路。现在，我们来到一片高度降低将近 1 000 英尺的由花岗岩构成的区域。随着岩石类型发生变化，植被变得更加茂密，树木长得更好，间距也更大；树木之间的牧草更绿、更茂盛。从哈桑岩壁开始，我离开大路，绕了一小段弯路来到瓦尔拉旺农场，我把从悉尼带来的一封介绍信交给农场总管。布朗先生盛情邀请我留宿一晚，我欣然接受。与其说这里是殖民地的一个大农场，倒不如说是牧羊的好所在。由于山谷中土质潮湿并且生长的牧草较粗，这里牛和马的数量远比普通农场多。房子附近两三块平地被开垦出来种植小麦，农民正在收割，不过耕种的小麦仅够维持农场雇工一年的口粮。分配到瓦尔拉旺农场做苦工的犯人通常为 40 人左右，但目前人数稍多一些。农场里的日用品储备充足，不过日子过得谈不上舒适；而且这里见不到一个妇女。在晴天的日落中，所有景物都能让人产生心满意足的幸福感；然而，在这个僻静的农场，周围树林的绚丽色彩竟无法让我忘却那 40 个苦力，他们总算快结束一天的劳作了。像非洲奴隶一样，这些人连得到同情的权利也没有。

第二天早上，副总管阿彻先生盛情邀请我一同去猎袋鼠。我们骑马走了大半天，不但没找到袋鼠，甚至连野狗的影子也没见着。几只灵猩把一只更格卢鼠赶进树洞，我们一起动手把它拽了出来。这种动物虽然模样像袋鼠，但只有兔子大小。若干年前，这里遍地是野生动物，现在鸸鹋被赶到很远的地方，袋鼠越来越少——英国灵猩对鸸鹋和袋鼠

更格卢鼠

199

的破坏作用极大。这两种动物也许会长期存在，但灭绝是早晚的事。土人总喜欢向农场借灵猩，于是灵猩、被宰杀动物的下水和少量牛奶就成为移民向土人示好的小礼物。移民一步步向内陆挺进，愚蠢的土人被这些蝇头小利所蒙蔽，竟然对白人的入侵欣然接受，看来白人注定会成为这片土地的主宰。

虽然打猎的收获不大，但骑马出游是一件有趣的事。林地格外开阔，马背上的人尽可以纵马驰骋。这里有几座底部平坦的河谷，河谷里草色青葱，但不长树，景色和公园一样美。周围到处是火烧过的痕迹，有的痕迹较新，有的则较为久远。对旅行者而言，这里的景色太过单调，最大的变化莫过于烧黑的木桩颜色有深有浅。树林中很少有鸟。不过，我看到几大群白凤头鹦鹉在谷田里觅食，还有几只特别漂亮的鹦鹉。乌鸦不算少见，模样像英国的寒鸦，此外还有一种长得像喜鹊的鸟。傍晚时分，我沿着一串水塘散步，在这片干旱地区，水塘无异于河道。我的运气出奇地好，竟然看到了传说中的鸭嘴兽（*Ornithorhynchus paradoxus*）。它们时而潜水，时而在水面上嬉戏，只露出一小部分身体，如果看得不仔细或许还以为是河鼠。鸭嘴兽是一种非常特别的动物，布朗先生射中了一只。填充制成的标本不能很好地表现出头和喙的真实外观——因为制成标本后，头和喙会变硬和收缩。

鸭嘴兽

200

20 日——经过一整天的长途跋涉，终于来到巴瑟斯特。在走上大路之前，我们一直沿小路在森林中穿行。这里一片荒凉，只孤零零地立着几座牧羊人的茅舍。一整天都在刮着从内陆干旱沙漠吹来的热风，沙尘从四面八方袭来，吹在脸上的热风烫得就像是从火炉边刮过来的。后来我听说户外温度的测量值达到119华氏度，室内温度也有96华氏度。下午，我们来到巴瑟斯特丘陵平原。奇怪的是，这一带像这样起伏不大的平坦平原绝对不长一棵树，只稀稀落落地长着一些褐色的牧草。我们在这片地区穿行几英里，最后到达巴瑟斯特村。既可以说这个村子位于宽阔河谷的中央，也可以说位于狭窄平原的中央。在悉尼时，我听到这样一种说法：不要只看到沿途景象就认为澳大利亚不好，也不要只看到巴瑟斯特就认为澳大利亚特别好。对于巴瑟斯特，我认为自己不会产生这样的误判。巴瑟斯特的气候非常干燥，乡野景色也很一般，两三个月前情况比现在更糟。巴瑟斯特能够快速发展起来的秘诀在于，在陌生人看来很不起眼的褐色牧草却是牧羊的绝佳草料。巴瑟斯特村海拔2 200英尺，位于麦夸里河的沿岸。麦夸里河是其中一条流入鲜为人知的内陆地区的河流。将内陆河流与沿海河流分开的分水岭高约3 000英尺，呈南北走向，距离海岸80 ~ 100英里。从地图上看，麦夸里河是一条大河，而且是分水岭这一侧水流量最大的河。但让我奇怪的是，这条河只是一串水塘，水塘之间的区域几乎干涸。通常情况下流量很小，极少情况下能达到洪水级别。整个地区水的补充量不足，越向内陆越缺水。

22 日——我开始往回返，回去走的路是一条叫作洛克耶路的新路线，沿途丘陵更多、景色更美。想借宿的房子离大路比较远，不太容易找到，我骑着马走了大半天。和其他几次一样，我再次受到了下层阶层的礼遇。对比他们过去的样子，你根本想不到会有如此大的变化。我借宿的农场属于两个涉世不深的年轻人，他们刚刚开始过移民生活。虽然目前生活艰苦，但他们对未来充满希望，幸福就在不远的地方。

第二天，我们穿过一大片正在着火的区域，路面上烟雾腾腾。正午之前，我们回到来时走的老路，沿维多利亚山向上攀。晚上，我在封檐板过夜，天黑前又一次到圆形露天剧场式洼地散步。在返回悉尼的途中，我在登海维德与金舰长共度了一个非常愉快的夜晚，由此结束了我在新南威尔士殖民地的短暂旅行。

第二节

新移民、流放犯人和原住民

来殖民地之前，有三件事最吸引我：上层社会的状况、犯人的处境和外来者到这里移民的动力是否充足。当然，一个人通过短暂的访问不可能形成有价值的意见：虽然做出正确的评判不易，但要让一个人不发表任何意见也很难。我听到的情况比我看到的情况要多，总之，根据所见所闻，我对社会的整体状况很失望。整个社会在几乎每个方面都分成互相敌视的不同群体。在生活水平最高的阶层中，有不少人放浪形骸，品行端正的人难以与他们来往。暴富的刑满释放者的后代与自由移民之间存在许多嫌隙，前者总把老实的新移民视为外来的竞争者。整个社会不论贫富都在忙着发财，于是羊毛和牧羊就成为上层阶层永恒不变的话题。身边的雇工都是犯人，这恐怕会给家庭生活带来极大的不便。头一天还因为犯了轻罪被你下令鞭打，第二天就来侍候你，这怎么能让人觉得舒心？女犯人更坏，她们教孩子学最下流的话，如果孩子的品质没有变得同样下流，那可真是万幸了。

另一方面，一个人的资本在澳大利亚能轻而易举地产生三倍于在英国运作的利润。只要用心经营，一定能发财。奢侈品很丰富，价格比英国稍贵，但大多数食物比英国便宜。澳大利亚气候宜人，对健康很有好处；然而，在我看来，这里恶俗的社会风气使其魅力大打折扣。移民者的巨大优势在于，能让孩子在很小的时候就开始工作。16 岁到

20 岁的孩子通常已经能够打理远方的农场，但代价是要让孩子与犯人雇工整天混在一起。我不知道这种社会风气有什么独特之处，但纵容这样的习惯，缺乏理性的追求，社会早晚会堕落。我觉得，如果不是特别需要，我不会移民到这里。

由于以下几个问题，我对这块殖民地的快速发展和未来的前景表示担忧。这里两种主要的出口产品羊毛和鲸油产量都有限。因为不适合内河运输，所以如果距离太远，通过陆路运输羊毛将不能支付剪羊毛和牧羊的开销。各处的牧草都很稀薄，移民已经开始向内陆迁移，而越是靠近内陆，土地就越贫瘠。由于气候干旱，农业无法大规模发展，因此我认为，澳大利亚早晚会成为南半球的商业中心，而且恐怕要依赖制造业的发展。澳大利亚煤储量丰富，因此掌握着能源。因为宜居地区靠近沿海，而且移民大多来自英国，所以澳大利亚肯定会成为一个海洋国家。之前我曾想象澳大利亚将成为像北美洲一样的强大国家，但现在看来，很难说是否有那么美好的前景。

至于犯人的情况，我了解的就更少了。第一个问题是：对犯人来说，在这里生活是否构成对他们的惩罚。没有人认为这是一种严厉的惩罚，不过我以为，只要能对国内的罪犯起到威慑作用，惩罚严厉不严厉影响并不大。犯人的人身需求能得到一定程度的满足：只要表现良好，他们很快就能获得自由，过上舒适的生活。表现好的犯人会在与判刑期成比例的一定年数之后，得到一张"假释许可证"。有了这张"假释许可证"，只要他们不再有犯罪嫌疑或者被定罪，就能在特定区域内自由生活。尽管如此，即使之前的监禁生活和悲惨经历忽略不计，这些年的流放生涯也一定不舒服、不快乐。一个了解内情的人告诉我，犯人在色情方面得不到满足，而他们又不懂除了色情以外的其他娱乐。政府官员在批准释放时收取高额贿赂，以及人们对与世隔绝的流放地的恐惧，破坏了犯人之间的亲密关系，从而起到了预防犯罪的作用。

犯人们完全没有羞耻之心，关于这一点我有几个非常奇特的事例作为佐证。经常有人告诉我，其实犯人的性格非常懦弱：他们经常自暴自弃，对生活漠不关心，难于把一项需要冷静和持久努力的计划付诸实施。最糟糕的是，虽然他们名义上已经根据法律接受过改造，而且很少再触犯法律，但是在道德上根本谈不上被改造过。消息灵通人士告诉我，一个人要是希望进步，就不能和其他犯人一起生活，否则他会痛苦得无法忍受。无论在英国还是在澳大利亚，关押犯人的船或监狱都污秽不堪，令人印象深刻。总之，如果把船和监狱看作惩罚的场所，恐怕目的很难实现；如果作为改造计划之一，恐怕会像其他计划一样失败；但是作为一种让犯人表面上正直的手段——把北半球最无用的懒汉改造成南半球的有用公民，从而构建一个前途光明的新兴国家，一个伟大的文明中心——则有可能获得史无前例的成功。

30 日——比格尔号驶向范迪门地的霍巴特镇。经过六天的航行，比格尔号于 2 月 5 日进入风暴湾的入口。在这六天中，前几天天气晴朗，后几天天气阴冷且有风暴，天气与"风暴湾"这个可怕的名字倒是很相配。与其说是"湾"，倒不如说是河口，因为德文特河由此入海。在入海口附近，有大片玄武岩台地；往上游走则变成山区，山上生长着一种浅色的树。风暴湾外围小山的下部已经被开垦，明黄色的谷田和深绿色的马铃薯田呈现出一派繁荣的景象。晚上，我们在一处风平浪静的小海湾下锚，岸上就是塔斯马尼亚州的首府——霍巴特了。初看起来这里远不如悉尼：悉尼称得上是座城市，而霍巴特只能算镇子。霍巴特位于 3 100 英尺高的惠灵顿山脚下，虽然景色平淡，但水源充足。小海湾四周围绕着一些不错的仓库，一侧有一座小堡垒。我们到过西班牙的殖民地，那里非常注重修筑堡垒，而在这里，防御工事少得可怜。与悉尼相比，霍巴特的大房子比较少，不管是已建成的还是正在建的。根据 1835 年的人口普查结果，霍巴特的人口为 13 826 人，整个塔斯马尼亚州为 36 505 人。

霍巴特

　　土人都被强制迁到巴斯海峡中的一座岛上，因此范迪门地最大的好处在于没有土人。这种残酷的强制搬迁过程是在忍无可忍的情况下进行的，因为只有这样才能阻止黑人犯下抢劫、放火和凶杀等一系列恐怖的罪行，不过这种残酷手段迟早会导致土人的彻底灭绝。我觉得土人之所以烧杀抢掠一定是某些英国人的不端行为造成的。用 30 年时间把土人从他们世代生活的岛屿上彻底赶走恐怕太仓促，何况这座岛与爱尔兰的面积几乎一般大。英国政府和范迪门地政府关于这件事的交涉很有意思。在每隔几年就发生一次的小规模冲突中，大量土人被枪杀或监禁，但白人的强大武力似乎没有震慑到他们，以至于 1830 年全岛实行军事管制，政府命令所有白人居民尽最大努力协助抓捕土人。这项计划与印度的大围猎很相似：形成一条贯穿全岛的搜索线，目的是把土人赶到设在塔斯曼半岛的包围圈里去。这项计划失败了：一天夜里，土人捆起他们的狗，偷偷越过了搜索线。如果了解土人训练有素的感官和模仿野生动物爬行的方式，就不会对此感到意外。有人告诉我，土人能在几乎光秃的地面上隐蔽自己，如果没有亲眼见到，简直无法相信。土人暗黑的身体很容易与遍布这一地区的烧焦树桩相混淆。据说一群英国人曾经和一个土人做过试验：土人在光秃的山坡上找一块全无遮挡的地方站好，英国人闭上眼睛，土人趁机蹲下，一分钟后英国人睁开眼睛，发现再也无法从周围的树桩中分辨出哪个是土人。再回到大围猎，土人终于吃到了和白人打仗的苦头，他们意识到白人的实力和人数，感到非常惊恐。之后不久，来自两个部落的 13 名土人审时度势，主动前来受降。后来，仁义之士鲁宾逊先生作为和平使者，勇敢地孤身前往敌意最深的土人部落，终于劝降了整个部落。土人被送往一座岛屿，白人负责提供食物和衣服。斯切莱茨基伯爵称，"在土人 1835 年被驱逐到岛上的时候，总数尚有 210 人。到 1842 年，也就是 7 年之后，经清查，土人仅剩 54 人；在新南威尔士内陆，所有不曾和白人接触过的土人家庭中都儿女成群，而弗林德斯岛上的土人在 8 年中只增加了 14 人！"

比格尔号在范迪门地逗留了 10 天，在这段时间，我进行了几次愉快的短途旅行，主要目的是为了考察附近地区的地质构造。主要研究对象包括：第一，泥盆纪或石炭纪的一些化石含量较高的岩层；第二，陆地晚期小幅隆起的证据；最后，一小块浅薄的黄色石灰岩或石灰华，印有若干树叶的痕迹，还包含现在已灭绝的陆生贝类。在这个小采石场里有可能含有范迪门地之前某个地质时代的植物留存至今的唯一记录。

范迪门地的气候比新南威尔士湿润，因此土地更肥沃，农业更发达。耕地里的庄稼长势喜人，园子里长满茂盛的蔬菜和果树。有几处矗立于偏僻之处的农舍很引人注目。植被的情况大体上与澳大利亚相似，或许要更绿一些、更可爱一些，树木之间的牧草也更繁盛。一天，我乘汽船渡到海湾远离霍巴特镇的那一侧，以便进行较长时间的考察。我看到两只汽船在两岸中间来回对开。其中一只汽船上的机器完全由该殖民地制造，而该殖民地从最初建立到现在只有 33 年！另一天，我去登惠灵顿山。前一次去因为树林太密而作罢，这次我带了一名向导，但向导很笨，他带领我们从潮湿的南坡向上攀，这里植被非常茂密，又有腐烂的树干挡路，上山所费的力气几乎和在火地岛或奇洛埃岛登山时差不多。经过五个半小时的艰难攀登，我们终于爬到了山顶。山上有不少高高大大的桉树，构成一片壮观的森林。在最潮湿的深谷中，树蕨极其茂盛，我看到一株树蕨从树顶到叶子最下方的高度至少为 20 英尺，围长恰好为 6 英尺。树蕨的叶子交叠成华丽的伞盖，站在树下看不见太阳，那感觉就像刚天黑时一样。山顶宽阔平坦，由巨大的角状裸露绿岩岩体组成。惠灵顿山的海拔高度为 3 100 英尺。这一天天高云淡，视线极佳。向北望去是一片山林，高度与我们所站的地方接近，轮廓同样平淡无奇；向南望去，清晰地展现在我们眼前的，是由破碎陆地和大海构成的弯弯曲曲的海湾。在山顶上逗留几个小时之后，我们找到了一条比较好的下山路线，不过当我们返回比格尔号时，已是晚上八点，这一天的艰辛跋涉终于结束了。

2 月 7 日——比格尔号从塔斯马尼亚州起航，于 3 月 6 日抵达澳大利亚西南角附近的乔治王湾。在这里，我们度过了八天最沉闷无趣的日子。从一处高地望去，这片地区似乎是一片林地平原，到处是部分裸露着花岗岩突起的圆形丘。一天，我们一群人想去看猎袋鼠，走了好几英里也没看到。这一带的土壤都呈沙质，而且非常贫瘠，植被只有稀疏、矮小的灌木和瘦草，或者由低矮树木构成的林地。眼前的景象与蓝山上的砂岩高台地相似，但此处木麻黄属植物（这种树与苏格兰冷杉有点儿像）较多，而桉树很稀少。开阔地带有很多草树，这种植物与棕榈有些相似，但顶部没有华贵的树冠，只有一簇粗糙的草状

草树

树叶。从远处看，灌木和其他植物呈现出一片鲜绿色，好像土地很肥沃，不过走近一看就能识破这种幻象。任何与我看法一致的人都不愿意继续在这片乏味的地方待下去。

另一天，我陪同菲茨罗伊舰长来到鲍尔德角。许多航海家都提到过这个地方，有些人称看见了珊瑚，另一些人称看见了在原地变成化石的树。据我们观察，此处地层是由风吹积细沙而形成，这些源自贝壳和珊瑚的微细圆颗粒的细沙在形成地层的过程中包裹了树枝、树根和许多陆生贝类，随后钙质物质渗透其中，使地层固结，树木腐烂留下的圆柱形空腔也被坚硬的假钟乳石填充。风化作用将较软的部分侵蚀掉，所以按照树根和树枝的形状固结成的坚硬铸型会露出地表，使人误以为是死去灌木的残枝。

在我们逗留期间，正好赶上白凤头鹦鹉族的一大队土人来访。他们和乔治王湾的土人一起，被米和糖的赠品所诱惑，接受劝说准备召开大型的跳舞会。天刚一擦黑，土人就燃起了小火堆，男人们开始乔装打扮自己，在身上涂抹白色的斑点和线条。一切准备就绪之后，土人点燃大火堆，充当观众的妇女和儿童聚拢到大火堆旁。白凤头鹦鹉族和乔治王湾族的土人男子分成两队，跳着舞应和对方。舞蹈的动作不外乎朝两侧跑，或者排成纵列跑进开阔场地，列队前进时，他们会大力踏地面。就这样，沉重的步伐伴随着猪一般的哼哼，伴随着敲打棍棒和长矛的声音，以及伴随着各种不同的动作（如伸展手臂或扭动身子）。在我们看来，这种粗野的表演毫无欣赏价值，但我们发现黑人妇女和儿童却看得津津有味。或许这些舞蹈最初是有指示意义的，例如代表战争和胜利。有一种舞蹈被称作鸸鹋舞，跳舞的人伸出手臂，弯成鸸鹋脖颈的样子。在另一种舞蹈中，一个人模仿在林中吃草的袋鼠，第二个人缓缓靠近，假装要用矛刺他。当两个部落一起跳舞时，大地被他们踩得发颤，荒野中回荡着一阵阵粗野的叫声。每个人都神采飞扬。

当地土著的跳舞会

这一群近乎全裸的土人在熊熊的火光中跳着可怖的舞蹈，好一派低等野蛮人聚众狂欢的胜景。在火地岛，我们看到过土人生活中的很多怪事，但从来没见过土人如此亢奋和如此放纵自己。跳舞会结束后，所有土人在地上围成一个大圈，兴高采烈地分吃煮熟的米饭和糖。

为等天放晴，我们不得不在这儿多熬了几天，直到 3 月 14 日，我们才兴奋地告别乔治王湾，向基灵岛的方向驶去。再见，澳大利亚！你是一颗冉冉升起的新星，毫无疑问，终有一天你会成为南半球的伟大主宰者，但你野心太大、奢望太多，不足以赢得尊重。我离开你的海岸而去，没有一丝悲哀和懊悔。

第九章

印度洋上的珊瑚岛——基灵群岛

    基灵群岛（又名科科斯群岛，"科科斯"意为"椰子"）位于印度洋，由 27 个珊瑚岛组成。

    基灵群岛原来无人居住，1609 年被英国东印度公司海员威廉·基灵发现，但直到 1826 年岛上才有第一批定居者——英国探险家黑尔及其马来亚血统的奴隶。1857 年英国宣布该群岛为其属地，1955 年移交澳大利亚，现为澳大利亚的海外领地。

    和据称 100 年内会被海水吞噬的马尔代夫群岛一样，基灵群岛也是印度洋上的珊瑚岛群。珊瑚岛是由活着或者已死亡的腔肠动物——珊瑚虫堆筑的岛屿。一般分布在热带海洋中。珊瑚虫形成的礁石有三种基本形态——岸礁、堡礁和环礁。岸礁指紧密连着大陆或岛屿的珊瑚礁，像一条花边镶嵌在岛的周围，故又名裙礁，海南岛东部海岸即有上千米宽的岸礁；堡礁是离岸具有一定距离的堤状礁体，又名离岸礁，即礁体与海岸之间通常隔着一条宽带状的浅海潟湖，潟湖深度一般不超过 100 米，我国澎湖列岛和澳大利亚大堡礁等都属此类；环礁是指环形或者马蹄形的珊瑚礁，中间围着潟湖，马尔代夫群岛就是由 26 个环礁组成的。

    达尔文在基灵群岛充分考察了各座小岛上妙趣横生的珊瑚物种和地质结构，并解释了三大类珊瑚礁的成因以及从岸礁到堡礁再到环礁的演化过程。

第一节

流浪物种的天堂

1836 年 4 月 1 日——期盼已久的基灵群岛就在眼前。基灵群岛位于印度洋，距离苏门答腊岛约 600 英里。基灵群岛是由珊瑚构成的潟湖岛（或称环礁），与我们经过的低群岛类似。当比格尔号驶入海峡的入口时，英国侨民利斯克先生乘小船前来迎接。请让我用尽可能简练的语言介绍一下移民的历史。约 9 年前，人格卑鄙的黑尔先生从东印度群岛运来一批马来奴隶，时至今日，包括小孩在内，总人数已超过100 人。不久之后，曾随商船到访过基灵群岛的罗斯船长，带着家人和财产到这里移民，以前给罗斯船长做过助手的利斯克先生也一同前来。很快，马来奴隶从黑尔先生定居的小岛上逃走，赶来投奔罗斯船长。黑尔先生见大势已去，只得离开基灵群岛。

这些马来人名义上获得了自由，在个人待遇上也确实如此，但在其他一些方面，他们仍未摆脱奴隶的身份。因为不如意的生活状况，因为一而再再而三地从一座岛搬迁到另一座岛，还可能因为管理上的些许疏漏，总而言之他们的日子过得不太好。除了猪以外，岛上没有其他家畜，主要的植物品种是椰子。本地是否能兴旺发达全仰仗椰子树：出口产品只有椰子油和椰子本身，椰子被运到新加坡和毛里求斯，主要用途是磨碎后制成咖喱粉。和鸡、鸭一样，猪只吃椰子就能长得膘肥体壮。甚至有一种体形庞大的陆生蟹也能用自己与生俱来的螯剥开和享用这种营养丰富的美食。

在潟湖岛围成环状的礁石上耸立着一座座线形小岛。在北部即下风一侧有一个缺口，船只可以开到缺口里面下锚。当我们的船驶入缺口时，眼前的景色异常美丽，不过它的美丽完全基于色彩的绚丽。潟湖清澈而平静，浅浅的湖水荡漾于白沙之上，在阳光照射下，呈现出最鲜艳的绿色。这块宽几英里的绚丽区域或者被一线雪白色的碎浪与黑色的汹涌海浪分开，或者被一线覆盖着椰子树的陆地与蓝色的天穹分开。活珊瑚形成的深色带子映衬着碧绿的海水，犹如蔚蓝色天空和白云形成的色彩对比一样，使人赏心悦目。

到达基灵群岛的第二天，我在迪雷克申岛登岸。这座狭长的岛屿只有几百码宽：靠近潟湖的一侧为白色石灰质海滩，天气十分闷热，海滩上散发的热量令人无法忍受；在外海一侧的海岸上，宽阔、平坦的坚硬珊瑚岩足以抵挡辽阔海域的风浪。除潟湖附近分布着少量沙地以外，迪雷克申岛均由珊瑚的圆形碎片所构成。在松软、干燥的石质土壤上生长着茂密的植被，若不是因为热带气候，不可能有这样的结果。在几座较小的岛屿上，最美的景致莫过于由互不交叠的椰子幼树组成的森林。海滩上的白沙闪闪发亮，为美丽的椰林镶上了一道银边。

下面我来简要介绍一下基灵群岛的动植物分布。因为物种稀少，所以格外引人注目。不仔细看还以为树林中只有椰子树这一种树，其实还有五六种其他树。其中一种树身庞大，但木质松软，用处不大；另外一种树却是造船的好材料。除了树以外，其他植物的数量也非常有限，都是些无足轻重的野草。我采集的标本几乎囊括了这些岛上的所有植物，不算苔藓、地衣和真菌，共 20 个物种；还必须加上两种树，一种不开花，另一种我只是听说并没有见过。后者是一种独一无二的树，生长在靠近海滩的地方，毫无疑问是随海浪漂到这里的种子长成的。有一种云实属植物也只分布于一座小岛。20 个物种中不包括甘蔗、香蕉、几种其他蔬菜、果树和外来禾本科类。由于这些岛完全由珊瑚构成，在之前某个时期曾经是被海水淹没的暗礁，因而岛上的所有陆生植物

美丽的椰子岛

一定都是被海浪冲到这里的。这里其实是在大洋中漂流的种子的避难所。亨斯洛教授告诉我，我采集的 20 种植物隶属于 19 个属，这 19 个属又隶属于不下 16 个科！

《霍尔曼游记》中记录了在基灵群岛生活过 12 个月的基廷先生所看到的各种种子和其他物品被冲上岸的情形："苏门答腊和爪哇的种子和植株被海浪冲到岛屿迎风一面的岸上。其中有苏门答腊和马六甲半岛的特有物种——基米利树、形状和大小都很特殊的巴尔西椰子树、马来人经常和胡椒种在一起的达达斯树（胡椒依靠茎上的刺缠绕在达达斯树的树干上）、皂角树、蓖麻、苏铁的树干和连岛上的马来移民都不认识的各种种子。据说，它们先被西北季风吹到新荷兰沿岸，然后被东南信风从新荷兰沿岸吹到这里。此外，还有大块的爪哇柚木、

216

黄桑以及保存完好的新荷兰红雪松、白雪松和蓝桉树。所有硬种子，如匍匐植物的种子，漂到这里后仍具有发芽的能力；但较软的种子，如倒捻子树的种子，在半途中就死掉了。有时，在岸上还能发现从爪哇冲到这里的打鱼用的独木舟。"从汪洋中飘过来好几个国家的数不清的种子真是一件很有趣的事。亨斯洛教授告诉我，我在基灵群岛上采集的几乎所有植物标本都属于东印度群岛沿海一带的常见物种。然而，从风向和洋流的方向判断，这些植物不大可能是沿直线漂到这里的。基廷先生的观点比较可靠，他认为，种子先被带到新荷兰，再同当地的物产一同漂到这里，在没发芽之前，种子已经旅行了 1 800 ~ 2 400 英里。

沙米索在介绍位于太平洋西部的拉达克群岛 [①] 时指出："海水把各种树的种子和果实带到这里，有很多物种在这里不曾生长过。大部分种子似乎还保持着发芽的能力。"

据说来自热带的棕榈、竹以及北方冷杉的树干也被冲到岸边，冷杉显然是从很远的地方漂过来的。这些现象很有趣。毫无疑问，如果种子刚冲到岸上就被陆生鸟类衔走，而且能扎根于比疏松的珊瑚岩更有利于生长的土壤，那么在这个与世隔绝的潟湖岛上应当有比现在丰富得多的植物群。

基灵群岛上的陆生动物物种比植物还少。在一些小岛上发现了老鼠，是被在此不幸失事的毛里求斯轮船带来的。沃特豪斯先生认为，这些老鼠与英国物种相同，但体形更小、毛色更亮。这里没有真正的陆生鸟类，虽然鹬和秧鸡（*Rallus Phillippensis*）的栖息范围仅限于干草丛，但它们属于涉禽目。据说，在太平洋的几座低矮小岛上栖息着这个目的鸟。阿森松岛上也没有陆生鸟类，有人在山顶附近射中一只紫水鸡（*Porphyrio simplex*），后来查明这是一只流浪到这里的孤鸟。据卡米歇尔说，特里斯坦·达库尼亚群岛上只有两种陆生鸟，还有一种白骨顶。

---

① 原文为 Radack，疑为拉塔克群岛（Ratak）。

白骨顶

根据以上事实，我认为，跟随各种蹼足动物迁居而来的涉禽是这些荒凉小岛的第一批移民。需要补充的是，如果在远离陆地的大洋深处看到一种不属于大洋种的鸟，一般情况下会是这个目的鸟；因此，这个目的鸟自然而然地成为世界上任何一块遥远陆地的第一批移民。

这里只有一种小蜥蜴属于爬行动物，在我努力搜罗来的昆虫标本中，不算蜘蛛（蜘蛛在这里数量很多）共有 13 个物种，其中只有一种属于甲虫类。数量最多的真正昆虫是成千上万聚集在疏松的干珊瑚块底下的小蚂蚁。虽然陆生物种十分稀少，但周围海水里的生物多得数不胜数。沙米索曾介绍过拉达克群岛的一个潟湖岛的动植物分布情况，其数量和种类与基灵群岛上的生物极其相似。拉达克群岛上的动物包括一种蜥蜴和两种涉禽——鸻和杓鹬；植物包括 19 个物种，其中一种是蕨类，有几个物种基灵群岛上也有——虽然两个群岛相距遥远，而且位于不同的大洋。

这些形成线形小岛的狭长陆地很低、很矮，其高度仅够拍岸浪把珊瑚碎块抛掷上去和风力能够吹积石灰质的沙粒。幸亏小岛外侧是表面宽而平的坚硬珊瑚岩，足以抵挡海浪初次也是最猛烈的袭击，否则这些小岛及岛上的所有物产在一天之内就会全部被卷走。海陆似乎在这里不断争夺着主导权：虽然陆地早已站稳脚跟，但作为外来者的大海也毫不示弱。随处都能遇到不止一种寄居蟹，它们背上背着从附近海滩上偷来的贝壳。抬头望去，树上停着数不清的塘鹅、军舰鸟和燕鸥，或许可以把这里称作鸟类的海上乐园，树林里鸟巢数量之多和散发出的气味足以证明这一点。傻乎乎的塘鹅伏在自己粗陋的巢上，愤怒地盯着树下的人。黑燕鸥的英文名与"傻瓜"同义，从名字就可以看出这是一种呆头呆脑的小动物。这里也有讨人喜欢的鸟——一种白色的小燕鸥，它在高于头顶几英尺的空中稳稳地飞着，用大大的黑眼睛好奇地注视着你的表情。稍有想象力的人都会联想到，在小燕鸥轻巧的小身躯里一定游荡着仙魂吧。

第二节

漫游珊瑚岛

4月3日，星期日——礼拜之后，我陪同菲茨罗伊舰长来到几英里外位于小岛尖端的居民区。这里的椰子树长得又高又密。罗斯船长和利斯克先生住在一座形似谷仓的大房子里，两端敞开，里面铺着用树皮编成的垫子。马来人的房子沿着潟湖岸边而建。因为没有人工栽培的庭园，所以整个地区呈现出一派荒凉的景象。当地土人来自东印度群岛的不同岛屿，但都说同一种语言，我们看到的有婆罗洲（加里曼丹岛）人、西里伯斯人、爪哇人和苏门答腊人。从肤色上看，他们很像塔希提岛人，面部特征也基本一致，不过当地妇女更像中国人。我喜欢他们的长相和嗓音。他们很穷，屋里没什么家具，但小孩子都长得胖乎乎的，可见椰子和海龟肉已足以维持生计。

这座岛上有几口井，过往船只可以从这里取得淡水。初看起来，井中淡水竟会随着海潮有规律地涨落，实在令人不可理解，有人甚至想象沙子具有过滤掉海水中盐分的能力。随潮水涨落的井在西印度群岛的一些低岛上很常见。压紧的沙地或多孔的珊瑚岩像海绵一样吸满咸水，落到地表的雨水会流向并聚集到周围的海里，置换掉等体积的咸水。如果像海绵一样的珊瑚岩足够密实，能有效地防止机械混合作用，那么地表的水就能保持住淡水。既然大块珊瑚岩下部的水会随海潮涨落，那么地表的淡水也会随海潮涨落。不过，如果陆地是由具有开放式裂缝的疏松珊瑚岩所构成，那么在这种地方挖井，井水就会有咸味，就像我曾经见到的那样。

为了观看马来妇女半迷信的古怪表演，晚饭后我们留了下来。她们给一只巨大的木匙穿上衣服，带到死者的坟前。在满月下，她们又跳又蹦，佯装受到了神灵的感召。经过一番精心准备，两名妇女抬出大木匙，让大木匙剧烈抖动，并随着周围妇女、儿童的歌声的节拍而起舞。这种做法非常愚蠢，但利斯克先生认为，很多马来人都相信木匙能招魂。表演必须在满月升起之后才能进行：晚风吹动椰子树长长的枝条，明亮的月光静静地穿过摇曳的椰枝，就算是为了看美景也值得。热带地区的景色和故乡一样美丽，每个游子对自己的故乡都会充满无限的怀念。

第二天，我考察了这些小岛妙趣横生却不复杂的结构及起源。海水异常平静，我涉水从平坦的死珊瑚外侧走到被大洋巨浪冲刷的活珊

活珊瑚与热带鱼

瑚小丘。在沟里、坑里游荡着亮绿色和其他颜色的小鱼，各种植物形动物的形状和色彩令人称奇。对热带海洋中数不清的生物大加赞美原本无可厚非，但有些博物学家把海底世界描写得天花乱坠就有些言过其实了。

4月6日——我陪同菲茨罗伊舰长来到潟湖头部的一座小岛，这里的水道极其复杂。我们在珊瑚的细小分枝中穿行，看到几只海龟和两条捕龟船。湖水清澈见底，一只海龟突然潜入水底，逃到人们的视线之外，但乘独木舟或小船追不了多久就能赶上它。一个人早已在船头站好，趁这个时候跳到海龟背上，两手扒着龟颈旁边的龟甲，随着它游泳，待海龟筋疲力尽的时候将它擒获。观看两条船绕来绕去，船上的人跃入水中追赶猎物真是一件有趣的事情。莫尔斯比船长告诉我，在印度洋的查戈斯群岛，土人会残忍地活剥海龟的背甲。"他们用烧红的木炭盖在背甲上，使外壳向上反卷，然后用刀把外壳割下来，趁热将外壳置于两块木板之间，将它夹平。经过这种野蛮的手术之后，海龟需要经历一个痛苦的过程才能重新长出新的外壳。但是新长出的外壳太薄，不足以挡风遮雨，可怜的海龟会变得体弱多病。"

我们从潟湖头部穿过一座狭长的小岛，望见一排巨浪拍向迎风一侧的海岸。虽然说不出原因，但我认为潟湖岛的外侧景色更为壮观：朴素的海滩形成一道屏障，一侧是绿色的灌木丛和高大的椰子树，在由死珊瑚构成的岩石平台上，到处散布着巨大的疏松碎块，另一侧是狂暴的海浪。扑向宽阔珊瑚礁的巨浪无所不能，就像是不可战胜的敌人；然而我们看到有一种看似弱不禁风的力量竟能够对抗它，甚至战胜它。这并不是因为大海对珊瑚岩手下留情，只要看看散落在礁石上以及堆积在耸立着高大椰子树的海滩上的巨大碎块，你就能感受到海浪的残酷无情。而且海浪永远不会停歇。奔流不息的海浪是由在广阔海域内长期向同一方向刮的温和的信风造成的。这种成因的海浪拍击岸边形成碎浪，其威力不亚于在温带地区短时大风造成的巨浪，而且还一刻不停地肆虐。每个人都会为这种不可抗拒的力量所折服，相信不管一座岛屿由多么坚硬的岩石所构成，甚至是斑岩、花岗岩或者石英岩，早晚一天也会被海浪摧毁。但是这些无足轻重的低矮珊瑚小岛仍然屹立不倒，因为有另一种对抗的力量参与了竞争。有机体借助泡沫飞溅的碎浪把石灰中的碳原子一一解离，形成一种对称的结构。就算飓风卷起千层巨浪，又能把无数建筑师日复一日、月复一月创造的作品怎么样呢？因而我们看到，珊瑚虫凝胶状的柔软身体竟能通过生物合成作用征服海浪的巨大机械力，这种力量不论是人还是无生命的自然都无法通过巧计克服。

我们在潟湖里逗留了很久，直到深夜才返回比格尔号。潟湖里有大片的珊瑚和体形巨大的偏口蛤，如果把手伸进去，只要这种动物还活着，就别想抽回来。在潟湖头部附近，我意外地发现一块比一英里见方还大的广阔区域生长着大量有纤细分枝的珊瑚，虽然这些珊瑚已经死去并开始腐烂，但都笔直地立着。我不知道应该如何理解这个现象，后来想到可以用环境的一系列变化来解释。首先要说明的是，珊瑚不能在空气中暴晒，即使时间很短也不行，所以它们能够向上生长的最大高度取决于退潮后的最低水面。几幅古老的航海地图似乎表明：从前，这座狭长岛屿的迎风一侧曾被几条宽阔的水道分成几座小岛，目前生长在水道处的树年龄都不大也可以证明这一点。就过去的地理条件来看，只要有一阵强风把更多的水吹到潟湖里面，就能提升湖面的高度；但现在的情况刚好相反，不仅潟湖外面的水进不到湖里，在强风作用下，湖里面的水还会被吹出去。因此，在刮大风时，潟湖头部附近的潮水达不到风浪平静时的高度。虽然高度差非常小，但我认为足以导致珊瑚的死亡。这片珊瑚在之前与外界相连通的情况下已经长到了水面能允许的最大高度。

基灵群岛以北几英里还有一座小环礁，环礁的潟湖里填满了珊瑚泥。罗斯船长在外面一侧海岸的砾岩里挖出一块比人头还大的球状绿岩碎块。在场的人都觉得十分诧异，他们把这块绿岩带回去，像宝贝一样保存起来。周围的其他石头都是石灰质的，只有这一块是绿岩，这的确很让人费解。这座岛几乎没有人来过，有船在这里沉没的可能性也不大。在找到更好的解释之前，我认为它一定是夹在大树的树根里被带到这儿的。然而，考虑到离这儿最近的陆地也很遥远，以及考虑到实现以下一系列巧合的难度——一块夹在树根里的石头和树一起被冲到海中，漂流这么远，随后安然着陆，最终嵌到容易被人发现的地方——我感到这种迁移方式简直是天方夜谭。因此有一件事激起了我的强烈兴趣：拉达克群岛是太平洋上的一组潟湖岛，与科茨布共事过的著名博物学家沙米索曾经谈到，为了打磨工具，拉达克群岛居民从冲到海滩上的树根中寻找合适的石头。显然这种事情不止发生过一次，因为当地曾经颁布法令，规定从树根里找到的石头属于酋长，偷窃者将受到惩罚。这些小岛除了离珊瑚岛较近以外，距离任何其他陆地都很遥远，以至于勇敢的航海者把任何石块都视作珍宝。考虑到这些小岛离大洋中任何其他陆地都很遥远以及辽阔海域中的洋流流速较缓，发生石块被运送的情况就显得格外引人注目。其实这种情况经常发生，只不过如果它们漂流到除珊瑚以外还有其他构成物质的小岛上，就不会引起人们的注意，也不会有人猜测它们的来源。石块夹在树根中随水漂流的现象长期以来被人们所忽视，很可能与这些树，尤其是夹带石块的树，漂浮在水面以下有关。在火地岛，大量树木被冲到海滩上，却很少有人看到漂在水面上的树。以上这些解释或许能说明，为什么在细腻的沉积物中偶尔会发现单独的石块——不管是圆的还是有棱角的。

另一天，我到西岛考察，那里的植被比其他各岛都茂盛。通常情况下，椰子树与椰子树之间会相隔一定的距离，但在这里，幼树依偎在高大的亲本树旁，用长而弯曲的叶子搭成可供遮阴的凉棚。只有体验过的人才知道，坐在这样的树荫下喝着清凉可口的椰汁是多么惬意。在这座岛上有一大片形似海湾的平地，地上覆盖着极细的白沙，只有在涨潮时才会被海水淹没，几条小溪流从这座大"海湾"延伸到周围的树林里。闪闪发亮的白沙好似波光粼粼的水面，"水边"上高大的椰子树舒展着弯弯的树干，好一幅奇丽的绝美画卷。

前面我曾提到，有一种以椰子为食的蟹，这种蟹在干旱地带很常见，能长成庞然大物，与椰子蟹有很近的亲缘关系或者就是同一个物种。这种蟹前腿末端是一对粗壮的大螯，相比之下最后一对腿末端的螯则显得较小、较弱。很难想象一只蟹能剥开椰子坚硬的外皮，但利斯克先生坚称他曾经不止一次亲眼看见。剥壳工作从撕去椰子的外皮开始，而且总是从皮下有三个眼孔的那一头开始一条一条地撕。这一步完工后，这种蟹开始用强壮的前螯敲打其中一个眼孔，直到打出一个洞。这时，它会掉转身子，借

椰子蟹

225

助瘦弱的后螯掏出乳白色的椰乳。我从来没听说过如此奇异的本能——蟹和椰子树本是自然界中风马牛不相及的事物，竟会在结构上相互适应，这简直是奇迹。虽然椰子蟹是昼行性动物，但据说每天晚上它都会爬到海里润湿自己的鳃。椰子蟹仍为卵生，幼蟹被孵出来之后，会在岸边生活一段时间。它们在树根下掘洞，把大量从椰子外皮上撕下来的纤维铺在洞里作为床铺，这些深深的洞就是它们的居所。有时，马来人会在蟹洞中收集纤维制成绳索。蟹肉非常鲜美，挑大个儿的蟹，取尾巴下面的脂肪炼油，有时能得到一夸脱清油。有些书上说，椰子蟹会爬到树上偷椰子吃，我很怀疑这种说法，除非是很容易爬的露兜树。利斯克先生告诉我，基灵群岛上的椰子蟹只以落在地上的椰子为生。

莫尔斯比船长告诉我，这种蟹生活在查戈斯群岛和塞舌尔群岛，在邻近的马尔代夫群岛上却没有。起初这种蟹在毛里求斯数量众多，但现在只剩下少量个头不大的小蟹。据说，在太平洋中，这种蟹或者与其生活习性相近的另一种蟹，只存在于社会群岛以北的某一座珊瑚岛上。有一个例子可以说明这种蟹的前螯多么有劲：莫尔斯比船长把一只蟹关在铁皮饼干筒里，并用金属丝把盖子牢牢捆住，结果那只蟹从饼干筒的边缘扒开一道缝溜走了。为了扒出这道缝，它在铁皮上凿了很多孔！

最让人意想不到的是，多孔螅属珊瑚中有两个物种（*Millepora complanata* 和 *Millepora alcicornis*）竟能螫人。当你把活珊瑚的石质枝条或片状物从水里捞出来的时候，会感到粗而不黏，同时闻到一股刺鼻的恶臭。在螫人上，不同个体的表现不尽相同。在脸上或手臂上找一处皮肤细嫩的地方，将珊瑚片压在上面或者用珊瑚片摩擦，只需一秒钟就能感到疼痛，不过这种感觉只持续了几分钟。一天，我用一段珊瑚枝碰了一下自己的脸，没想到立刻就感到了疼痛，几秒钟后疼痛加剧，火辣辣的感觉持续了好几分钟，直到半小时后还能感到隐隐的痛。

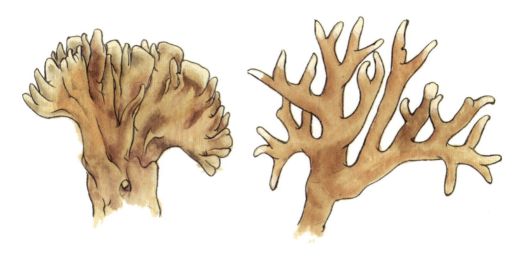

两种螫人的珊瑚

那感觉就像被荨麻扎了一样，不过更像是被僧帽水母刺过。看上去在手臂上皮肤细嫩的地方起的小红点会变成水脓疱，其实不会。阔伊先生提到过多孔螅属珊瑚会螫人，我听说西印度群岛也有会螫人的珊瑚。很多海生动物都有这种本领：除僧帽水母、多种海蜇、佛得角群岛的海兔以外，《阿斯特罗拉贝号航行记》中还谈到一种海葵和一种与桧叶螅类似的软珊瑚也具有这样的进攻或防守能力。据说，有人在印度东部的海里发现了一种会螫人的海藻。

鹦嘴鱼属有两个种在这里最常见。这两种蓝绿色的鱼都只吃珊瑚，一种生活在潟湖里，另一种则离不开外侧的碎浪。利斯克先生称，他曾不止一次看到一大群鱼张开强有力的大颚，在珊瑚枝的顶部啃咬。我解剖了其中的几条，发现肠子里满是黄色的石灰质泥沙。艾伦博士告诉我，有一种黏糊糊的海参（和英国的海星有亲缘关系）也主要以珊瑚为食。这种海参看上去令人恶心，不过倒是中国人餐桌上的美食，它们身体里有与这种生活方式相适应的硬质工具。海参、鱼、多种会

227

蓝绿色的鹦嘴鱼

钻孔的贝类以及沙蚕科蠕虫，都能在死珊瑚上打洞，铺在潟湖底部和岸边的细细的白土就是它们集体努力的结果。不过，埃伦伯格教授发现，其中一部分白土可能源自有硅质外壳的纤毛虫，这部分白土吸水后很像白垩粉。

4月12日——早上，我们离开潟湖向法兰西岛（即毛里求斯岛）驶去。我很高兴能有机会参观这些岛，它们的地质构造堪称世界上的奇观。在离岸边只有2 200码的外海，菲茨罗伊舰长用7 200英尺长的绳索还够不到海底，说明这座岛由高耸的海底高山形成，其陡峭程度甚至高于最险峻的火山锥。这座巍峨山脉的顶部呈碟状，约10英里宽；虽然面积比不上绝大多数潟湖岛，但它的每一个组成部分，从最小的微粒到最大的岩石碎片，都带有生命体留下的痕迹。从旅行家那里，我们了解到金字塔和其他一些伟大的古代建筑有多么宏伟，但与这些由各种细小而脆弱的生物构筑的石山相比，前者又算得了什么？也许珊瑚岛奇观一时无法打动世俗的眼睛，但若用理性的眼睛反复考量，就能发现它的神奇和伟大。

第三节

珊瑚礁成因之谜

　　下面我要对三大类珊瑚礁，即环礁、堡礁和岸礁，进行简要的介绍，并对它们的成因给出自己的解释。几乎每一个横渡太平洋的航海者都会对潟湖岛惊叹不已，并试图对它们的成因进行解释。早在 1605 年，皮拉尔·德拉瓦尔就曾惊呼："在这些四周环绕着巨大石凳的小环礁中，每一座环礁都极其美妙，绝没有一点儿人类加工过的痕迹。"下图简略描绘了太平洋中的惠森迪岛，复制自比奇船长的旅行记。从这张图中能大致了解一座环礁的独特外观：这是规模最小的环礁之一，由围成一圈的狭长小岛组成。如果不是亲眼所见，你很难想象，在浩渺的大海和汹涌的波涛之中，还能有一片低矮的陆地，陆地之中是碧波如镜的潟湖。

惠森迪岛

229

早期的航海家认为，造礁珊瑚有意围成环形以便把自己藏在里面。这种想法实在太荒谬，因为构成礁石主体的是那些只能生长在外围海岸的粗大珊瑚，而在潟湖里生长的则是另一种具有纤细分枝的珊瑚。况且，按照这种观点，各属和各科的动物要为同一目的而联合；但在整个自然界中，不曾找到任何一个不同物种为同一目的而联合的例子。目前最流行的观点认为，环礁建筑在海底火山口之上。然而，当我们考量环礁的形状、大小、数量、相似性和相对位置时，就会发现上述观点根本讲不通：苏地瓦环礁在一个方向上的直径为 44 地理英里，在另一个方向上的直径为 34 英里；里姆斯基环礁为 54×20 英里，而且具有蜿蜒曲折的边界；鲍环礁长 30 英里，平均宽度只有 6 英里；门基科夫环礁由三座紧密相连的环礁构成。这个理论也解释不了印度洋的北马尔代夫环礁群（其中一座长 88 英里，宽 10 ~ 20 英里），因为这个环礁群的边界并不像普通环礁那样由狭长的礁石组成，而是由大量单独的小环礁组成，中心部分大片类似潟湖的区域中还有另一些小环礁。第三种观点较为合理，提出人是沙米索。他认为暴露于外海一侧的珊瑚生长速度较快，实际情形确实如此，因而率先形成了一个基本的框架，这样就可以圆满解释环形或帽状结构的成因。但是我们立刻发现，这个理论和火山口理论一样，忽略了一个非常重要的事实，即这些不能生长在深海海底的造礁珊瑚是怎样建立自己庞大的根基的？

菲茨罗伊舰长在基灵环礁外侧的陡坡上进行过多次水深测量，他发现：如果在 10 英寻以内把测深锤取出，则在预先涂抹于测深锤底面的油上总会印有活珊瑚的压痕，而且一点儿泥沙都没有，就好像落在了草皮上；随着测量深度的增加，压痕越来越少，而黏附的沙粒却越来越多，直到最后证实测深锤已经下探到平坦的沙层。如果用草皮进行类比就是：土壤越贫瘠，草叶越细小，最后土壤贫瘠到再也长不出任何东西。以上观察结果得到了很多人的证实。或许可以稳妥地认为，造礁珊瑚能够生长的最深位置为海面以下 20 ~ 30 英寻。在太平洋和印度洋的辽阔海域中，每一座孤岛都是由珊瑚构成的，它们隆起的高度刚好够涌浪把碎片抛上来以及风把沙子堆起来。拉达克环礁群呈不规则的四边形，长 520 英里，宽 240 英里；低群岛为椭圆形，长轴长 840 英里，短轴长 420 英里；在这两个群岛之间还有一些规模较小的环礁群和孤立的低岛，在大洋中形成一条长度超过 4 000 英里的长条形区域，其中没有一座岛的高度超过预期值。同理，在印度洋中也有一片长 1 500 英里的区域，包括三个群岛，其中每一座岛屿都是低岛，并且都由珊瑚构成。因为造礁珊瑚不能生长在很深的海底，所以我们可以确定无疑地认为，在浩瀚的大洋中，无论环礁出现在哪里，很早之前海面以下 20 ~ 30 英寻处必定有它的地基。很难想象，宽阔、高耸、孤立、侧壁陡峭、成组排列在一条长度为数百里格的狭长海域中的沉积洲能够形成于太平洋和印度洋中央最深的地方，距离任何一块大陆都很遥远，并且周围的海水依然十分清澈。同样难以想象的是，浮力能将如此广大区域中数不清的岩石洲抬升到离海面 20 ~ 30 英寻或者 120 ~ 180 英尺的高度，并且没有一座尖峰突出于海面。因为在整个地球表面，恐怕找不到任何一条这样的山系，其所有山峰隆起的高度基本一致，高度差只有几英尺，而且没有一座山峰超出，即使山系的长度只有几百英里也不可能。如果支撑造礁珊瑚的地基并非由沉积层形成，如果它们也没有被抬升到所要求的高度，那么它们必定是下沉到这一高度的。于是这个难题立刻得到破解，因为一座座山脉和岛屿缓缓地沉入水面以下，不断有新的地基供珊瑚生长。在这里不可能一一介绍证明这个理论的所有细节，但我敢断定，任何其他解释都不可能成立，否则怎么解释分布于辽阔海域中的无数岛屿都是低岛，都由珊瑚构成，而珊瑚绝不可以缺少位于海面以下固定深度处的地基？

在解释构成环礁的珊瑚何以形成如此特殊的结构之前，我们先来谈一谈第二类珊瑚礁——堡礁的成因。堡礁要么在大陆或较大岛屿的前面排成一条直线，要么围绕在较小岛屿的周围。无论属于哪种情况，它们都会与陆地之间隔开一道又宽又深的水道，类似于环礁中的潟湖。很少有人关注围成环形的堡礁，不过它们的结构真的很奇特。下面这张草图表示的是环绕太平洋中波拉波拉岛的一部分堡礁，是依照在一座高山上看到的情况描绘的。在这个例子中，整个一排礁石被描绘成陆地，通常会有一道由巨大的拍岸浪形成的白线把阴暗的外海涌浪与亮绿色的潟湖水道分开，白线上隐隐露出一座覆盖着椰子树的低岛的简约轮廓。平静的潟湖水通常能润湿荒凉、险峻的中央山脉脚下的淤积土边缘，那里生长着最炫的热带植物。

波拉波拉岛堡礁

环状堡礁有大有小，直径从 3 英里到 44 英里以上。有一座三面环绕新喀里多尼亚岛的堡礁长达 400 英里。每座堡礁包围着一座、两座或几座高度不等的岩石岛，有时甚至多达 12 座。堡礁与被包围陆地之间

232

相隔的距离有大有小：在社会群岛中通常为 1 英里到 3 ～ 4 英里；而霍戈柳岛南面距离堡礁 20 英里，北面距离堡礁 14 英里。潟湖水道的深度相差很大，平均值为 10 ～ 30 英寻；在瓦尼科罗岛，最深处达到了 56 英寻或 336 英尺。堡礁内坡或者缓缓地延伸到潟湖水道之中，或者形成直立的峭壁，峭壁在水下的高度有时能达到两三百英尺。同环礁一样，堡礁的外坡也十分陡峭地突出于大海深处。

世上还有比这更奇特的结构吗？我们看到一座像城堡一样耸立于海底高山顶端的孤岛被珊瑚岩墙保护着：岩墙的外壁通常很陡，内壁有时也比较陡，墙顶宽阔而平坦，到处都有狭窄的入口，不管多大的船都能从这道又宽又深的沟里开进去。

就珊瑚礁本身而言，堡礁和环礁在大小、轮廓、组合甚至结构的微小细节上没有一丝一毫的差别。地理学家巴尔比曾有过如下精辟的评论：环状堡礁就是有突出于潟湖水面的高地的环礁，如果把里面的高地去掉，就是一座完整的环礁了。

为什么有些礁石距离被包围的岛屿很远呢？绝不是因为珊瑚不能靠近陆地生长，因为在无淤积土堆积的潟湖水道岸边，经常能发现活珊瑚，这是另一类珊瑚礁——岸礁，从名字可以看出，它们离大陆或岛屿的海岸很近。再次回到原来的问题：这些不能生活在很深的海里的造礁珊瑚，究竟把环状礁体建在什么基础之上了？和环礁的情况一样，这是一个一直被大家忽视的难点，请参看下页这幅根据真实情况绘制的剖面图，三个剖面是将瓦尼科罗岛、甘比尔岛、莫皮蒂岛和它们的堡礁沿南北方向纵剖得到的，图上的水平线和垂直线均按照四分之一英寸代表一英里的比例绘制。

需要说明的是，将这些岛沿其他方向纵剖或者纵剖其他被包围的岛屿所得到的剖面图，其基本形状都是相同的。请不要忘了，造礁珊

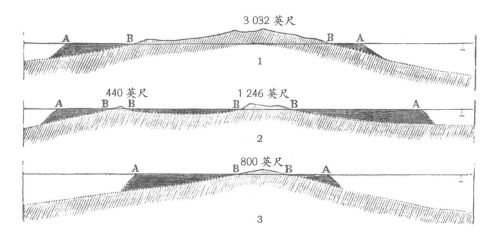

三座岛的剖面图
1. 瓦尼科罗岛　2. 甘比尔岛　3. 莫皮蒂岛
水平阴影线表示堡礁和潟湖水道；海平面（AA）以上的斜向阴影线表示陆地的真正形状，海平面以下的斜向阴影线表示陆地在水面下可能延长的部分。

瑚不能生活在比海面以下20～30英寻还深的海底，图中的比例尺太小，以至于右侧铅垂线所表示的深度达到了200英寻，那么这些堡礁究竟建在什么基础之上了？或许我们可以假设，每座岛的周围环绕着像项圈一样的海底岩脊或者在珊瑚礁终止的地方也突然终止的沉积洲？

如果这些岛在被珊瑚礁包围之前，就已经深深地浸入海中，那么在它们周围的水下将留下暗礁，被珊瑚礁包围后，边界处应为高大的悬崖，但实际情况很少如此。而且按照这种说法，也无法解释为什么珊瑚会从最外侧的边界处像墙一样拔地而起，中间留下宽阔的水域，水的深度超过了珊瑚所能生长的最高极限。沉积洲会在岛屿的外围一点儿一点儿地积累起来，通常面积最大的沉积洲所包围的岛屿最小。然而，如果岛屿位于大洋中心的最深处，这种积累绝不可能发生。新喀里多尼亚岛的堡礁在新喀里多尼亚岛的外侧沿着平行于西海岸的方向伸展，并且伸出该岛最北端150英里。很难相信沉积洲能在大洋深处一座高大岛屿的面前沿直线积累，并且超过岛的最北端那么远。最后，如果我们考量那些高度相同、地质构造相似但没有被珊瑚礁包围的大洋岛，就会发现除非紧靠岸边，否则很难在它周围找到深度只有 30 英寻的地方；因为，陆地通常既能从海里陡峭地升起，也能陡峭地沉下去，大多数被珊瑚礁包围的大洋岛和没有珊瑚礁包围的大洋岛都是如此。我再重复一遍原来的问题：堡礁到底建在什么基础之上？为什么堡礁离被它们包围的岛屿那么远，之间隔着一条又宽又深像护城河一样的水道呢？马上我们就会发现，解答这一切并不难。

现在我们来简单谈一谈第三类珊瑚礁——岸礁。在陆地陡峭下沉到海里的地方，岸礁只有几码宽，围着海岸形成一条带子或流苏。在陆地平缓下沉到海里的地方，岸礁延伸得比较远，有时离陆地的距离能达到 1 英里。可是在岸礁外侧所做的水深测量表明，淹没于水下的陆地坡度较缓。实际上，岸礁能延伸到多远，取决于在离海岸多远的地方生长基地的深度不超过 20 ~ 30 英寻。形成岸礁的礁石与形成堡礁和形成环礁的礁石并没有本质上的不同，只是宽度稍窄，因此在岸礁上形成的小岛不多。因为外侧的珊瑚长得更快，并且因为被海浪冲到内侧的沉积物对珊瑚有害，所以岸礁的外侧部分最高。在岸礁与陆地之间通常有一道深几英尺的沙沟。如果沙洲或沉积洲积累于靠近海面的地方，就像在西印度群岛中的某些地方那样，有时它们会被岸礁包围，这在某种程度上与潟湖岛或环礁类似；同样，如果岸礁围绕的是坡度较缓的岛，那么就会在某种程度上类似于堡礁。

如果用一个理论不能同时解释三类珊瑚礁的成因，那么这个理论就不是好理论。由前面的论述可知，我们必须相信，那些目前高度仅够风和浪把吹积物抛送到岸上的、由动物构筑的低岛曾经是一片下沉的区域，这些造岛动物需要生长基地，生长基地还不能位于海面以下太深的位置。让我们先来分析一座由结构不太复杂的岸礁围绕的小岛，用木纹线勾勒的区域表示正在缓慢下沉的岛和礁。不管这座岛是一次下沉几英尺，还是下沉速度慢得不易察觉，根据珊瑚生长所需的适宜条件，那些浸在拍岸浪中的活珊瑚很快就能长到海面的高度。海浪不断地蚕食海岸，岛越来越低、越来越小，礁石内缘离海滩的距离越来越远。下沉几百英尺后礁和岛的纵剖面轮廓用虚线勾出。假定珊瑚岛已经在礁石上形成，一只船正停在潟湖水道中。水道的深浅与陆地下沉的速度、沉积物的积累量以及有纤细分枝的珊瑚在这里的生长情况有关。这种情况在所有方面都类似于被珊瑚礁包围的岛，实际上，这就是太平洋中波拉波拉岛的真实剖面图，比例尺为 0.517 英寸代表 1 英里。从图中我们立刻了解到，为什么外围的堡礁离正对着的海岸那么远。我们还发现，从新礁石的外侧边缘向下画一条垂线至原有岸礁下方的基岩，则垂线的长度加上陆地下沉的英尺数，就等于活珊瑚所能生长的有限深度——在整个地基下沉的时候，这些小建筑师就在其他珊瑚及其固结碎块的基础上建起它们自己像墙一样的礁体。因此，一个看上去很难解释的问题就这样化解了。

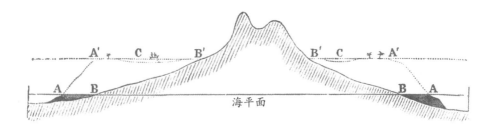

岸礁围绕的小岛的剖面图

AA 是海平面以上的岸礁的外侧边缘。

BB 是有岸礁的岛的海滩。

A'A'是珊瑚在陆地下沉期间向上生长的外侧边缘，现在已经变成一个中间有小岛的堡礁了。

注：在这张图和下张图里，陆地下沉是用海平面的近似上升来代表的。

236

如果被礁石包围的不是岛屿，而是一块陆地，并假设陆地发生了下沉，那么结果显然会像澳大利亚和新喀里多尼亚岛的情况那样，形成直立的巨大堡礁，堡礁与陆地之间隔着又宽又深的水道。

现在让我们讨论一下环状堡礁的情况。如前所述，下图为波拉波拉岛的真实剖面图，用实线填充的部分表示岛和礁的剖面，假设波拉波拉岛正在下沉。当堡礁缓缓下沉时，珊瑚会旺盛地向上生长；但当中央岛屿下沉时，海水会一寸一寸地淹到岸上，于是在巨大的礁石当中，一座座独立的山峰首先下沉成独立的岛，直到最后连最高的山顶也没入水中。一旦这个时刻到来，就会形成一座名副其实的环礁。之前我曾提到，把环状堡礁包围的高地去掉，剩下来的就是环礁，现在这块陆地已经被移走。我们可以了解到，为什么从环状堡礁中演变出来的环礁在大小、形状、组成礁群的方式和成单行或双行的排列上都与前者类似，因为从环礁的情况就能估计出下沉岛屿的大致轮廓。我

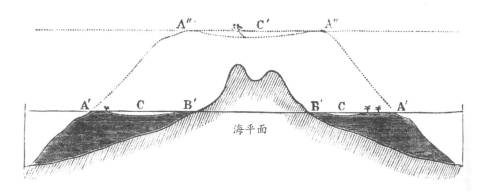

波拉波拉岛剖面图
A'A'是海平面以上的堡礁的外侧边缘，有一些小岛在它中间。
B'B'是被珊瑚礁包围的岛的海岸。
CC 是潟湖水道。
A"A"是珊瑚礁的外侧边缘，现在变成了一个环礁。
C'是新环礁的潟湖。
注：从实际比例来看，这张图里的潟湖水道深度较夸大。

237

们还可以解释为什么太平洋和印度洋中的环礁总是沿着平行于高大岛屿的主要走向和这两大洋的长海岸线的方向伸展。因此，我敢断定，用陆地下沉期间珊瑚向上生长的理论不仅可以解释长期以来吸引众多航海家注意的潟湖岛或环礁的所有主要特征，也能解释同样神妙莫测的堡礁的所有主要特征，无论是围绕小岛的堡礁还是沿大陆海岸伸展数百英里的堡礁。

有人会问，你能提供直接证据来证明堡礁或环礁在下沉吗？要知道，测量这种藏于水下的运动趋势有多么困难！然而，在基灵环礁，我看到潟湖沿岸各处都有因根部受损而倒下的老椰子树。当地居民告诉我，有一座工棚的桩基 7 年前还勉强位于高水位线以上，而现在每次涨潮都会被淹。据我了解，基灵环礁在最近 10 年中曾发生过三次地震，其中一次还很严重。在瓦尼科罗岛，潟湖水道非常深，在被堡礁所包围的高山脚下几乎没有积累淤积土，由被抛掷到墙形堡礁上的碎块和沙构成的小岛也几乎见不到。这些现象及其他类似现象使我相信，瓦尼科罗岛一定刚刚开始下沉，珊瑚礁正在向上生长。这里同样经常发生地震，而且还很严重。另一方面，在社会群岛，潟湖水道几乎被填平，淤积土堆积成很多块低地，堡礁上的一些地方已经形成了狭长的小岛。以上事实都表明，这些岛的下沉发生在很久以前——近些年即使是最轻微的地震也很少发生。在珊瑚礁的形成过程中，陆海都想争得主导权，很难判断某个结果是由潮汐的变化产生的还是由陆地的轻微下沉产生的。可以肯定的是，大多数堡礁和环礁都经历了某些变化：某些环礁上的小岛数量在最近一段时期内似乎增加得很快，而在另一些环礁上，一部分小岛或全部小岛被冲走。马尔代夫群岛上部分地区的居民知道某些小岛第一次出现的日期；在马尔代夫群岛上的另一些地区，珊瑚正在被海水冲刷的礁石上旺盛地生长，那里有用作墓穴的土坑，证明之前曾经有人居住过。没有人相信大洋中的潮汐会频繁变化；然而，根据一些环礁岛上土人对地震的记忆以及在另一些环礁岛上看到的地裂，我们可以认为，海底陆架正在发生激变。

显然，根据我们的理论，那些仅在边缘处有珊瑚礁的海岸一定不曾出现过明显的下沉。因此，在珊瑚生长的时候，海岸要么保持静止，要么向上抬升。值得注意的是，在边缘有珊瑚的岛屿上总能发现水面上层的有机体残骸，说明这些岛屿曾经发生过抬升，这恰好从侧面证实了我们的理论。我一直因为一件事情而困惑：我曾惊奇地发现，阔伊先生和盖马尔给出的解释并不能如他们所暗示的那样，适用于所有三类珊瑚礁，而只适用于岸礁。后来，由于一次偶然的机会，我从两位知名博物学家自己的论述中发现，他们到访过的几座岛屿都曾在最近的地质时代中发生过抬升，我的疑虑终于打消了。

因为珊瑚必须生长在海面以下一定深度的地基上，所以为了解释珊瑚礁的成因，我们别无选择只能接受陆地下沉理论。利用这一理论不仅能够解释堡礁、环礁的主要结构特征和它们在形状、大小以及其他特征方面的相似性，还能解释结构上的很多细节和一些特例。下面我将给出几个例子。很早以前，就有人注意到在堡礁中经常会出现一个奇怪的现象：穿过珊瑚礁的水道总与被包围陆地上的河谷相对，而且礁石与陆地之间的潟湖水道有时比穿过礁石的水道还要宽、还要深，以至于从河谷中流下来的极少量的水及水中挟带的沉积物不大可能损坏礁石上的珊瑚。要知道，哪怕是一条最不起眼的小溪也能在岸礁的每一块礁石上冲出一道狭长的裂口，即使这条小溪在一年中的大部分时间里都是干枯的——因为偶尔掉落的泥、沙或石子也能杀死被它们压在下面的珊瑚。因此，当被岸礁包围的岛屿下沉的时候，虽然向外和向上生长的珊瑚能把大多数裂口封上，但总会剩下一些裂口仍然与尚未沉入海中的河谷的上部相对（为了排出从潟湖水道中流出去的冲积物和脏水，必然有一些通道保持开启），因为从谷口处冲下来的泥沙曾经毁坏了岸礁的基部。

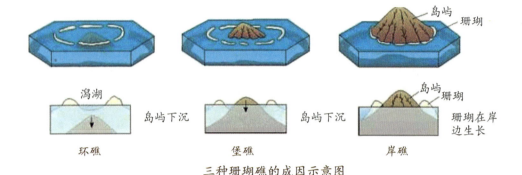

三种珊瑚礁的成因示意图

图中标注：岛屿、珊瑚、潟湖、岛屿下沉、环礁、堡礁、岸礁、珊瑚在岸边生长

　　我们还可以解释为什么一座只在一侧或者一侧的一端或两端被堡礁包围的岛经过持续不断的下沉，会变为一块像墙一样的礁石，或者一座有巨大凸起的环礁，或者两三座被排成一线的礁石连在一起的环礁，所有这些特例都能在现实世界中找到。因为造礁珊瑚需要进食，在动物界有天敌，会被沉积物压死，不能附于疏松的基底，很容易被冲到不能再生长的深海，所以我们不必为环礁和堡礁存在局部缺陷而感到惊讶。新喀里多尼亚岛的大堡礁就很不完整，多处出现断裂。因此，陆地沉下去之后，这座大堡礁没能形成长达 400 英里的大环礁，只形成了和马尔代夫群岛大小差不多的环礁链或环礁群岛。一旦环礁在相对的两面都出现裂口，那么洋流和海潮就有可能穿过这两个相对的裂口，在这种情况下，珊瑚很难愈合缺口，尤其是在持续下沉的过程中。如果裂口果然未能愈合，当整体下沉的时候，一个环礁就会分成两个或者三个。在马尔代夫群岛，各个环礁在位置上非常靠近，中间隔着深不见底的水道〔罗斯环礁和阿里环礁之间的水道深 150 英寻，南北尼兰杜环礁之间的水道深 200 英寻〕，从地图上很容易看出，它们曾经是紧密相连的。同样在马尔代夫群岛，马洛斯—马多环礁也被深 100 ~ 132 英寻的分岔水道一分为三，很难说应该把它们严格地看作三个独立的

环礁，还是一个没有完全分裂开的大环礁。

我不想在结构细节方面着墨太多，但必须指出，北马尔代夫环礁的奇特构造（海水可以从环礁的裂口自由出入）可以简单地用珊瑚向上、向外生长来解释。在最初阶段，这些环礁或者生长在潟湖中的单个礁石上（普通环礁中的情况就是如此），或者生长在边缘处线形礁石的破损部分（所有普通环礁的边界就是如此）。我忍不住要重申这些复杂结构的奇特之处：在大洋深处蓦然出现一个凹陷的沙质圆盘，其中央是一片广阔的水域，周边对称分布着由比海面略高的珊瑚岩围成的椭圆形凹地，有时覆盖着植被，但无一例外都不能缺少一湖清水。

还有一个细节：在两个相邻的群岛中，其中一个珊瑚生长得很茂盛，而另一个却相反，因为许多因素都会影响珊瑚的生长，很难解释在土质、空气和水发生变化的时候，造礁珊瑚何以能够持续不断地在一个地方生存下去。根据我们的理论，环礁和堡礁所在地正在下沉，我们应当偶尔会看到死亡和沉没的珊瑚礁。就所有珊瑚礁而言，由于沉积物会被吹到潟湖水道的下风处，因此这一侧的珊瑚很难保持旺盛生长。在下风处发现死珊瑚并非难事，虽然它们仍旧保持着墙一般的形状，但有几处已经沉到水面以下几英寻的地方。由于某些原因，或许与下沉速度过快有关，目前查戈斯群岛的环境好像不如从前适合珊瑚生长了：在某环礁边缘 9 英里长的区域内，珊瑚已经死去并沉没；还有一个环礁只剩下很少一部分露出海面；另外两个环礁中的珊瑚已经完全死掉并沉没；第五个环礁只剩下一片废墟，连结构都无法分辨出来。需要说明的是：不管是已死的珊瑚，还是部分死亡的珊瑚，都位于几乎相同的深度，即水面以下 6 ～ 8 英寻的位置，就好像它们用同样的速度下沉似的。莫尔斯比船长是我的情报来源之一，在他所谓的"半沉没的环礁"中，有一个从诸多方面看都很引人注目的大环礁，长 90 海里，宽 70 海里。根据我们的理论，新环礁通常会在所有新下沉的区域形成，反方或许会提出两个有分量的反对意见：第一，环礁的数量为什么没有无限制的增加？第二，在较早下沉的区域，单一环礁的厚度为什么没有无限制的增长？如果能证明环礁偶尔会破损，这两个问题就能迎刃而解。到此为止，我们已经完成了对环状珊瑚岩形成过程的追踪，从它们最初的起源到各种正常的演变过程，到可能遇到的意外，最后到死亡和最终的解体。

在我所著的《珊瑚岛的成因》一书中，附有一幅地图，我用深蓝色标注环礁，用浅蓝色标注堡礁，用红色标注岸礁。岸礁是在陆地静止或缓慢上升的时候形成的，后一种情况似乎可以由升起的有机体残骸推出；而环礁和堡礁却是在方向相反的下沉运动中形成的。下沉过程一定非常漫长，使环礁有足够的时间覆盖海面上一大片区域之中的所有山峰。从这幅地图上可以看出，由下沉运动产生的两种分别用浅蓝和深蓝标注的珊瑚礁总是靠得很近。我们还发现，两类用蓝色标注的珊瑚礁所占的区域比较广，它们与用红色标注的海岸线处于分立的位置。以上两点都暗示地壳运动的性质决定了珊瑚礁的类别。值得注意的是，地图上不止一处出现单个红圈和单个蓝圈相互靠近的情况，说明地壳运动的方向发生过变化。在红色的岸礁圈子里出现了环礁，按照我们的理论，环礁是在下沉过程中形成的，但随后又发生了抬升；另一方面，有些浅蓝色的堡礁圈子所代表的珊瑚岩在下沉之前一定是先被抬升到了目前的高度，现有的堡礁就是在下沉期间长出来的。

几位作者惊讶地发现，虽然在大洋中某些区域内环礁很常见，但在另一些区域，如西印度群岛，却完全遇不到。原因很简单，不曾发生过下沉的区域不可能形成环礁。大家都知道，西印度群岛和东印度群岛的部分区域最近一段时期一直在抬升。在用红色和蓝色标明的区域内，所有大块区域都呈长条形。在大片红色区域和大片蓝色区域之间，存在两种颜色的交替变化，就好像有一块陆地升起就必须有另一块陆地下沉似的。有证据证明，岸礁和其他一些没有珊瑚礁的陆地（例如南美洲）最近在抬升，因而我们可以认为，绝大多数大陆处于抬升的状态。根据珊瑚礁的类别和分布，我们可以认为，大洋的中心区域是下沉的。东印度群岛是世界上最破碎的陆地，群岛中大部分面积属于抬升区，但有一条或几条狭长的下沉区域围绕和贯穿这个群岛。

在同一幅地图中，我用深红色圆点把所有已知的活火山都标了出来。令人惊奇的是：在用浅蓝色或深蓝色标注的大片下沉区域中竟没有一座活火山，主要的火山链都位于标注为红色的长期静止区域或更通常的情况是，最近发生过抬升的区域。尽管有一些深红色圆点离单个蓝圈并不遥远，但在与一个群岛或一小群环礁相距数百英里的范围内都找不到一座活火山。因此，一个引人注目的事实是，由一组环礁构成的友爱群岛（现称汤加群岛）发生抬升，导致部分礁石破损，从历史记录可知，那里有两座甚至更多座火山曾经活动过。另一方面，虽然大多数被堡礁包围的太平洋岛屿具有火山成因，在岛上经常能发现依稀可辨的火山口遗迹，但没有一座火山发生过喷发。因此，在同一个地区，火山是否活动取决于该地区是在抬升还是在下沉。无数事实表明，在火山喷发的地方经常会发现升起的有机体残骸；然而，如果不能证明火山在下沉区域不存在或不活动，那么认为火山分布取决于地球表面是上升还是下降就是一种冒险的做法，不管这个观点听起来多么诱人。但是现在我认为，我们可以安全地接受这个重要推论了。

最后回顾一下这幅地图，想一想有机体残骸在什么样的地方升起，我们惊讶地发现：在地质上不算久远的时代，经历抬升或下沉变化的区域竟如此广大。从地图中还可以看出，抬升和下沉几乎遵循着同样的规律。在有环礁分布的所有区域，没有一处高地的峰顶露出海面，可见下沉的范围一定很广。并且下沉过程一定非常缓慢，不论下沉是持续的还是周期性的，要让活珊瑚长到海面，必须有足够长的时间间隔。这很可能是从我们的珊瑚成因理论中推出的最重要的推论，很难想象能通过其他理论推出来。不能忽视在比海面略高的环状珊瑚礁处曾经耸立过由高大岛屿构成的大群岛的可能性，这个成因或许能解释大洋中相隔非常遥远的高大岛屿上的生物分布。造礁珊瑚确实能指示海底地壳运动的情况——堡礁暗示陆地发生过下沉，环礁意味着一座岛屿的消失……这使我们能够像一位活了一万岁的地质学家那样记录地球上发生的变化，了解为什么这个星球表面会破成碎块以及陆海为什么会交换位置。

第十章

踏上归程

1836年，航行四年半的比格尔号踏上了归程。4月29日，比格尔号到达毛里求斯岛，停留数日后绕道非洲好望角，途经南大西洋的两座火山岛——圣赫勒拿岛和阿森松岛，以及巴西的巴伊亚和伯南布哥，之后进入北大西洋，再次来到这次航行的第一站——佛得角群岛，最后于9月20日在亚速尔群岛略做停留，于10月2日回到英国法尔茅斯港。

达尔文在圣赫勒拿岛上发现，从英国引入的外来物种淘汰了很多本土物种，岛上746种植物中只有52种是本土物种，而山羊、蜗牛等外来物种的过度繁衍导致当地很多种动物数量减少。现代生物学把外来物种从原产地被引入新的生境后定居、繁殖和扩散，最终明显影响当地生态环境，并损害当地生物多样性的过程叫作外来物种入侵。外来物种入侵可能导致当地动植物的自然演化进程被打乱，甚至因灭绝而猝然中止。

达尔文在自传中写道："随比格尔号旅行是我一生中最最重大的事件，并且决定了我的全部研究事业。"但他也付出了沉重的代价，不仅仅是5年间见不到家人和朋友、没有娱乐活动和个人隐私……实际上，比格尔号一离岸，达尔文就开始呕吐，并且在整个航行中都没有克服；比格尔号多次遭遇风浪，有几次险些翻船；即使登岸后在陆路旅行也充满了诸多危险和不便——连续几个晚上露宿在野外、被蚊虫叮咬得浑身没有一处好皮肤、随时有可能遇到猛兽的袭击……而这些达尔文只在书中轻描淡写地一带而过，对于真正热爱科学和热爱大自然的人来说，这些困难算不了什么。布鲁诺曾经说过，科学是使人的精神变得勇敢的最好途径。

人间天堂——毛里求斯岛

　　1836 年 4 月 29 日——早晨，我们绕过毛里求斯岛（或称法兰西岛）的北端。从这个角度望去，毛里求斯岛的美丽风光一如前辈们的描述。首先映入眼帘的是被大块甘蔗田染成鲜绿色的庞普勒穆斯倾斜平原，平原上星星点点散布着一些住宅。这种绿色格外炫目，因为只有走到跟前才能饱览。向岛的中部望去，一座座林木茂密的山峦耸立于精耕细作的平原之上。像古老火山岩一样，这些山的顶部呈尖锐的锯齿状。一朵朵白云在山尖周围游荡，好像有意要取悦我们这些陌生客。整个岛屿，不论是沿岸的坡地还是中心处的高山，都那么典雅别致，或许用令人赏心悦目来形容并不为过。

毛里求斯的甘蔗林

第二天的一大半时间我都在城里逛，和不同的人打交道。城市规模不算小，据说有两万居民，街道既干净又规整。虽然毛里求斯岛已被英国统治多年，但仍保留了很多法国特征：英国人对雇工讲法语，商店也很法国化。说实话，我觉得法国的加来或布洛涅反倒比这里英国味更浓。这里有一座漂亮的小剧场，歌剧演员的表演非常有水准。我们还意外地看到几家大书店，书架上陈列的书籍还真不少。音乐和书籍说明我们来到了文明的旧世界，澳大利亚和美洲是不折不扣的新世界。

路易港最别致的风景莫过于街上的行人来自不同的种族。被流放到这里的印度罪犯约有 800 人，都在不同的公共事业中服劳役。在看到这些人之前，我完全没想到印度人的外表如此高贵。他们皮肤深暗，老者大多白髯飘飘，堂堂的仪表再加上火一般的激情，给人的印象很深刻。大多数被流放到这里的罪犯犯有谋杀罪和其他重罪，另一些罪犯被流放的原因仅仅是道德上的过失，如因宗教原因触犯了英国的法律。这些人少言寡语、行事稳重、外表整洁，对自己独特的宗教信仰忠贞不贰，不可以把他们与我们在新南威尔士见到的龌龊英国罪犯相提并论。

5 月 1 日——今天是礼拜日，我沿着海岸静静地向城北走。这里的平原尚未开垦，由大片黑色熔岩构成，熔岩上平平地长着一层粗草和灌木，灌木主要为含羞草属植物。景致的特征介于加拉帕戈斯群岛和塔希提岛之间，不过只有极少数人能真正理解这种说法。这是一处风景秀丽的地方，但没有塔希提岛迷人，也没有巴西壮观。第二天，我登上拇指山，这座山紧靠城市背后，高 2 600 英尺，因形似拇指而得名。岛的中部是一块大台地，被破碎的玄武岩山包围，岩层向大海方向倾斜。中央台地呈椭圆形，短轴长 13 地理英里，由比较晚近的熔岩流形成。外围的山属于"高海拔火山口"构造，这种构造被认为是由突然大幅隆起产生的，与普通火山口的成因不一样。在我看来，有一些理由可以推翻这一观点。另一方面，很难相信这种边缘呈火山口形的山只是巨大火山基部的残余，而山顶已经被侵蚀或陷入地下。

站在拇指山上向下望去，美景尽收眼底。这一带似乎农业很发达，田地划分成很多块，其间散布着农舍。但是有人告诉我，岛上被开垦的土地面积还不到全岛面积的一半。如果情况真是如此，目前蔗糖出口量已经很可观的毛里求斯岛在未来人口稠密的时候将更有价值。英国在这里的统治虽然只有 25 年，但蔗糖的出口量却增长了 75 倍。优良的道路状况是此地得以高速发展的重要原因之一。附近的波旁岛仍在法国人的统治之下，道路状况和几年前的毛里求斯岛一样糟糕。虽然法国侨民从毛里求斯岛的繁荣中获得了巨额利润，但他们并不拥护英国政府。

3 日——晚上，因勘测巴拿马地峡而闻名于世的总测量师劳埃德船长邀请斯托克斯先生和我到他的乡村别墅做客，这座别墅位于威廉平原的边界处，距离路易港约 6 英里。这里海拔接近 800 英尺，空气凉爽、清新，往哪个方向散步都适宜，我们度过了愉快的两天。不远处是一座侵蚀深度约 500 英尺的大峡谷，贯穿从中央台地流出的略微倾斜的熔岩流。

5 日——劳埃德船长带领我们向南走，以便到几英里外的黑河考察抬升的珊瑚岩。途中经过几座漂亮的花园和在巨大熔岩块夹缝中开垦出来的甘蔗田。道路两侧是含羞草属植物形成的树篱，许多房子附近都有栽种着芒果树的林荫道。尖尖的山峰和山下的农田相映成趣，美景如在画中。我们时常忍不住喊出："能在这么安静的地方过一辈子该多好啊！"劳埃德船长有一头大象，他让大象驮了我们半程，我们享受了一把印度风格的旅行。最让人惊奇的是，大象走起路来一点儿声音也没有。这头大象是岛上的唯一，不过据说还会送来另外几头。

第二节

圣赫勒拿岛的物种入侵

9日——我们从路易港起锚，向好望角驶去，于7月8日抵达圣赫勒拿岛。这座岛屿好似突然从大洋中升起的巨大黑色城堡，前人多次提到它的阴森恐怖。在城市附近，崎岖岩石之间的每一道缺口都被填上了小堡垒和大炮，看似是为了弥补天然防御能力的不足。城市沿着一座平坦的狭窄谷地向上延伸。房子看上去还不错，但周围的绿树很少。当我们靠近锚地的时候，一座耸立于高山顶上的奇形怪状的城堡引起了我们的兴趣，城堡周围稀稀落落地长着几株高耸入云的冷杉。

第二天，我在拿破仑墓附近投宿，这里位于圣赫勒拿岛的正中央，道路四通八达。我一共住了四天，每天从早到晚马不停蹄地在岛上考察各处的地质构造。我住的地方海拔高度约2 000英尺。这几天天气阴冷，经常有降雨，说不准什么时候头顶上就会浓云密布。

海岸附近，粗糙的熔岩几乎完全裸露；在中部地势较高的地方，长石质岩石分解形成黏土质土壤，如果没有植被覆盖，地面上会露出许多亮色的条带。在这个季节，大地被频繁的降雨滋润，长出绿油油的牧草，随着地势降低，颜色逐渐暗淡，直到完全消失。在南纬16度、海拔1 500英尺的地势不太高的地区，竟看到了具有明确英国特征的植物。在此处几座小山的顶上是一片片种得很不规整的人工冷杉林，密布于山坡上的荆豆正开着黄灿灿的花。小溪边垂柳依依，当作树篱的

好望角

黑莓就要结果了。我们在圣赫勒拿岛上共发现746种植物，其中52种为本土物种，其余为外来物种，大部分来自英国，因此在该岛看到具有英国特征的花花草草也就不足为奇了。有不少英国植物在这里比在英国本土还要茂盛，一些来自地理位置相对的大陆——澳大利亚的物种也能服这里的水土。大量外来物种可能已经淘汰了一些本土物种，现在本土物种仅在又高又陡的山脊上才占优势。

数不清的农舍和小白房子都带有英式特色，更准确地说，是威尔士特色。有些房子藏于最深的谷底，另一些则坐落于高耸的山尖。这里不乏动人的美景：在多夫顿爵士的宅第附近，一座名叫洛特的险峻山峰突出于黑暗的冷杉林之上，背面是南岸的水蚀红色山岭。从高处

250

眺望全岛，最引人注目的是道路和堡垒数量之多。如果不知道圣赫勒拿岛其实是一座大监狱，就无法理解公共工程消耗的人力何以与这座岛的规模或价值完全不成比例。这里平地或可利用的土地很少，能供养约 5 000 人口实在是个奇迹。我相信下层阶层，即获得自由的奴隶，生活一定很贫困——他们在抱怨工作机会太少。几年前，东印度公司放弃了圣赫勒拿岛的所有权，导致岛上公共事业的雇工人数下降，大量富人随之迁走，贫困还将进一步加剧。劳动阶层的主要食物是大米和少量咸肉，这两种食物都不是本岛生产，必须用钱购买，低微的薪水对穷人影响很大。现在人们获得了自由，他们一定会珍视来之不易的自由，很可能这里的人口将迅速增长：如果真是这样，这座小岛会变成什么样子呢？

我的向导是位老翁，小时候就是牧羊人，熟悉上山的每条路。他的血统属于多代混种，虽然肤色较深，但是不像穆拉托人①那么难看。他是一位安静的老人，非常有礼貌，大部分下层人士都具有这样的特点。这位多半白人血统、衣着得体的老人用无所谓的态度向我讲述从前他当奴隶时的经历，让我觉得奇怪。我们每天都要走很长的路，多亏这位同伴帮我背食物和装有淡水的牛角——低处山谷中只有咸水，所以这很必要。

在岛上部和中部的植物带之下，山谷非常荒凉，没有人居住。这里的地质构造呈现演替变化和复杂波动，对地质学家来说很有研究价值。在我看来，圣赫勒拿岛很久以前就已存在，但目前仍能找到关于陆地隆升的模糊证据。我认为中部的几座最高山峰是巨大火山口边缘的重要组成部分，火山口南部已经被海浪完全侵蚀。此外还有一道类似毛里求斯海岸山脉的黑色玄武岩外壁，年代比中部火山熔岩流更早。在岛上地势较高的区域发现了不少嵌在土层中的贝类，长期以来这种

---

① 指黑人与白人的第一代混血儿或有黑白两种血统的人。

贝类一直被认为属于海生物种。

现在证实这种贝类其实是一种非常特殊的陆生贝类，我发现了同属的另外六个种，在另一个地方又发现了第八个，但没有一个是现生种。这些贝类的灭绝很可能与18世纪初期森林被毁使它们失去食物和藏身之所有关。

已经灭绝的贝类

圣赫勒拿岛的比特森总督曾提到，朗伍德和戴德伍德两处高原的演化史很奇特。两处高原以前都是林地，被称作"大森林"，直到1716年还有不少树，但到1724年时老树都倒了，四处游荡的山羊和野猪毁掉了所有幼树。根据官方记载，几年后，牛筋草取代树成为遍布这片地区的植物物种。比特森总督说，现在高原上"长满草，成为岛上最好的牧场"。据估计，之前森林面积至少有两千英亩，现在竟然连一棵树也找不到。1709年，桑迪湾还有不少死树，现在已经变成不毛之地。若没有这些确凿无疑的记录，谁能相信那里曾经是森林呢？山羊和野猪破坏了所有新长出来的幼树，随着时间的推移，未被破坏的老树也逐渐死掉了，这种说法似乎很合理。1502年，山羊被引入圣赫勒拿岛，86年后当英国航海家卡文迪什船长到达该岛时，山羊的数量已经多得数不清了。100多年后，到1731年时灾祸已经无法挽回，政府下令消灭所有流浪动物。值得关注的是，1501年被运到圣赫勒拿岛的动物直到220年后才得以改变整座岛的面貌。山羊是1502年被引进的，直到1724年才有人报告"老树都倒了。"毫无疑问，植被的巨大变化不仅影响到陆生贝类——导致8个物种灭绝，还可能影响很多昆虫。

圣赫勒拿岛位于大洋中部，远离任何大陆，岛上的植物群很奇特。

8 种已灭绝的陆生贝类和 1 种现生琥珀螺属蜗牛都是在别处未曾发现的特有种。但卡明先生告诉我，英国蜗牛在这里很常见，它的卵一定是随引入的植物被带到这里的。卡明先生在岸边采集到 16 种海生贝类，根据他了解的情况，其中 7 种为圣赫勒拿岛所特有。正如预想的那样，鸟类和昆虫数量很少，我相信这里所有鸟都是最近几年刚被引入的。鹧鸪和野鸡数量很多，圣赫勒拿岛人同样不认真遵守狩猎法，这一点倒是很像英国。我在这里听说了一项比英国更严苛的法令：从前穷人们有从焚烧岸边植物得到的灰烬中提取苏打的习惯，但是一项专横的法令禁止了这种行为，理由是鹧鸪没有地方筑巢了。

我散步的时候不止一次路过那片四周环绕着深谷的草原，朗伍德就坐落在这里。从近处看，这里很像是上层人士的乡间庄园。前方是几片耕地，耕地外是由彩色岩石构成的平缓小山（被称作"旗杆"）和凹凸不平的黑色方石块（被称作"谷仓"）。总的来说，这里的景色既荒凉又单调。外出散步唯一的不便是狂风。一天，我遇到一件怪事：

飞翔的燕鸥

站在平原边缘，不远处是深 1 000 英尺的悬崖，我看到几码远的地方有一只燕鸥正在搏击长风，但在我站的地方却一丝风也没有。走近悬崖边缘，气流似乎从崖面偏折上来，我伸出手臂，立刻感到风的威力：一道无形的屏障，只有两码宽，却将无风区与强风区完全隔开。

我很享受在圣赫勒拿岛的岩石和山岭间徜徉的日子。14 日早上，我怀着遗憾的心情回城，还没到中午就随比格尔号出发了。

第三节

大西洋荒岛——阿森松岛

7月19日抵达阿森松岛。见识过干旱气候下火山岛的人立刻就能勾勒出阿森松岛的面貌。他们会想象着顶部被截平的鲜红色锥形丘升起于凹凸不平的黑色熔岩地表。岛的中央是一座大土丘，好像是小锥形丘的爸爸。大土丘被称为"绿山"，在一年中的这个时候，从锚地就能隐约看到淡淡的绿色，这就是名字的由来。凶猛的海浪冲刷着岸边的黑色岩石，使景色显得格外荒凉。

居民区靠近海滩，由几座杂乱分布的民宅和兵营组成，都由白色砂石精心建造。岛上的居民要么是海军士兵，要么是从贩奴船上释放的黑人，都由政府供养。多数海军士兵对目前的处境很满意，他们认为，无论怎样在陆地上度过21年服役期也比在船上好。如果我是海军士兵，我也会由衷赞同。

第二天早晨，我登上2 840英尺高的绿山，并从这里步行穿过阿森松岛到达迎风面。有一条不错的车道从海边居民区通往中央山脉峰顶附近的房屋、花园和田地。车道边除里程碑之外还有蓄水池，每一位口渴的路人都能喝到洁净的水。各项设施都经过了精心的设计，尤其体现在饮水管理上，一滴水都不会浪费——可以把整座岛比作一艘一流水准的巨轮。在赞叹的同时，我不禁为把这么多人力、物力浪费在如此琐碎的小事上而感到惋惜。莱森先生公道地说，只有英国人想把阿森松岛变成物产丰富的地方，其他国家只把它当作大洋中的一座要塞。

海岸附近寸草不生，向内陆方向走，偶尔能看见绿色的蓖麻和几只荒地常客——蚱蜢。中央高地上稀稀落落地长着一些草，整体上看与英国威尔士山最荒凉的地方差不多。虽然牧草稀少，但养活了大约600只绵羊、大量山羊以及若干牛和马。在本土物种中，陆生蟹和老鼠数量很多。老鼠是否真的为本土物种很值得怀疑，沃特豪斯先生提到两个变种：一种毛色黑，有光泽，生活于有草的山顶；另一种毛更长，呈褐色，生活于靠近海岸的居民区。两个变种都比普通黑鼠（*Mus rattus*）小三分之一。除毛皮颜色和质地外，其他方面与普通黑鼠并无本质不同。我毫不怀疑这些老鼠是外来物种（它们很像恢复野生的普通黑鼠），并且和在加拉帕戈斯群岛遇到的情况一样，为适应新环境而发生了变异，因此山顶上的变种与海岸处的变种有所不同。岛上没有本土鸟类，但来自佛得角群岛的珍珠鸡很多，这种家禽同样也恢复了野生。最初为灭鼠而引入的猫繁殖速度很快，现在成了当地一大患。阿森松岛上一棵树也没有，从各个方面看都远远不及圣赫勒拿岛。

我在阿森松岛西南角进行过一次考察。那天是个晴天，天气很热，阿森松岛非但没有显得婀娜多姿，反而更加暴露出丑陋的一面。熔岩流上覆盖着小圆丘，地表凹凸不平，从地质学上很难解释。小圆丘之间的地带藏着浮石、火山灰和火山凝灰岩。在海上远眺阿森松岛的这一端时，我想象不出平原上斑驳的白点是什么，现在才知道那是熟睡的海鸟，甚至可以在正午的时候走过去捉住它们。这些鸟是我在一整天中见到的唯一活物。虽然风不大，但冲击海滩的巨浪足以打翻破碎的熔岩。

阿森松岛的地质构造有许多有趣之处。我在几个地方发现了火山弹，火山弹是液态时被抛射到空中而形成的球形或梨形熔岩

珍珠鸡

火山弹

块。不仅外形，有时内部构造也能反映火山弹在形成时的奇特旋转方式。将一个火山弹剖开，其内部构造如左图所示。中部呈粗蜂窝状，越向外格子尺寸越小；外部是由致密岩石构成的贝壳状弹壳，厚约三分之一英寸，弹壳外面还有一层更细密的蜂窝状熔岩。我认为几乎可以肯定：第一，外壳迅速冷却，形成我们所见到的形态；第二，内部仍处于液态的熔岩在火山弹旋转所产生的离心力作用下被挤压到外层已冷却的硬壳上，形成石质的外壳；第三，由于火山弹中部压力较低，离心力帮助高温气体胀大蜂窝状的格子，从而形成中心区域的粗蜂窝。

一座由年代久远的火山岩构成的小山曾被误认为是火山口，它的顶部很宽，略微下凹，呈环形，填充有一层一层的火山灰和细粒火山渣。这些碟状的火山灰层在小山边缘露头，形成一圈圈颜色各异的完美环形，使山顶充满迷幻的色彩。其中有一圈较宽的圆环呈白色，外观酷似圆形跑马场，因而这座山被称作"魔鬼骑术学校"。最让人不解的是，我把从一处浅粉色凝灰岩层采集的标本带回去给埃伦伯格教授看，他发现这些标本几乎全部由有机质组成。他检测到一些外层含硅的淡水纤毛虫和不少于 25 种含硅的植物组织，这些植物组织大多来自禾本科类。因为不含碳，埃伦伯格教授认为，这些有机质经历过火山高温，并以我们看到的形态被喷发出来。岩层的外观使我相信这里曾经沉于水下，从极端干旱的气候判断，大喷发期间一定伴有强降雨，所以火山灰很可能落入了临时性的湖泊中。但现在我又怀疑湖泊并非临时性的。无论如何，我们都可以确定，阿森松岛过去某个时期的气候和植被覆盖情况与现在截然相反。试问，经过仔细勘查，在地球上的哪一块地方未曾发现古往今来的循环变化呢？

二访巴西

　　告别阿森松岛，我们驶向巴西沿海的巴伊亚，以便完成环球计时测量。我们于 8 月 1 日抵达巴伊亚，停留 4 天，在这期间我进行了几次远足。令我欣慰的是，自己对热带美景的热度丝毫没有因为缺乏新鲜感而降温。构成美景的元素如此简单，说明精妙绝伦的自然之美取决于多么微不足道的细节。

　　这个地方是一片平原，海拔约 300 英尺，各处都被侵蚀成平底谷地。这种构造在花岗岩质区域比较少见，但在通常构成平原的软质地层中很普遍。整个地表被各种高大树木覆盖，其间零星分布着几块耕地，耕地周围有农舍、女修道院和小教堂。要知道在热带地区，即使到了城郊，大自然旺盛的生机也不会有丝毫减弱——因为树篱和山坡处的天然植被比人工植物更别致。只有少数几处地面露出红土，与周围的绿地形成鲜明的对比。站在平原边缘远眺，看到的不是大海就是岸上覆盖着矮树林的大海湾，海湾中是扬着白帆的大小船只。在其他地方能看到的景物很有限——沿着平坦的小路往前走，两旁只能瞥见树木丛生的山谷。补充一点，巴伊亚的房子，特别是教堂，建筑风格很奇特，甚至可以说奇幻。这些建筑物都被刷成白色，正午阳光强烈的时候，在浅蓝色天空的映衬下更像幻影而不是真实的建筑物。

巴西巴伊亚

这些就是构成热带美景的元素，但是没有办法描绘出整体效果。渊博的博物学家通过列举众多事物并指出每种事物的特征来描述热带景色，只有博学多才的旅行者才有可能理解他要表达的意思。试想，谁能从植物标本集中的植物联想到它在自然界中生长的样子？谁能从温室中选育的植物联想到规模扩大至森林或者密密匝匝的丛林时的情形？谁能看到昆虫学家标本培育箱中的异国蝴蝶和蝉，就能从这些无生命的标本联想到前者慵懒的舞蹈和后者无止无休的鸣唱——这些恰恰是正午时分炎炎烈日下热带地区一定会出现的景致？当日头爬到最高点时，就能看到芒果树华美的树冠在地上投下阴暗的影子，树木高处的枝条在阳光普照下呈现出最耀目的绿色。在温带地区又是另一番景象：植被没有这么暗，也没有这么密，在落日余晖的映照下呈现出红色、紫色和明黄色，为那一方水土增添了不少亮色。

当沿着林荫小道静静散步感慨于一幕幕美景时，我总是很难找到合适的词汇来表达自己的情感。所有形容词都不足以把我内心的喜悦之情传达给没有到过热带地区的人。前面说过，从温室中的植物不足以想象出整个大森林，我必须重申这一点。这片土地是大自然为自己建造的温室，原本杂乱无章地覆盖着茂密的植被，后来被人类占据，在上面修造了华丽的房子和规整的花园。每一个热爱大自然的人心中都怀有一种渴望，如果可能的话，想看看另一个星球上的景色！但对于一个欧洲人来说，在离本土方向仅几度的地方，另一个世界的美景就能展现在眼前。最后一次散步时，我一再停下脚步，努力把看到的一切刻入脑海，其实当时我就知道脑海中的印象早晚会消散。我肯定会清楚地记得橘子树、椰子树、棕榈树、芒果树、树蕨和香蕉树各自的样子，但会淡忘把这些零散元素串联成一幅画面的许许多多其他元素，就像儿时听到的故事一样，虽然只留下模糊的印象，但最美的形象不会忘却。

8月6日——下午，比格尔号从巴伊亚启航，径直驶向佛得角群岛。然而，不利的风向打乱了我们的计划，8月12日，比格尔号误打误撞到达伯南布哥（现称累西腓）。伯南布哥是巴西沿海的一座大城市，位于南纬8度。我们在礁石外侧下锚。不一会儿，一位引水员登上比格尔号，指引我们驶入离城镇很近的内港。

伯南布哥建在几座狭长、低矮的沙洲之上，沙洲之间被咸水浅滩隔开。两座架在木桩上的长桥将城镇分为三个部分。城镇的方方面面都不讨人喜欢：街道狭窄、路面很差并且污秽不堪，房子虽大但很阴暗。大雨下个不停，比海面高不了多少的郊外地区都被洪水淹没，想出去散步根本不可能。

伯南布哥建在平坦的沼泽地之上，在几英里外被半圈低矮小山环绕，或者更准确地说，被海拔近200英尺的高地边缘环绕。老城奥林达就位于这条山系的一端。一天，我乘独木舟沿着水道来到奥林达。由于得天独厚的地理位置，老城比伯南布哥更可爱、更干净。在奥林达，我竟然遭遇了不礼貌的对待，在将近5年的航海生涯中这还是头一次。事情是这样的：我想爬到一座无人开垦的小山上眺望周围的景色，但必须从别人的私家花园穿过去。两户人家粗暴地拒绝了我的请求，颇费了一番周折才得到第三户人家的允许。好在这件事情发生在巴西，我对巴西没有好感，这片土地还在实行奴隶制，因此道德水准很低。如果是西班牙人，一准会对拒绝这样的请求和如此无礼地对待陌生人感到羞耻。我们沿着一条水道往返奥林达，水道两旁生长着红树属灌木，与阴湿泥滩上的微缩版森林差不多。这种灌木的鲜绿颜色使我想起教堂墓地中丛生的杂草，两者都从腐烂的物质中吸取养分，一个指示过去已经死亡，另一个在将来必将死亡。

这附近最奇异的景致莫过于构成港湾的礁石，世界上大概再也没有比这更像人工建筑的天然构造了。礁石沿直线绵延数英里，平行于岸边并且距离岸边不远，宽度为 30 ~ 60 码，表面光滑、平整，由层理模糊的坚硬砂岩构成。涨潮的时候，海浪没过礁石，退潮后礁石顶部会自然风干，或许有人会误以为是希腊神话中独眼巨人修筑的防波堤。在这处海岸，海流将松散的沙子运送到陆地前缘，形成长沙洲和沙坝，伯南布哥城的一部分就建在其中一座沙洲上。早先有一处这种性质的长沙洲因含钙物质渗入而固结，随后逐渐隆起，在隆起过程中松散的外层被海浪侵蚀，只剩下我们现在看到的坚固内核。虽然汹涌的大西洋海涛挟带着沉积物昼夜不停地冲击着这道石墙的陡峭外壁，但即使

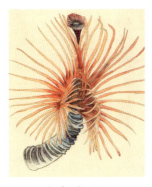

龙介属蠕虫

是最年长的引水员也未曾听说过它的外形有丝毫改变。耐久性是形成史中最有趣的部分：因为几英寸厚的坚硬钙质外层完全由不断繁殖和死亡的龙介属蠕虫外壳以及少量藤壶和珊瑚藻堆积而成。珊瑚藻是一种结构非常简单的硬质海洋植物，能有效地保护被激浪冲击的珊瑚礁上表面，上表面的真珊瑚已经在礁体向外生长的过程中因暴露于阳光和空气而死亡。这些微不足道的小生命，特别是龙介虫，对伯南布哥

人的贡献极大。如果没有它们的保护，这片砂岩坝早就被海浪侵蚀掉了，如果没有坝，港湾自然就不会存在了。

8月19日，我们终于离开了巴西的海岸。谢天谢地，我再也不会去奴隶制国家了。直至今天，一听到远处的哀号，我就会想起那令人痛心疾首的一幕：一次，我路过伯南布哥附近的一所住宅，听到十分凄惨的喊叫声，一定是某个可怜的奴隶正惨遭毒打，我知道，即使我去抗议，也会像孩童一样无力回天。我之所以怀疑哀号来自被毒打的奴隶，是因为有人告诉我曾经发生过类似的事。在里约热内卢考察时，我住在一个老妇的对门，我看见她用拇指夹夹女奴的手指。我曾在一户人家借宿，那家有个年轻的穆拉托奴隶每天挨打受骂，被虐待的程度足以让最卑微的牲畜精神崩溃。我看到一个六七岁的小男孩因为端给我的水不够干净，光脑袋上就被人用马鞭抽了三下，我赶紧上前劝解。男孩的父亲因为被主人瞪了一眼，就吓得发起抖来。后几次暴行是我在一个西班牙殖民地看到的，当地人经常说：在这里，奴隶的待遇要好过葡萄牙、英国或其他欧洲国家的殖民地。在里约热内卢，我见到一个身强体壮的黑奴竟然不敢避开即将打到脸上的一记耳光。我曾看到一个"好心人"正要把长期生活在一起的众多家庭中的丈夫、妻子和孩子拆散。我听到的令人作呕的暴行还有很多，在这里我不打算一一陈明。要不是因为有些人看到黑人天生好脾气就认为奴隶制是一种可以容忍的罪恶，我连上面那些让人恶心的细节也不会提起。这些人不曾像我这样与下层阶层一起生活，他们只出入过上层阶层的住宅，上层阶层人家的奴隶通常待遇还不错。有些人会去找奴隶本人调查情况，可他们忘了，如果奴隶没有考虑到自己的回答可能会传到主人耳朵里，那他就太笨了。

有人说私有能防止滥用暴力，就像私有能保护家畜一样，但下贱的奴隶比家畜更容易激起坏脾气主人的盛怒。很久以前，声名显赫的洪堡就曾用高尚的情感和鲜明的例证驳斥过这种观点。为了替奴隶制辩护，经常有人将奴隶的处境与乡下人的贫苦相提并论，如果本国穷人的悲惨境遇不是自然法则造成的，而是我们的制度造成的，那我们的罪过就太大了。但是我看不出这与奴隶制有什么关系，就好像用一个地方的人患上某种可怕的疾病而为另一个地方的人用拇指夹虐待奴隶辩护一样。那些体谅奴隶主却对奴隶铁石心肠的人从来不会设身处地地为奴隶着想：奴隶的前途多么暗淡，连一丝改变命运的希望也没有！想一想如果你的妻子和孩子随时都有可能被出价最高的人买走，你心里会是什么滋味？可是奴隶也有自己的妻子儿女啊！实施和掩饰这些罪行的人竟然是那些宣扬爱人如己的人，那些信奉上帝的人，那些祈祷上帝降福于人间的人！一想到英国人和与我们同宗的美国人一面大肆宣扬平等自由，一面犯下如此罪行，就令人热血沸腾、心灵震颤。但是能聊以自慰的是，至少我们比其他国家付出了更大的代价去赎罪。

第五节

环球航行回顾

8月31日，我们第二次于佛得角群岛的普拉亚港下锚，然后驶往亚速尔群岛，在那里停留6天。10月2日，比格尔号抵达英国海岸。我在法尔茅斯登岸，离开了这艘与我相伴将近5个春秋的小军舰。

我们的航行到此结束，下面我想简要回顾一下这次环球航行的得与失、苦与乐。如果有人在出发之前征询我的意见，我的回答将取决于他是否会对通过环球航行拓展某方面的知识感兴趣。远航固然能在了解各国风光和多种人种的民情上获得极大的满足，但获得的快乐恐怕难以抵消遭遇的种种不幸。丰收的时刻需要等待，不管这个过程多么漫长，当收获的时刻到来，就能尽情享受硕果。

显然，为了远航，你必须失去很多东西，例如无法与老友相聚，见不到承载最亲切回忆的家乡。然而，这些损失能从即将回到久违故乡时感受到的无穷喜悦中得到部分的补偿。如果像诗中所写的那样，人生是一场梦，我要说，这正是航海者在度过漫漫长夜时的幻象。还有一些损失，在刚出海时感受不到，一段时间之后才能深刻体会到：空间狭小、缺乏隐私、得不到休息、体力经常透支、物资供应有限、缺少社交活动，连听音乐和其他文化方面的消遣也不行。提及这些琐碎小事意味着在海上生活的真正苦闷除了担心发生海难以外，也就到此为止了。仅仅过了 60 年，远航的配套设施就取得了惊人的进步。甚至在库克时代，一个人离开家进行这样的航行还很困难。而现在，一艘能提供各种生活享受的游艇已经可以用于环球航行了。除了造船技术和航海资源的巨大进步以外，整个美洲西海岸已全部得到开发，澳大利亚成为新兴大陆的财富中心。现在如果一个人在太平洋中遭遇海难，他的境遇与库克时代将有天壤之别！自库克船长远航以来，文明世界中又增添了一个半球。

如果一个人有晕船的毛病，那么在决定远航前就要小心权衡利弊了。根据我的经验，这可不是能在一周内治愈的小毛病。如果一个人爱好航海，他的意愿一定能得到充分的满足。但要记住，一旦出海远航，在海上度过的时间要远远多于在港口度过的时间。看不到边际的大海无所谓壮观不壮观。阿拉伯人把大海比作单调的荒地、水的沙漠。但大海里也有令人赏心悦目的景色。在月光皎洁的夜晚，幽暗的海面上闪着微光，柔和的信风吹动白帆，沉寂的海面上波平如镜，只有船帆偶尔发出沙沙的声音。有时也能见识到来势汹汹的强风和排山倒海的

信天翁

巨浪。然而，在我的想象中，真正的暴风雨更壮观、更可怕。从岸上望去，景色无比动人：摇曳的树、狂飞的鸟、暗淡的阴影、明亮的闪电、倾泻而下的暴雨，都在展示着各种狂放的自然力之间的角逐。信天翁和小海燕在暴风雨中自如地飞翔，海水不停地升起、落下，就好像在完成一项使命一样，只有船和船上的水手才是大自然要报复的对象。在暴风雨袭击过的荒凉海岸上，景色确实有所不同，但给人带来的恐惧远胜于狂喜。

现在让我们说说航海生涯中令人愉悦的一面。愉悦来自能见识世界各地的美景和风土人情，这无疑是能享受到的最大快乐。也许欧洲的美景要胜过航海中看到的一切风景，但对比不同国家的景色特点也很有趣，这在一定程度上有别于单纯欣赏美景，前者要求旅行家熟悉构成美景的每个元素。如果一个爱好音乐的人能听出每个音符，那么他在听音乐的时候就能得到更充分的享受。欣赏美景也是一样，能分析出美景中每一个元素的人才能更透彻地理解复合而成的整体效果。因此，旅行家必须是植物学家，因为植物是所有美景中的主要构成元素。裸露的一组巨石，不管形状多么奇特，也只能给人带来一时的印象，很快就会使人觉得单调乏味。如果石块上呈现出各种亮丽的颜色，像在智利北部那样，那么石块就会显得很奇幻；如果石块上覆盖着植被，即使景色不漂亮也会让人觉得很清雅。

我说过欧洲一些地区的景色可能胜过我们航海时看到的所有美景，热带地区应该除外。欧洲与热带地区属于两种不同的类型，不宜放在一起比较，不过关于热带地区的壮丽景色我已经提到过很多次了。因为印象通常取决于先入为主的概念，我头脑中的概念是从洪堡的游记中得到的，洪堡的生动描述比我读过的所有其他资料都有价值。如果不了解这些高见，我一定会在第一次和最后一次登陆巴西时感到失望。

不论是生机盎然的巴西，还是死亡与腐朽占优势的火地岛，在我头脑里的印象都不及未经人类砍伐的原始森林。巴西和火地岛就像是装满自然之神各种产物的神庙，站在这种荒野中，没有人会无动于衷，没有人不感到身体里除了呼吸以外还有其他东西在涌动。每当回忆过去时，巴塔哥尼亚平原的景象经常浮现在我眼前，但这些平原条件恶劣，被认为毫无价值。对巴塔哥尼亚平原的负面描述很多：没有居民、没有水、没有树、没有山，除矮生植物外，什么也没有。为什么如此干旱的不毛之地在我的记忆里会留下那么深刻的印象呢？不仅是我，其他人也有类似的感觉。为什么更平坦、更青翠、更肥沃、对人类价值更大的潘帕斯草原没有给我留下同样深刻的印象呢？我分析不出原因，一定与能给人提供广阔的想象空间有关吧。无边无垠的巴塔哥尼亚平原人迹罕至，因此还是一片处女地。显然这片平原很早以前就已经存在，未来似乎还会一直存在下去。如果像古人推想的那样，平坦大地的周围是不可逾越的大海或者极其炎热的沙漠，那么所有人都会对人类所不知的世界怀着深切但又难以言表的情感。

　　最后，在自然景色中，高山算不上美景，但能给人留下非常深刻的印象。从科迪勒拉山系的最高峰向下俯视，四周层峦叠嶂，心中万千杂念瞬间烟消云散。

　　说到个别事物，恐怕再没有什么能比第一次目睹最低等、最原始的野蛮人的居住地更让人惊奇了。我的思绪立刻回到了许多世纪以前，难道我们的祖先就是这样的？这些野蛮人既不如家养动物智慧，也不具备动物的灵性，更不用说人类的理性和基于理性产生的技艺。我难以相信野蛮人和文明人之间存在这么大的差异——这只不过是野生动物和家养动物之间的差异。对观察野蛮人感兴趣某种程度上等同于每个人都想看看荒野里的狮子、丛林中撕咬猎物的老虎或者非洲大草原上漫游的犀牛。

其他在航海中看到的稀奇景观依次为：南十字星座、麦哲伦星云以及南半球的其他星座，水龙卷，具有蓝色冰流的冰川以峭壁形式高耸于海面之上，由造礁珊瑚形成的潟湖岛，活火山以及大地震造成的巨大破坏。我对后几种现象更感兴趣，因为它们与地球的地质构造关系密切。地震对任何人来说都是印象深刻的事件，从小时候起我们一直认为地球很坚固，但在地震时脚下的地球竟像薄壳一样震动起来。看到人类的劳动成果在一瞬间灰飞烟灭，我们感到人的力量是那么渺小。

都说人类天生爱打猎，这是一种残留下来的本能。如果真是这样，以天为房、以地为床的野外生活也应该属于相同感受的一部分，它能让人回归原始的野性。我经常回忆在海上和陆上旅行的场景，尤其是人迹罕至的地区，文明地区的景色难以产生这样的愉悦感。我相信，每一个初次来到蛮荒之地的旅行家都会把这种愉悦的记忆刻入脑海。

在长途旅行中还有另外一些常人更容易理解的愉快经历。世界地图从一张白纸变成了一幅幅栩栩如生的图画：每一部分都和实际尺寸一样，陆地不再是小岛，小岛不再是斑点——其实有些小岛比欧洲的许多王国还大。非洲、南北美洲名字很响亮，而且容易念出来，但航行了几周才驶过一小段海岸，此时方知这些名字所代表的陆地有多么广阔。

从考察的情况来看，南半球未来的发展很值得期待。引入基督教后，整个南太平洋地区的可喜变化或将载入史册。没有人质疑库克船长的远见卓识，但即使是他也没能预见到仅仅 60 年后南太平洋地区就发生了如此翻天覆地的变化，正是不列颠民族的博爱精神使这些变化成为现实。

在南半球，澳大利亚正在崛起，或者可以说已经崛起为一个重要

水龙卷

的文明中心，相信在不久的将来，澳大利亚将成为南半球的主宰。这个遥远殖民地的繁荣令每一个亲眼看到的英国人都感到无上荣光。英国国旗飘扬在哪里，就会给哪里带来财富、繁荣和文明。

总之，在我看来，到遥远国度考察对一个年轻的博物学者来说至关重要。赫歇尔爵士曾经说过，即使一个人的所有生理要求都得到满足，他仍然会有需求和渴望，而环球航行刚好能激发并部分缓解人的欲望。好奇心和对成功的渴望激发他积极进取。当了解的事情越来越多时，他会对孤立事物失去兴趣，自然而然地养成通过对比进行概括的习惯。由于旅行家在每个地方逗留的时间都很短，他的描述只能包括总体情况，而非细致的观察结果，因此常常会以不准确和肤浅的假说来填补知识上的盲区。

但是我很享受这次远航，我建议所有博物学者即使没有机会远航，也应抓住一切机会在陆地上旅行，不过他可能不及我幸运，有那么好的同伴同行。请放心，除极个别情况以外，在旅途中遇到的困难和危险通常不会比预想的情况更糟。从精神层面上讲，旅行能培养他的忍耐力，使他摈弃自私，养成自己照顾自己的习惯并学会充分利用每一次机会。简言之，大多数水手具备的素质他也应当具备。旅行还会教给他不轻信陌生人，但同时也会发现，有许多之前不曾谋面、之后也不会有来往的好心人为他提供了最无私的帮助。

附录一

英制单位与常用单位换算表

	名称	换算
长度	英寸	1 英寸 = 2.54 厘米
	英尺	1 英尺 = 12 英寸 = 0.304 8 米
	码	1 码 = 3 英尺 = 0.914 4 米
	英寻	1 英寻 = 2 码 = 1.828 8 米
	英里	1 英里 = 1 760 码 = 5 280 英尺 = 1 609.344 米
	海里	1 海里 = 1 853 米
	里格	旧时长度单位，约为 3 英里、5 000 米
面积	平方英寸	1 平方英寸 = 6.451 6 平方厘米
	平方英尺	1 平方英尺 = 144 平方英寸 = 0.092 903 04 平方米
	平方码	1 平方码 = 9 平方英尺 = 0.836 1 平方米
	英亩	1 英亩 = 4 840 平方码 = 4 047 平方米
	平方英里	1 平方英里 = 640 英亩 = 2 589 988.11 平方米
	平方里格	旧时面积单位，约为 25 000 000 平方米
容积	夸脱	1 夸脱 = 1.136 5 升
质量	磅	1 磅 = 0.453 6 千克
	英吨	1 英吨 = 2 240 磅 = 1 016.047 千克
温度	华氏度	1 华氏度（℉）= 32 + 摄氏度（℃）× 1.8

附录二

比格尔号航海路线简图

附录三

比格尔号航海大事记

1831 年 9 月初　　　达尔文第一次与比格尔号舰长菲茨罗伊见面。

1831 年 12 月 10 日　比格尔号第一次出海，因风暴返航。

1831 年 12 月 21 日　比格尔号第二次出海，因风向改变返航。

1831 年 12 月 27 日　比格尔号第三次出海。

1832 年 1 月 6 日　　比格尔号驶近特内里费岛，但未被允许上岸。

1832 年 1 月 16 日　比格尔号第一次到达佛得角群岛主岛圣地亚哥岛，
　　　　　　　　　　逗留到 2 月 8 日。

1832 年 2 月 28 日　比格尔号第一次到达巴西巴伊亚（圣萨尔瓦多）
　　　　　　　　　　市，逗留到 3 月 18 日。

1832 年 4 月 4 日　　比格尔号到达巴西最大的港口里约热内卢，逗留
　　　　　　　　　　到 7 月 5 日。

1832 年 7 月 26 日　比格尔号到达乌拉圭首都蒙得维的亚，至 1834 年
　　　　　　　　　　6 月 10 日，比格尔号一直在南美洲东岸一带考察。

1832 年 9 月 7 日	比格尔号第一次到达阿根廷布兰卡港，一年后再次来到这里，达尔文在蓬塔阿尔塔平原上发现了许多已经灭绝的大型动物的骨骼。
1832 年 12 月 18 日	比格尔号第一次到达火地岛，逗留到次年 2 月，目的是将随船的 3 个火地岛人安顿在老家。1834 年 2 月，比格尔号第二次来到火地岛，见到了被安顿在这里的老朋友杰米。
1833 年 3 月 1 日	比格尔号第一次到达福克兰群岛，逗留到 4 月 4 日。
1834 年 3 月 16 日	比格尔号第二次到达福克兰群岛，逗留到 4 月 6 日。
1834 年 4 月 18 日	菲茨罗伊舰长带领 21 人考察队对阿根廷的圣克鲁斯河进行了为期 3 周的考察，目的是绘制圣克鲁斯河的水文地图。
1834 年 6 月 28 日	比格尔号第一次到达智利海岸边奇洛埃岛的圣卡洛斯港，至 1835 年 9 月 7 日，比格尔号一直在南美洲西岸一带考察。
1834 年 7 月 23 日	比格尔号到达智利最大海港瓦尔帕莱索。
1834 年 12 月 13 日	比格尔号到达智利乔诺斯群岛。
1835 年 1 月 18 日	比格尔号第二次到达奇洛埃岛的圣卡洛斯港，2 月 4 日离开。
1835 年 3 月 4 日	比格尔号到达智利康塞普西翁港，逗留到 3 月 7 日。达尔文目睹了 2 月 20 日瓦尔迪维亚大地震造成的破坏。

1835 年 7 月 19 日	比格尔号到达秘鲁首都利马的卡亚俄湾，逗留 6 周。
1835 年 9 月 15 日	比格尔号到达加拉帕戈斯群岛（科隆群岛），逗留到 10 月 20 日。
1835 年 11 月 15 日	比格尔号到达南太平洋中部的塔希提岛，逗留到 26 日。
1835 年 12 月 21 日	比格尔号到达新西兰，逗留到 12 月 30 日。
1836 年 1 月 12 日	比格尔号到达澳大利亚，停泊在杰克逊港（悉尼港），逗留到 3 月 14 日。
1836 年 4 月 1 日	比格尔号到达印度洋中的珊瑚岛群——基灵群岛（科科斯群岛），逗留到 4 月 12 日。
1836 年 4 月 29 日	比格尔号到达印度洋西部毛里求斯岛，逗留到 5 月 9 日。
1836 年 7 月 8 日	比格尔号到达大西洋中的火山岛圣赫勒拿岛，逗留到 7 月 14 日。
1836 年 7 月 19 日	比格尔号到达大西洋中的另一座火山岛阿森松岛，逗留到 7 月 23 日。
1836 年 8 月 1 日	比格尔号第二次到达巴西巴伊亚市，完成环球计时测量，6 日启航驶向佛得角群岛。
1836 年 8 月 12 日	因天气恶劣，比格尔号被吹到巴西伯南布哥（累西腓）湾，8 月 19 日离开。

1836 年 8 月 31 日　　比格尔号第二次在佛得角群岛停泊。

1836 年 9 月 20 日　　比格尔号到达北大西洋中部的亚速尔群岛，逗留6 天。

1836 年 10 月 2 日　　比格尔号在英国海岸法尔茅斯靠岸，达尔文结束了 4 年多的航海生涯。